# 청춘극한기

# 청춘극한기

이지민
장편소설

네오
픽션

흔히 사랑을 뜻하지 않게 벌어지는 교통사고와 비교하는데, 마음에 안 드는 표현이다. 사랑이 교통사고와 같다면 '오늘의 교통사고 사망자'를 알리는 전광판에 정확히 '오늘의 사랑에 빠진 자'도 몇 명인지 표시할 수 있어야 한다. 사랑은 언제 어떻게 일어났는지 눈으로 확인할 수 없다. 사랑은 합의도 불가능하고 보험 적용도 안 된다. 사랑이 정말로 교통사고라면 나는 평생 무사고 운전을 자랑해야 할지 모른다. 어쩌면 애초부터 무면허였을지 모르고. 어쨌거나.

언제 어떻게 내 안에 들어왔는지 알 수 없으나 이미 나를 꼼짝 못 하게 점령해버린 그것. 그런 게 바로 사랑이다. 굳이 비슷한 것을 들자면 무좀균이나 황색포도상구균 뭐 그런 것들을 들 수 있지 않을까 싶다. 어쨌거나. 나는 더럽고도 무서워서 줄기차게 사랑을 피해왔다. 그렇게 조심한 덕에 다행히 몇 년간 나는 참으로 안전한 생활을 할 수 있었다. 그러나 그것은 아무도 부러워하지 않는 그야말로 안전하기만 한 생활이었다. 어쨌거나.

친구가 이를 딱하게 여기고 소개팅을 주선했을 때 나 역시 오랜만에 변화가 필요함을 느꼈다. 설마 꼭꼭 숨어 있던 운명이 드디어 나타날지 모른다는 순진한 기대 따위는 없었다. 주말 오후 도심에서 벌어지는 그저 그런 소개팅이 교통사고처럼 운명에 영향을 끼칠 사랑으로 발전할 가능성은 거의 없다는 것을 누구보다 잘 아는 나였다. 별일 없으리라는 확신 속에 그야말로 계절마다 돌아오는 대청소를 하는 기분으로 그를 만나러 나갔다. 그러나 그것은 내 인생 최고의 착각이었다. 지금도 그때의 자연스러운 방심이 이해 가지 않는다. 진실로 그것은 두고두고 내 인생을 지배할 위대한 실수였다. 그 남자, 남수필을 만난 것은.

그는 과학자였다.

자, 다시 돌이켜보자. 내가 왜 그를 만나고 싶어 했었는지를. 이유는 단 하나였다. 그가 과학자이기 때문이었다.

내가 어렸을 때 만난 남자아이들은 대개 대통령이나 과학자가 되고 싶어 했다. 장군과 의사도 많았으나 역시 장래희망의 꽃은 과학자였다. 어린 내가 보기에도 대통령이 되고 싶다는 아이는 좀 허무맹랑했고, 주로 집에서 오냐오냐 소리 듣는 대책 없는 애들이었던 것 같다. 의사가 되고 싶다는 아이는 어째 약삭빨라 보였다.

과학자라는 꿈은 흔해서 진부했지만 어쩐지 나는 인류의 미래를 손에 쥔 천재의 이미지를 포기할 수 없었다. 그러나 몇 년 후 자신이 미분 적분도 구분 못 하는 존재가 될 거란 사실을 모른 채 과학자를 꿈꾸던 남자아이 중에 진짜 과학자가 된 아이는 한 명도 보지 못했다. 그래서 남수필이 국립면역연구소에서 일하는 분자바이러스학 박사라는 이유로 나는 약간의 향수 어린 호감을 품었다. '아, 어떤 아이는 진짜 과학자가 되기도 하는구나' 살짝 감탄도 하면서.

물론 단순히 직업 때문만은 아니었다. 과로와 박봉에 시달리는 젊은 연구원에게 뭐 대단한 것을 기대하겠는가. 그를 소개해준 친구의 이야기가 마음에 남았다.

"그 남자 책상에는 미키마우스 인형들이 쌓여 있대."

서른 넘은 남자가 건담도 아닌 미키마우스 인형을 모으다니. 하이힐을 수집하는 것만큼 별스러워 보였다.

"실험할 때 실험용 마우스를 많이 죽이잖아. 그게 너무 미안하고 슬퍼서 미키마우스 인형들한테 참회의 기도를 한다나."

나는 동그란 검은 귀의 미키마우스에게 사과의 말을 속삭이는 하얀 가운의 남자를 상상했다. 그 모습은 십자가상을 닮는 젊은 사제의 이미지와 겹쳐졌다. 자신의 일에 연민을 가질 줄 아는 남자가 시시할 리 없다. 나는 과학과 의학을 위해 희생한 마우스들에게 인류를 대표해 묵념하는 그 젊은 과학자를 만나기 위해서 약속 장소로 나갔다.

\*

스타벅스를 만남의 장소로 정한 것은 나였다. 지구상에는 수많은 스타벅스가 있다. 마치 지구상의 수많은 남자처럼. 나는 지금 그 수많은 스타벅스 중 하나에서 그 수많은 남자 중 하나인 당신을 만나는 것이다.

이 적당히 규격화된 만남에 서로 특별한 의미를 부여하지는 말자. 즉, 서로 잘난 척은 말자. 어차피 당신은 내 인생에서 저기 머나먼 루마니아 부쿠레슈티 어딘가 매장처럼 별 의미 없는 존재로 남을 테니까. 뭐 그런 순전히 남자에 대한 처절한 피해의식에서 비롯된 의도였다. 어쨌거나.

중요한 것은 내가 그 흔하디흔한 스타벅스에서도 바람을 맞았다는 것이다.

그는 삼십 분이 지나도록 나타나지 않았다. 나는 계속 주위를 둘러보았다. 연휴가 시작되는 금요일인데도 사람이 많지 않았다. 하얀 마스크를 쓴 채 소곤거리는 연인 몇 쌍뿐이었다. 건물 밖 흡연구역에는 회사원들이 경쟁적으로 담배 연기를 피워대고 있었다. 맞은편 빌딩의 대형 전광판에 오늘 G-10 바이러스 사망자가 세 명 더 추가됐다는 뉴스가 나오고 있었다. 이 바이러스가 창궐하는 도시를 두려워하지 않는 이는 연인, 월급쟁이들뿐인 것 같았다.

나는 밖으로 나갔다. 문 앞에서 한 남자가 초조하게 핸드폰 통화 버튼을 연신 누르고 있었다. 핸드폰에 주렁주렁 매달린 미키마우스 인형들이 그가 고개를 움직일 때마다 따라 흔들렸다. 남수필이었다.

옆에 서서 가만히 그를 바라보았다. 만약 채식주의 호랑이가 있다면 저런 맑고도 매서운 눈을 가지지 않았을까. 그러나 눈빛 외에는 지극히 평범한 인상의 남자였다. 나는 다른 이에게 전화해 나를 찾느라 계속 구박을 당하고 있는 그를 구해주었다.

자, 다시 또 기억을 더듬어보자.

솔직히 남수필의 얼굴은 또렷이 생각나지 않는다. 하지만 그가 던진 첫마디는 싱싱하게 살아 있다. 누군가 던지는 첫 번째 말을 우리는 재빨리 낚아챌 필요가 있다. 거기에는 의외로 많은 정보와 암시가 숨어 있다.

최초의 유성영화인 〈재즈싱어〉의 첫 대사는 몹시 극적이다. 무성영화에 길들여진 우리에게 주인공은 말한다.

"잠깐, 잠깐만. 아직 넌 아무것도 못 들었다니까."

남수필이 나에게 던진 최초의 말도 인류 최초의 유성영화 대사만큼 의미심장했다.

"누구를 기다리는 사람처럼 보이지 않았어요."

그는 내가 약속 없이 혼자 커피를 마시러 나온 사람처럼 보였다고 했다. 그의 눈은 정확했다.

그의 말은 당시 나의 삶을 한마디로 표현한 것이었다.

그 무렵 나는 아무것도 기다리지 않는 청춘이었다. 일, 연애, 인간관계, 일상의 안정된 행복…… 뭐 그런 아무리 기다려도 오지 않는 것들에 대해 미련을 버리기로 작정한 후였다. 어른들 말대로 나는 끈기도 패기도 없는 요즘 것들 중 하나였다. 어른들 말대로 젊어 고생은 사서도 한다지만 나는 가뜩이나 없는 형편에 고생까지 사고 싶지는 않았다.

"아니요. 늦더라도 꼭 오실 줄 알았어요."

나는 거짓말을 했고 남수필은 미안하다며 연신 머리를 긁적였다. 망가진 종이비행기처럼 납작하게 눌린 와이셔츠 깃이 눈에 들어왔다. 우리는 텅 빈 야외 테라스로 가 앉았다. 남수필은 기본적인 사교를 모르는 사람이었다. 가령 초면의 못생긴 여자에게 하는 칭찬인 "인상이 참 좋으세요"라는 말도 할 줄 모르는 남자였다. 그는 허둥대며 자기가 왜 늦었는지에 대해 한참 해명했다.

"아침에 문제가 좀 있었어요……. 컬처한 거 잘 자랐나 보고받고, 우리 연구원이 걔가 요즘 논문 때문에 정신이 없거든요……. 센트리퓨즈 시켜놨대서 프라스미드 뽑으라고 했더니…… 그리고 잠깐 커피믹스 타고 노트 확인하고 왔거든요……. 세상에 코피를 쏟고 기절해 있는 거예요……. 점심시간 전까지 엔자임 처리한 거 밴드 보고 확인해서 시퀀싱 보내야 하는데, 아이구, 참…….”

*

그의 일상은 우주비행사의 일상처럼 이해하기 어려웠다. 나는 몰라도 아는 척 고개를 끄덕였다. 그의 성향을 파악해 내 머릿속 인간 유형 파일 안에 분류하기는 쉬웠다. 그는 ‘워커홀릭. 여자란 동물 관심 없음’ 파일 속으로 자동 저장되었다. 국가의 발전을 위해서는 필요하지만 여자에게는 소용없는 부류였다. 그럼에도 나는 이 의미 없는 만남을 예의 있게 마무리 짓기로 마음먹고 이야기를 이끌었다.

“미키마우스 마니아시라고요?”

“들으셨어요?”

그는 약간 자랑스러워하는 눈빛으로 되물었다.

“저도 오래된 미키마우스 탁상시계를 버리지 않고 있어요. 미국에 사는 이모가 1980년대에 디즈니랜드에서 보내주신…….”

그는 내 말을 툭 자르며 흥분했다.

“우리 연구소 사람들은 다 싫어하는데. 변태로 보인대요. 그런가요?”

나는 티 안 나게 고개를 끄덕이며 물었다.

"실험용 마우스들을 애도하는 의미로 모으신다고?"

그가 손등으로 목에 흐르는 땀을 닦으며 말했다.

"이 이야기 하면 사람들이 믿지 않는데요. 제가 옛날에 당뇨 프로젝트 때문에 돌연변이 마우스를 키웠거든요. 이름은 마사코라고. 일본 황태자비 이름에서 따온 건데. 아, 이 돌연변이 마우스는 일본에서 수입해요. 비싸요. 한 마리에 백만 원 정도하나? 다 암컷이고요. 원래 암컷들이 좋아요. 실험하기 편하거든요. 수놈들은 얼마나 억세다고요. 꼬리가 빠지도록 도망간다니까요."

그럴 필요 없는데 남수필은 쥐 꼬리 드는 시늉까지 하며 말했다.

"마사코는 어땠나요? 일본 황태자비처럼 황실, 아니 실험실에 적응을 못 했나요?"

"죽었어요. 모든 실험용 마우스들의 운명은 같아요. 인간을 위해 죽습니다. 쉽게 죽지요. 심장 채혈만 해도 죽고. 체온이 떨어져도 죽고. 허무하게 죽는 경우도 있어요. 목욕하면 죽는지도 모르고 바보 같은 학생 녀석이 예쁘게 씻긴다고 죽인 일도 있어요."

"마사코도 결국 죽었겠군요."

나는 애도의 뜻으로 목소리를 낮추었다.

"네. 저한테 유언을 남기고요."

남수필은 눈썹을 내리깔며 말했다. 나는 혹시 누가 우리의 대화를 엿들을까 봐 무서워 주위를 살폈다.

"알아요. 헛소리 같죠? 그런데 정말 마사코가 내 손안에서 내 하찮은 논문을 위해 죽으면서 말하는 걸 들었어요. 자기를 잊지 말라고. 자기의 죽음을 헛되이 하지 말라고…… 죽은 마사코를 쿠킹포일에 싸며 다짐……."

"넷? 쿠킹포일요?"

"아, 일단 얼려놔요. 냄새나니까."

정말 내 소개팅 역사상 최대의 고비였다. 나는 이 남자가 내가 마음에 안 들어 헛소리를 늘어놓는가 했는데 아니었다. 그의 말은 진심이었다.

"그래서 마사코를 닮은 귀여운 미니마우스 인형을 처음 샀어요. 미키마우스 여자친구 있잖아요. 분홍색 하이힐이 섹시한. 그 후로 다른 마우스들한테도 정을 주게 되고 그런 놈들이 나 때문에 죽을 때마다 하나둘씩 사서 모으기 시작했죠."

나는 한숨을 쉬며 비꼬았다.

"그런 슬픈 사연이 있었군요. 그 쥐새끼들은 얼마 정도 하나요? 많이 사면 디시도 해주나요?"

"국산도 지금 드시고 계신 커피보다 비싸요. 서비스도 되죠. 서른 마리 주문하면 한 마리 정도 더 와요."

"어머, 그럼 그 잉여 마우스들은 어떻게 되나요?"

남수필이 갑자기 내 눈을 똑바로 보며 대답했다.

"너무 깊숙이 알려 하지 마세요. 사이언스의 세계는 잔혹하고 냉정하니까요."

그 눈빛이 너무 단호해 당황한 나머지 나는 그를 따라 잠깐 상념에 젖기까지 했다. 그러느라 그만 먼저 일어날 기회를 놓치고 말았다. 연구소로부터 연락을 받은 그가 다급하게 자리에서 일어났다.

"어떡하죠? 연구원 녀석이 아무래도 과로가 아니라 바이러스 감염인가 봐요. 제가 가서 정리해야 되는데. 미안해서 어쩌죠?"

서둘러 가려는 그를 내가 붙잡았다.

"잠깐만요. 제 이름이나 기억하세요?"

그건 정말이지 전 세계 블라인드 데이트 역사상 랭킹에 기록될 굴욕이었다. 데이트 내내 쥐 얘기만 한 건 둘째치고 여자가 떠나는 남자한테 이름은 아시냐고 묻다니.

그는 얄밉게 고개를 갸우뚱거리더니 웃으며 대답했다.

"그럼요. 전화드릴게요."

결국 그는 내 이름을 말하지 못하고 도망치듯 사라졌다. 틀린 전화번호를 핸드폰에 그대로 간직한 채.

나는 터덜터덜 정거장으로 갔다. 멍하니 서 있는데 노란색 국제학교 스쿨버스가 내 앞에 섰다. 마스크를 쓴 아이들이 차창에 이마를 대고 사파리를 구경하듯 바깥을 봤다. 그중 디즈니 캐릭터 마스크를 쓴 아이가 내 쪽으로 고개를 돌렸다. 도널

드와 구피 사이에서 미키마우스가 방긋 웃었다. 긴 인생을 살면서 남수필 같은 남자와 잠시 대화를 나눈 것도 분명 도움이 될 거라고 나는 애써 자위했다. 두 번 다시 그를 보지 않게 된 건 참으로 다행한 일이었다. 이해할 수 없는 남자를 만나는 건 이해할 길 없는 세상의 비밀을 알게 되는 것만큼 막막한 일이니까. 그러나 애써 만든 이런 위안도 다음 날 완전히 무너져버렸다.

나는 남수필을 다시 만났다. 그것도 나를 열렬히 사랑하게 된 남수필을.

*

연휴가 시작되었지만 부모님께 가지 않았다. 뉴스에서는 종일 G-10 바이러스 때문에 텅텅 빈 고속버스 터미널과 서울역을 번갈아 보여주었다. 나는 일 때문에 못 간다고 핑계를 댔다. 물론 거짓말이었다. 번역하고 있던 시나리오 작법서는 마감이 있는 일도 아니었다. 당연히 돈 되는 일도 아니었다. 그저 나의 지식과 경험이 완전 쓰레기는 아니라는 사실을 스스로에게 입증하기 위해 억지로 잡고 있는 일일 뿐이었다. 작품을 표절당해 법정까지 갈 뻔했다 위자료 몇 푼으로 합의를 본 작가로서 자괴감을 떨쳐버릴 수 없었다. 사장이 내 시나리오에서 제멋대로 아이디어와 대사까지 훔쳐다 다른 작가와 작업하고 있다는 사실을 알았을 때 나는 휘발유와 시너를 사려고 새벽 두시에 거리로 뛰어나갔다. 그러나 주위에서 다들 말렸다. 가장 많이 들은 충고는 이거였다. 그냥 젊었을 때 인생 공부한 셈 치라고.

세상에 인생 공부는 젊은 놈만 한단 말인가. 왜 노땅들은 자기들은 더는 공부 안 하면서 우리에게 가르치려고만 하는가. 그것도 사회의 불공정이나 비합리적 구조 따위 가져다 버려야 할 쓰레기들을. 울분을 삭이고 있는 내게 사장이 인생의 선배로 말했다. 이제 글 쓰느라 고생 말고 시집가라는 따위의 말은 하지 않았다. 아마 그의 눈에는 그게 더 힘들어 보였나 보다.

그는 나에게 살아남으라고 했다. 그래서 자기한테 복수하라고. 살아……남는다. 그때는 몰랐다. 원수인 사장 또한 나에게 주옥같은 힌트를 던졌음을. 살아남는 일이 얼마나 기적 같은 일인지 알게 된 지금 그 철면피에게도 감사의 인사를 전한다. 어쨌거나.

나는 시나리오 작법에서 주인공의 목표와 장애물이 얼마나 중요한지를 끙끙거리며 번역하고 있었다.

'장애물은 주인공의 인생을 덮치는 파도이다. 거대한 파도가 지나간 후 주인공이 고독한 서퍼처럼 바다에 떠 있는 모습을 발견할 때 우리는 환호한다. 그 순간 바다는 그의 것이 된다.'

이 문장을 고치고 있을 때 핸드폰이 울렸다.

"하하. 제가 전화드린다고 했잖아요. 뭐 하고 있었어요?"

처음에는 어떤 미친놈이 장난하는 줄 알았다.

"집이 어디라고 그랬죠? 제가 그리로 지금 가죠."

나는 얼떨떨했다. 분위기 파악 못 하는 건 여전했지만 분명 남수필의 목소리는 어제와 달랐다. 조금 과장하자면 그는 드디어 푸른 지구를 보게 된 우주비행사만큼 들떠 있었다.

"종일 꼼짝 않고 작업했어요. 맛있는 거나 사 오시든가요."

정말 그가 오리라고는 상상도 못 했다. 한 시간 후 그가 우리 집 바로 뒤 공원에 와 있다는 전화를 했을 때도 농담인 줄 알았다. 그러나 공원 놀이터의 시소 모양을 정확히 묘사하는데 기절하는 줄 알았다. 허겁지겁 옷을 챙겨 입고 공원으로 나갔다.

한밤중 텅 빈 놀이터에는 레몬색 가로등 불빛이 안개와 뒤섞여 나뭇잎을 촉촉이 물들이고 있었다. 향긋한 풀 냄새가 바람에 실려 왔다. 그 바람을 태운 그네가 살랑 흔들렸다. 주로 성적 충동을 조절 못 하는 중고생들이 애용하는 그 더러운 공원이 묘하게 깨끗해 보였다. 저편에 오래된 은색 아토스 한 대가 고장 난 로켓처럼 서 있었다. 그 안에서 남수필이 나왔다. 그가 무중력상태에서 걷는 것처럼 아주 느리고 이상한 걸음걸이로 나에게 다가왔다.

"아우, 동네가 산꼭대기네요? 공기는 좋겠어요."

그는 동네 사람 다 듣도록 큰 소리로 말했다. 이것이 얼마나 무례한 경우인지 확인시키기 위해 일부러 잠옷 차림으로 나간 나를 보고도 눈도 깜짝 안 했다.

"저 빌라예요? 아까 나오는 거 봤어요. 정말 공원이 바로 보이네요. 일단 들어가요."

인천상륙작전 당시 맥아더한테 허를 찔린 김일성이도 나와 같은 이런 심정이었을까. 그는 다짜고짜 공원을 가로질러 내가 사는 다세대 주택으로 쏙 들어갔다. 말릴 틈도 없었다. 정신을 차렸을 때는 이미 그가 난지도와 다름없는 나의 원룸 한가운데 앉아 있었다. 이것이 바로 예쁘고 사연 있는 여자들이 곧잘 당한다는 스토킹인가 싶어 나는 쿵덕거리는 심장을 다독였다. 화를 내도 먹히지 않을 태세였다. 남수필은 너무 당당했고 해맑았다. 그는 소년처럼 달큼한 땀내를 풍기며 환하게 미소 지었다.

"집은 주인 닮는다더니. 좀 지저분하긴 해도 없는 거 없고, 따뜻하네요."

그는 CD 위의 먼지를 입으로 후후 불며 말했다.

*

희한한 일이었다. 내 안에서 도전의식이 솟아났다. 가뜩이나 바쁜 연휴에 경찰관 아저씨들을 귀찮게 하고 싶지 않았다. 어차피 이렇게 된 바에야 남자라는 동물, 그중에서도 이상성격 분야를 마스터하는 기분으로 이 밤을 보내자고 작정했다. 나는 시원스레 자포자기하며 와인을 꺼냈다.

"그래요. 우리 인생 이야기나 해요."

겁도 없이 나는 그렇게 말했다. 정말 밤새도록 그의 인생 이야기를 듣게 될 줄은 꿈에도 모르고.

지금 돌아보면 왜 그때 눈치를 못 챘는지 답답하다. 아무리 괴짜라도 어제 만난 여자의 집에 쳐들어와 그렇게 미친 듯이 떠드는 남자가 어디 있겠는가. 왜 운명적인 순간은 늘 허점투성이고 왜 우리는 그때 그것을 깨닫지 못하는가. 그는 진짜 쉬지 않고 이야기했다. 얼굴이 벌겋게 달아오른 채 가쁘게 숨을 쉬며 행복에 젖어 떠들었다. 아주 먼 어린 시절 추억부터 오늘 마친 실험의 데이터까지. 나는 고개를 끄덕이느라고 헛구역질이 날 정도였다. 그러나 그의 말을 자르고 제발 나가달라고 소리칠 수는 없었다. 아마 나도 본능적으로 감지했는지 모르겠다. 이 이야기는 두 번 다시 들을 수 없으리라는 것을. 결국 이세상에서 허무하게 사라질 모든 이야기 중의 하나라는 아픈 사실을.

"맞아, 맞아. 여기 오면서 재밌는 일이 있었어요. 나 어렸을 때 요 바로 뒷동네에서 살았거든요. 재개발 들어간다고 철거한 데요. 세상에. 무슨 원자폭탄 떨어진 줄 알았다니까요. 부서진 건물 안은 텅텅 비어 있고, 집들은 무너져서 시멘트 더미 위로 철골만 앙상하고, 세발자전거는 골목 안에 덩그러니 서 있고. 내가 그 동네에서 걸음마 배우고, 한글 떼고, 구구단 마쳤거든요. 동네에서 천재 났다고 난리였어요. 원래 못사는 동네에서는 지 이름 맨 먼저 읽는 놈이 천재예요. 어쨌거나 옛날 생각하며 차로 그 앞을 지나는데 세상에 어린 시절 내가 보이는 거예요. OB베어스 어린이 야구단 모자 쓰고 있는. 정말이에요! 내가 나를 봤다니까요!"

그렇다. 이렇게 생각하면 된다.

만약 자서전을 써야 하는데 하루의 시간만이 허락됐다고 가정해보자. 당신이란 존재를 이루는 수많은 기억 중에 무엇을 선별해내겠는가. 망각의 힘을 이겨내고 당신 안에 살아남은 그 억세게 운 좋은 것들의 정체가 궁금하지 않은가.

남수필은 흥분해서 와인을 벌컥 마시며 웃었다. 눈빛이 지나치게 반짝였다. 온몸에 네온이 흐르는 것 같았다. 여자를 잘 모르는 남자들이 종종 이런 실수를 저지르곤 한다. 그들은 금은방에서 한물간 디자인의 반지를 고르고, 이름만 유명하지 음식은 엉터리인 레스토랑을 예약하고, 재미없는 자기 이야기를 줄줄 떠든다. 남수필도 그런 시행착오를 겪는 중이었다. 나에 대한 애정을 주체할 수 없어 잠시 정신이 나간 것이라고 나는 그렇게 확신했다. 정말이지 그 자리에 있었다면 누구라도 그 상황을 이 남자가 나 때문에 돌았다고밖에 설명하지 못했을 것이다.

"과학자는 어렸을 때 꿈이었나요?"

나는 감히 나를 넘본다는 이유로 그를 너그러이 봐주기로 했다.

"아니요. 대통령이요."

음…… 역시 그는 허무맹랑한 아이였다.

*

"아버지는 의사가 되길 바라셨죠. 집안 형편 때문에. 고등학생 때 좋아하던 여자애가 있었어요. 같이 과학경시대회 나가고 그랬거든요. 그 애한테 잘 보이려고 과학자가 된다고 했죠. 나중에 노벨상 받을 거라고 약속도 했어요."

역시 개인이나 인류나 진화의 원동력은 이성을 향한 들끓는 열망인 법.

"다른 여자한테 첫사랑 얘기하는 건 위험한데요."

남수필은 펄쩍 뛰며 손사래를 쳤다.

"아니에요! 정식으로 사귀지도 못했어요. 대학 들어가서 만나기로 했는데. 약속 장소에 안 나타났어요. 롯데월드 앞에서 다섯 시간이나 기다렸는데."

안타깝게도 데이트 성지가 그에게는 첫사랑의 무덤이었다.

"결국 혼자 들어가서 그 안의 놀이기구들 몽땅 탔어요. 롤러코스터를 하도 많이 타서 화장실 가서 오바이트도 했고요. 야간개장도 끝나고 직원들 퇴근할 때까지 있었어요. 결국 과자로 만든 집 열차 안에서 울다가 끌려 나갔죠."

그레텔을 잃어버린 헨델처럼 과자의 집 앞에서 울고 있을

23

그의 모습이 떠올랐다.

"그 후로 한 번도 롯데월드에 가본 적 없어요."

그는 쓸쓸하게 말했다.

"누구에게나 첫사랑을 묻는 장소는 있는 거예요."

나는 그를 위로해주었다.

"하지만 노벨상은 꼭 타고 말 겁니다."

이런 식으로 반전에 반전을 거듭하는 것이 남수필의 화법이었다.

"정말이에요. 못 믿으시겠죠? 제가 아직은 우리 업계의 바이블인『셀』『네이처』『사이언스』에 논문 한 편 못 실은 몸이지만요."

남수필은 광적으로 눈빛을 빛내며 누가 엿듣기라도 하는 것처럼 속닥거렸다.

"내 지금 연구가 전 인류가 기다리는 바로 그거거든요. 아주 깜짝 놀랄 겁니다. 원래 위대한 과학자는 젊었을 때 미션을 마쳐요. 젊은 과학자는 발견하고 늙은 과학자는 논문을 쓰죠. 간경화에 앞니까지 빠져가며 밤새고 또 밤샜는데. 이렇게 꿈을 이루다니 믿어지지가 않네요."

어찌나 감격스러워하는지 그의 얼굴만 봐서는 세계 평화의 사신인 미스유니버스에 당선된 줄 착각이 들 정도였다.

"전공이 바이러스라고요? 무섭지 않아요?"

"네. 무서운 녀석들이죠. 하지만 현미경으로 보면 또 그렇게

예쁠 수가 없어요. 독감 바이러스는 장미꽃 모양이고 코로나
는 태양처럼 타오르죠. 그 애들한테도 한계는 있어요. 혼자서
는 살 수 없으니까."

"현실이 자꾸 SF영화처럼 돼가서 걱정이에요."

남수필이 의지가 가득한 눈길로 나를 격려했다.

"너무 두려워하지 마세요. 바이러스에 감염됐다는 것 자체
가 살아 있다는 증거니까. 똑똑한 바이러스는 숙주를 죽이지
않아요. 자기가 살 집을 불태우지 않죠."

"어쨌거나 연구가 잘돼서 인류를 구했으면 좋겠네요."

나는 그의 말을 당연히 무시했다. 내가 결정짓는 타인의 한
계가 결국 나의 한계임을 그때는 알지 못했다. 내 상상력은 그
의 꿈처럼 거대하지 못했다. 어떤 사람은 일기장에 자신의 꿈
과 인류의 꿈을 함께 적기도 한다는 걸 알지 못한 것이다.

그날 밤, 남수필은 『아라비안나이트』의 세에라자드처럼 별
과 달을 벗 삼아 필사적으로 이야기했다. 나는 꾸벅꾸벅 졸다
가 그가 자신의 사연에 경탄해 마지않느라 나를 덮칠 틈이 없
을 거란 확신을 한 후 잠을 청했다.

\*

아침에 맨바닥에서 눈을 떴을 때 핸드폰은 계속 진동으로
울리고 초인종도 시끄럽게 이어지고 있었다. 침대에서 자고

있던 남수필이 눈을 비비며 일어났다. 나는 얼른 몸을 날려 그의 입을 막았다. 한참 벨소리 공격이 있은 후 마지막 문자와 함께 사방이 조용해졌다.

언니. 안 들어온 거야?? 저번처럼 술 먹고 벤치에서 자고 있는 거얌?? 전화해. ^^

동생의 문자였다. 살금살금 다가가 현관문을 열었다. 문 앞에 동생이 두고 간 음식 보따리와 참치캔 선물세트가 놓여 있었다.

"와, 나 참치 좋아하는데."

"가지시든가요."

남수필은 신이 나서 참치캔 선물세트를 챙겼다. 머리가 지끈지끈 아팠다. 그제야 정신을 차리고 남수필을 봤다.

밤에 쓴 편지처럼 아침에 다시 봤을 때 부끄러워지는 남자가 있다. 내가 왜 그랬을까 후회되는. 남수필의 경우 편지가 아니라 일기에 가까워 보였다. 그냥 나만 보고 쪽팔리면 그만인.

남수필은 머리맡에 곱게 벗어놓은 양말을 다시 펴서 신었다. 그의 표정은 편안해 보였지만 얼굴색은 눈이 부실 정도로 하얗고 창백했다. 별로 덥지도 않은데 계속해서 땀을 흘리고 있었다.

"괜찮아요? 감기약 줄까요?"

그가 어린아이처럼 순진한 눈길로 말했다.

"배가 너무 고파요."

다행히 먹을 복은 있는 인간이었다. 동생이 주고 간 잡채, 전, 산적 그리고 토란국을 내놓자 허겁지겁 먹기 시작했다. 남수필은 감동에 젖어 나를 보았다.

"와, 정말 맛있어요. 내 인생 최고의 아침식사예요. 평생 잊지 못할 겁니다."

물론 그때는 몰랐지만 그 식사가 그의 인생 최고는 아닐지라도 최후의 성찬임은 확실했다.

"토란국 안 좋아해요?"

다른 음식은 싹 비웠지만 토란국은 그대로였다. 그는 토란국을 쓰윽 내 앞으로 밀어냈다.

"미끌미끌 너무 뜨겁네요."

"명절인데 오늘 집에 가실 거죠?"

"아뇨. 연구소 가봐야 해요. 저…… 가족 없어요."

그가 흘리듯 이야기했다.

"원래 소개팅하는 여자들한테 다 이러시나요? 제가 배포가 크고 개념이 없어서 다행이지, 또 이러지 마세요."

"아니에요. 저 소개팅 처음 해보는 거예요."

남수필이 손등으로 충혈된 눈을 비비며 변명했다.

"그러게요. 이상하지. 저도 제어가 안 되더라고. 그저께 만난 다음에 연구소 들어가서 실험하는데 막 기분이 묘해지고 심장이 벌렁벌렁 뛰는 게 자꾸 택선 씨 생각이 나더라고요. 거짓말이 아니라요. 진짜 정신 차리고 보니 제가 이 집 안에 앉아 있더라니까요. 그리고 택선 씨 얼굴을 보니까 또 막 이야기하고 싶어지는 거예요. 도대체 내가 왜 이럴까요?"

남수필이 땀을 닦으며 물었다.

나는 못 들은 척 대답을 회피했다. 오랜만에 나의 매력에 걸려든 남자를 상대하자니 절로 건방져졌다. 어떻게 하면 상처 안 주고 정리할 수 있을까. 집까지 들킨 관계로 이사 가야 할지 모르는데. 나는 잠깐이나마 쓸데없는 걱정을 만끽했다.

"엇. 정말 희한하네. 이 잡채 맛이 우리 어머니가 해주신 거랑 똑같아서 놀라고 있는데. 방금 싱크대 앞에서 어머니가 서 있는 걸 본 것 같아요."

그가 눈을 깜박이며 싱크대 쪽을 가리켰다.

나는 고개를 돌려 부엌을 보았다. 남수필은 멍하니 공책만 한 햇살이 떨어지는 부엌 창을 응시했다. 그의 눈동자에 아주 잠깐 깊은 그리움이 반짝이다 사라졌다. 어쩐지 등골이 오싹했다. 그 짧은 시간을 이루는 수많은 입자가 손안에 만져지는 듯했다.

그것은 '마법의 시간'이었다. 나중에 내게도 그것이 찾아왔을 때 나 역시 그때 남수필이 그랬던 것처럼 데자뷔와 비슷한 아득한 떨림 속에서 그 속에 빠져들 수밖에 없었다.

그날 남수필이 정확히 언제 돌아갔는지 기억나지 않는다.

커피를 마시며 텔레비전을 보다 꾸벅꾸벅 졸기 시작했고 비몽사몽간에 그가 알아서 가줬으면 하고 바랐는데, 눈을 떴을 때 다행히 그는 없었고 창밖은 어둑했다. 혹시 그가 또 엉뚱한 전화를 해 올까 두려웠지만 아무도 나를 찾지 않았다.

참 이상한 일이야. 이상한 일…… 나는 여전히 어리둥절한 채 중얼거렸다. 내 방은 남수필이 오기 전과 다를 바 없었다. 그는 아무런 흔적도 남기지 않고 사라져버린 것이다. 나는 당분간 이런 실속도 창의성도 없는 일상의 도발은 자제하기로 다짐하며 다시 잠자리에 들었다. 침대에는 어젯밤 머물다 간 타인의 채취가 남아 있었다. 살짝 코끝을 스치는 그 다이얼비누 냄새는 생각보다 그리 나쁘지는 않았다.

극적인 사건은 도미노 게임처럼 연속적으로 일어난다. 주인공은 도미노 게임의 마지막 한 조각이다. 마지막 하나가 무너지는 순간 우리는 환호한다. 이야기의 재미를 위해서 주인공은 일단 사건들에 깔려서 뻗어야 한다. 죽든 살든, 그것은 우리가 알 바 아니다. 이것이 도미노 법칙이다.

정말로 사건은 도미노처럼 멈추지 않고 진행되었다. 다음 날 집에서 작업을 하고 있는데 자꾸 땀이 났다. 보일러를 켜지도 않았는데 땀이 계속 흘러내렸다. 가슴도 콩닥거리고 무슨 일인가 일어날 것 같은 예감이 내 주위를 떠돌았다. 그리고 정말로 내가 오랫동안 바라던 일이 벌어졌다.

연우로부터 문자가 왔다.

아…… 김연우. 그는 내 머릿속 비밀번호를 알아야만 들어
갈 수 있는 파일 안에 저장되어 있었다. 파일명은 '학생회장 타
입. 농구까지 잘함' 부연 설명으로 '다음 생에 남자로 태어난다
면 이렇게 태어나자'라고 쓰여 있는.

연우는 내가 아는 인간 통틀어 가장 정상적인 범주의 사람
이었다. 어쩌다 이렇게 됐나 모르겠으나 그가 유일하게 갑근
세에 불만을 품을 자격 있는 대기업 회사원이었다. 내 주위 인
간들은 죄다 세금을 내고 싶어도 소득이 없어 못 내는 국민연
금계의 투명인간들뿐이었다. 반면에 연우는 내가 다니던 초등
학교의 학생회장이었고, 지금은 소득 있는 어엿한 정규직이다.
한때 왜 학생회장이 대기업 회사원밖에 못 됐을까 의아해하기
도 했으나 월급 받기가 얼마나 어려운지 또 세상의 월급이 결
국 범생이들에게 돌아갈 수밖에 없는 심오한 메커니즘을 터득
한 후 그 의문을 접었다. 어쨌거나.

어린 시절 그를 좋아하는 여자애들은 구중궁궐의 이름 모를
무수리들처럼 많았다. 나는 그중 하나가 되기 싫어 항상 경멸
하는 척했지만 그는 늘 내 추억의 일부였다.

중고등학생 시절 같은 동네에 사는 그를 우연히 보게 되면
나는 혼자 놀라 종종걸음으로 도망가곤 했다. 그리고 곧장 집
으로 달려가서는 엄마한테 왜 어깨 넓은 태음인 체질로 낳았
냐며 말도 안 되는 행패를 부리곤 했다. 대학 때에는 사우나 앞
에서 정면으로 마주친 적이 있는데 그 후 진심으로 눈썹 문신

을 고민하기도 했다.

　연우를 정식으로 다시 만난 것은 대학 졸업 후였다. 그의 여자친구가 내 대학 동기의 동생이었다. 우리는 함께 어울리며 스키장에 놀러 가기도 했다. 연우는 나를 그 많은 무수리 중 그래도 인상적인 무수리로 기억하고 있었다. 그는 내가 윗몸일으키기를 하다 체육복 고무줄이 끊어져 매트리스에 누워 있던 일을 정확히 기억하고 있었다. 그 시절 내가 연우를 당당히 만날 수 있었던 이유는 거지 같기는 해도 내게도 남자친구가 있기 때문이었다. 우리는 서로 애인을 둔 채 묘한 긴장을 나누며 만났다.

　내 착각이 아니라 우리 사이에는 정말 이상기류가 흘렀다. 그의 어린 여자친구가 노골적으로 질투할 정도였다. 그의 유학으로 우리의 인연은 흐지부지 끝났지만 귀국 후 일 년에 한두 번 문자는 주고받는 사이로 남게 되었다.

　그날도 명절을 맞아 연우로부터 의례적인 문자가 온 것이었다. 외로울 때에는 카드 대출 광고도 반가운 법인데 연우의 문자라니. 단체 문자의 혐의가 짙긴 했어도 내게는 모종의 암시와 여운이 담긴 비밀 쪽지처럼 보였다. 기이한 일이었다. 스스로를 말릴 틈도 없었다. 평상시에는 형식적인 답장도 쑥스러워하는 내가 다짜고짜 통화 버튼을 눌렀다.

　"어디니? 뭐 해? 우리 볼까?"

　내 입에서 마시멜로를 담뿍 빤 듯 달짝지근한 소리가 튀어

나왔다.

김연우도 당황하는 듯했다. 그러나 긴 연휴가 평상시의 긴장에서 그를 잠시 놓아준 것 같았다.

"그럴까…… 오랜만에……."

그가 의뭉스럽게 말을 흐렸다.

"내가 그쪽으로 갈까?"

확실히 뭔가를 잘못 먹은 거였다. 나의 적극성에 놀란 연우가 웃음을 터트렸다.

"와아. 네가 웬일이야? 내가 그리로 가야지. 아직도 거기 공원 옆에 사니?"

전화를 끊고 나서도 정신을 차릴 수 없었다. 순간 남수필이 생각났다. 아무래도 어제 애매한 남자와 함께했다는 사실을 덮기 위해 나의 여성성이 본능적으로 더 나은 남성을 찾는 것 같았다. 만약 내가 미친 게 아니라면 그 상황은 그렇게밖에 설명할 수 없는 것이었다.

나는 광속으로 옷장을 뒤져 겨우 입을 만한 자라(ZARA)의 터키블루 플란넬 블라우스를 찾아냈다. 환자복처럼 보여서 사놓고도 몇 번 입지 않았는데 그날은 어쩐지 잘 어울릴 것 같았다. 환자복이라니, 돌이켜보면 이 또한 기분 나쁜 징조였으나 당연히 그때는 알 수 없었다. 어쨌거나, 나는 집 앞으로 나가 흥분을 다독이며 연우를 기다렸다.

잠시 후, 은빛 SM5가 멈추고 그 안에서 흰색 폴로 와이셔츠를 입은 연우가 환히 웃으며 나왔다. 내 안의 세포들이 파도타기 응원을 하는 관중들처럼 우우 하고 일어섰다. 단지 첫사랑을 다시 만난 감격 때문만은 아닌 것 같고, 뭐랄까, 어떤 한 시절에 대한 그리움이 왕창 쏟아져 들어오는 느낌이랄까. 연우는 쑥스러운 듯 베이지색 라코스테 캔버스화 끝으로 바닥을 툭툭 쳤다. 그 모습은 여전히 소년 같고, 학생회장 같고, 첫사랑다웠다. 나의 첫사랑은 오래전 코닥 칼라 필름의 질감으로 나를 향해 미소 지었다. 앞으로 닥칠 공포와 충격은 꿈에도 상상 못 하는 해맑은 웃음으로.

*

　예전에 할리우드 영화 관련 다큐멘터리를 본 적이 있다. 사람들에게 왜 영화가 좋은지 묻자 한 남자가 대답했다. 영화가 아니었으면 어떻게 키스하는 걸 배웠겠냐고. 당신 부모가 당신 앞에서 키스하는 걸 본 적이 있냐고. 그렇다. 나 역시 영화에서 키스를 배웠다. 어쩌면 그것만 배웠는지 모르겠다. 그러나 별 쓸모는 없었다. 영화에서처럼 멋진 상대는 만날 수 없었으니까.
　사랑이건 뭐건 나는 늘 환상에 젖어 있느라 현실 앞에서 실망하기 일쑤였다. 나는 로맨틱 코미디란 장르의 희생양이었다. 여자들은 정직하지 못하다. 여자들이 성실한 남자를 좋아한다는 것은 거짓말이다. 로맨스물의 남자 주인공은 잘생겼거나 돈이 많거나 둘 다여야 한다. 『오만과 편견』이 세계명작전집에 낄 수 있었던 이유는 여자들의 로망인 다아시 때문이다. 테리우스든 안소니든 없어 보이는 애들이 로맨스의 세계에 당당히 끼어들기는 힘들다. 개천에서 용이 나기도 하지만 요즘은 개천도 보기 드물다.

연애라는 일종의 감성적인 처세에 어려움을 겪는 여자들에게는 전형적인 특징이 있다. 그녀들은 눈이 높은 게 아니라 눈이 아예 없다. 이미 자신이 바라보아야 할 대상을 정해놓고 있기 때문이다. 내게는 연우가 그런 존재였다. 이상형이란 원래 연애의 최종적인 적이다. 그 사실을 나도 그날 전화를 한 후에야 깨달았다. 내가 김연우란 거대한 첫사랑의 이미지에 지배당해왔었다는 것을.

그 불공정한 관계를 깨기 위해서는 하나의 방법밖에 없었다. 진짜 연애를 하는 것이다. 그날 수상한 발열과 충동적인 불안 증세를 보이던 나는 드디어 어떤 불가사의한 용기 덕에 그것에 도전할 수 있었다.

"어디로 갈까?"

연우가 물었다. 나는 바보 같은 여자들이 사랑에 빠지기 쉬운 자리인 조수석에서 그를 바라보았다.

"사람들 없는 곳으로."

"왜? G-10 때문에? 난 괜찮은데. 저번 홍콩 출장 때 감염됐는데 거기 퀸엘리자베스 병원에서 치료받았어. 적어도 나 때문에 네가 걸릴 일은 없을걸?"

연우는 조용한 곳으로 가자는 나의 음흉한 의도를 파악하지 못했다.

"아니, 우리 두 사람만 있는 곳으로 가고 싶어."

나는 이마에 흐르는 땀을 닦으며 그에게 요청했다.

연휴의 도심은 어둡고 을씨년스럽기까지 했다. 사람들은 고향에도 내려가지 않고 다들 집에 숨어 있는 것 같았다. 역시 이 바이러스 떠도는 도시를 겁내지 않는 자들은 연인이거나 연인이 되고 싶어 환장한 나 같은 자들뿐이었다. 김연우는 날렵하게 차를 몰아 스카이웨이로 올라갔다. 컴컴하고 구불구불한 산길 도로를 달리는데 꼭 동물의 내장 속을 달리는 것 같았다.

우리는 전망대에 차를 세우고 밖으로 나갔다. 서늘한 잿빛 공기가 우리를 감쌌다. 서울의 밤은 트로트 가수의 무대복처럼 지나치게 반짝거렸다. 어쩐지 우수와 열정이 뒤섞인 풍경이었다. 눈앞의 모든 장면에 감정적으로 대응하는 자신을 추스르기 위해 나는 손바닥의 땀을 지웠다.

"마실 걸 안 사 왔네. 앗, 잠깐."

연우가 웃으며 트렁크로 갔다. 그가 캠핑 의자와 자주색 리본이 달린 와인 선물세트를 꺼내왔다. 금세 차 보닛 위에 간이 테이블이 차려졌다.

"자, 다시 만난 걸 기념하며."

차 안에 있던 커피빈의 텀블러에 와인을 따라주는 연우를 보는데 꿈을 꾸는 기분이었다. 이런 낭만적인 바람이 이루어지다니 믿어지지 않았다. 몇 시간 전만 해도 연우는 그저 내 머릿속에 봉인된 추억의 일부였다. 그런데 내가 어떤 강력한 주문으로 그를 불러낸 것이었다.

"우리는 왜 다시 만난 걸까?"

내가 도전적으로 묻자 연우가 난처해했다.

"솔직히 아까 전화받고 신선하다는 느낌을 받았어. 뭐랄까. 왠지 네 목소리에서 성형수술 잘된 여자의 자신감 같은 게 느껴졌다고나 할까. 그래서 확인하러 나온 거야."

나는 누군가 내 마음속 재생 버튼을 누른 것처럼 마구 떠들기 시작했다.

"그래. 그럴 거야. 몇 년 만의 통화였지만 갑자기 참을 수가 없었어. 한 번도 네 앞에서 솔직해본 적이 없다는 사실을 깨달았거든. 난 그게 남자든 친구든 택배 아저씨든 누군가가 나를 좋아해도 결국 싫어할 거란 묘한 불안을 안고 살았어. 그래서 항상 실체를 받아들이지 못하고 미적지근하게 굴었던 거야. 남자도 늘 있어도 그만 없어도 그만인 애들만 사귀었던 거고. 난 비겁했던 거야. 그런데 무엇 때문인지. 그야말로 번개에 맞듯이 깨우친 거야. 낭만과 환상을 믿는다면 한번 도전해보기로…… 후회하지 않기로…… 마치 마지막인 것처럼."

나의 열변에 연우는 충격과 감격을 느낀 듯했다. 멀쩡한 척

했지만 술술 나오는 고백에 가장 당황한 사람은 바로 나였다.

"그럴 수 있어. 어쨌거나 너의 그런 에너지가 나한테 전해졌나 봐."

연우는 끄덕이며 미소 지었다.

"오늘 너 정말 달라 보인다. 얼굴에서 빛이 나."

그의 칭찬에 내 세포들이 또다시 들고일어났다. 이번에는 마스게임이라도 하는 듯 일사분란하게 스타디움을 흔들었다.

"고마워. 알아봐줘서."

그 순간 하마터면 자신감에 넘쳐 나는 그에게 키스할 뻔했다. 다행히 참았고 그건 참으로 장한 일이었다. 만약 그랬다면 중대 의료사고를 저지른 거나 마찬가지였을 테니까.

*

아슬아슬했다. 나는 서울의 밤을 내려다보면서 술에 취했다. 그리고 정말 많은 이야기를 했다. '나눴다'가 아니라 나만 '떠들었다'는 표현이 정확하겠다. 솔직히 연우가 어떤 표정을 지었는지도 생각나지 않는다. 처음에는 나의 수다와 취기를 즐겁게 구경하다 싫증 날 때쯤 되자 내가 시나리오를 썼던 영화를 다운받아놨다며 노트북을 펼쳤다. 밤이슬을 맞으며 내가 각색한 유치한 로맨틱 코미디 영화를 보는 것은 고문이었다.

"내 청춘은 이따위 로맨틱한 감성에 지배당했다고 보면 돼.

나 이거 쓰고 잔금도 못 받았어. 난 좀 더 맹렬하고 거침없고 위대하게 반짝이는 것에 지배당하고 싶다고!"

나는 입술을 부르르 떨며 넌더리를 쳤다.

"난 네가 자유로운 일을 해서 항상 부러웠는데."

"얘, 원래 돈이 없으면 자유가 많아."

나는 한참 일과 절망에 관해 불평을 늘어놓다 갑자기 뜨거운 정념에 휩싸였다.

"이 세상에 우리 둘만 남은 것 같네."

나는 지상의 불빛을 내려다보며 말했다.

연우가 하얗고 매끈한 얼굴을 내밀며 나를 살폈다.

"넌 그런 생각해 본 적 없니? 사랑하는 사람이랑 이 세상에 둘만 남는?"

"응. 해본 적 있어. 태국에서. 푸른 안다만해 한가운데 보트가 멈춰 있는데 내가 바다에 떠 있는 한낱 나뭇가지처럼 느껴지는 거야. 그때 내 몸에 작고 여린 꽃 하나가 달려 있으면 좋겠다고 생각했어. 그러면 망망대해에 떠 있다 해도 외롭지 않을 것 같다고."

이래서 데이트도 잘하려면 어려서부터 독서를 많이 해야 하는 거구나.

나는 감탄하며 연우를 보았다. 누가 뭐라 하든 그 순간만큼은 확신할 수 있었다. 내 젊은 날의 결코 잊을 수 없는 어느 밤이 지나가고 있다는 것을.

*

그다음부터는 잘 기억나지 않는다. 눈을 떴을 때 나는 뒷좌
석에 쭈그리고 누워 있었고 연우는 운전석에 기대어 있었다.
이미 아침이었다. 민망하기도 하고 무엇보다 근육통 때문에
둘 다 너무 힘들었다. 연우는 오한이 들었는지 어깨를 부르르
떠는데 나는 계속 땀을 닦고 있었다.

"어제 그렇게 떠들었는데 괜찮니?"

연우가 슬며시 웃으며 내 상태를 살폈다.

나는 못 들은 척 눈을 감았다. 창피했다. 내가 했던 일련의
행위는 아주 가까운 과거에 나를 얼 나가게 했던 남수필의 그
것과 똑같은 것이었다. 연우가 집으로 데려다주는 동안 내 마
음은 야릇하고 불안한 직감으로 조용히 끓어올랐다.

"좀 쉬고 있어. 애프터는 나중에 하자."

연우가 차에 올라타며 손을 흔들었다. 나는 초조하게 그에
게 물었다.

"연우야. 어제 나만 새로운 세상을 만난 거였니?"

내 질문은 어제의 세계 전체에 던지는 것만큼 무모한 것이
었다. 연우는 날아가는 새도 없는 하늘을 이쪽에서 저쪽으로
고개를 돌리며 살피더니 대답했다.

"아니. 나도 본 것 같아. 새로운 세계를."

연우는 미소 지었다.

"너의 열정에 나도 전염됐나 봐."

나의 영원한 학생회장은 초콜릿 선물 상자를 주듯 내게 그 달콤한 미소를 내밀었다.

그것은 나의 용기를 가상히 여긴 이 세계의 뜨거운 화답이었다. 정말이지 하늘로 날아오를 것만 같았다. 실제로 두 팔을 퍼덕이며 나는 더러운 내 원룸으로 날아 올라갔다. 앞으로 혼자가 아닐 거라는 기대가 슬슬 기어 나와 나를 간질거리며 웃겼다. 그 꿈결 같은 시간이 얼마나 흘렀을까. 핸드폰에 배터리가 떨어졌다는 사실을 깨닫고 갈아 끼우는 순간 정신이 돌아왔다. 수많은 메시지와 부재중 전화가 나를 기다리고 있었다. 거기에는 남수필의 메시지도 있었다. 확인하려는 찰나 전화가 왔다. 처음 보는 번호였다.

"옥택선 씨 핸드폰인가요?"

낯선 중년 남자의 목소리였다.

"네. 그런데요."

"금요일 날 남수필 씨와 소개팅했던 그분이시죠?"

"……네. 근데요?"

"남수필 씨가 죽었습니다."

"……."

"연구소에서 아침에 시신 상태로 발견됐습니다. 사인으로는 연구 중이던 신종 악성 바이러스에 의한 감염도 배제할 수 없습니다. 지금 남수필 씨와 접촉했던 사람들을 조사하고 있습니다. 아직 확신할 수는 없지만 옥택선 씨도 위험하니 즉각 검사를 받으셔야 합니다. 남수필 씨와 헤어진 후 행동 경로가 어땠습니까. 접촉한 사람들이 있으면……."

남자의 목소리는 재난방송을 전하는 아나운서만큼 침착하고 비극적이며 사려 깊었다. 장난전화가 아니었다. 그것은 실제상황이었다. 나는 힘겹게 침을 삼킨 후 더듬더듬 며칠간 나의 행적을 되짚어보았다. 나는 집에만 있었다. 동생도 나를 보지 못했다. 나는 남수필과 엉뚱한 밤을 보냈고…… 그리고…….

"어젯밤 친구랑 있었어요."

"그 친구분도 조사를 위해 격리조치 돼야 합니다. 지금 그분은 어디 있습니까?"

손에서 자꾸 미끄러지는 핸드폰을 두 손으로 붙잡았다. 그에게 연우의 번호를 알려준 후 무의식 상태에서 벌떡 일어나 창문들을 꼭꼭 잠갔다. 그리고 숨소리도 빠져나가지 못하게 이불을 꼭 뒤집어쓰고 구석에 숨었다. 그런 상태로 얼마나 있었을까. 구급차의 신경질적인 소리가 들리기 시작했고 곧 우주 생명체를 잡으려는 우주인들이, 정확히 말하자면 텔레비전 조류독감 뉴스에서 본 우주인 복장의 공무원들이 내 집에 들이닥쳤다.

*

    그들은 세균전을 치르는 병사들처럼 신중하고 신속하게 나를 다뤘다. 내게 특수 소재의 하얀 가운을 입히고 방독면을 씌운 후 구급차에 실었다. 그건 평범한 구급차가 아니었다. 구급차 뒷문을 열자 투명한 유리문이 하나 더 있었다. 나는 그 안에 실험실의 마우스처럼 혼자 갇혔다. 어딘가를 향해 달리는 도중 그들은 스피커를 통해 나에게 몇 가지 질문을 했다. 그들은 정말로 접촉한 사람이 더 없는지 정확히 기억해내라고 채근했다. 연우는 어떻게 됐는지 물었지만 내 목소리는 방독면 안에서 웅웅 울리기만 할 뿐이었다. 남수필이 정말 죽었는지도 묻고 싶었지만 차마 그의 이름이 입 밖으로 나오지 않았다. 그때 남수필이 보낸 메시지를 아직 확인하지 않았다는 사실이 떠올랐다.

    나는 카메라에 잡히지 않도록 몸을 돌려 주머니에서 핸드폰을 꺼냈다. 도착 시간을 확인해봤다. 남수필은 죽기 바로 전까지 나에게 문자메시지를 보내고 있었다. 포토메일도 여러 장 있었다. 수상하고도 수상했다.

**택선 씨. 치료제를 먹으면 안 돼요. 그들을 믿지 말아요.**

    그 작은 글자들 사이에서 긴박감이 날뛰었다.

미안해요. 정말. 택선 씨한테 제일 미안해요. 미아ㄴ해요.

그제야 남수필이 이 세상에 없다는 현실이 조금 실감이 났다. 이제 그가 남긴 문자만이 존재하는 것이었다.

**도와줄 사람은 단 하나! 이균을 차자욧. 꼭 찾아야 해요!!!**

아, 도대체 이게 무슨 말일까. 왜 남수필은 죽기 전 부들부들 떨리는 손으로 이런 문자를 남긴 걸까.

스피커를 통해 또 그들이 질문을 해 왔다. 혹시 요 몇 시간 평소보다 체온이 오르지 않았는지 물었다. 나는 아니라고 힘껏 고개를 내저었다. 형광등처럼 환하던 남수필의 얼굴과 연우가 내 얼굴을 보며 황홀한 듯 말하던 모습이 떠올랐다. 네 얼굴에서 빛이 나……..

'아…… 나도 죽겠구나…… 오…… 남수필…… 소개팅 나갔다가 죽는 여자는 나밖에 없을 거예요……. 고마워요……. 미인박명이라고 내 인생을 빨리 끝내주시려는 거죠……. 하. 하. 하…….'

갑자기 눈앞이 뿌옇게 흐려지며 숨이 가빠졌다. 더 이상의 충격을 받아들이기에는 내 체력과 이해력이 한계에 다다랐다. 머리에서 모든 정보와 기억과 감정이 뒤섞이며 지워지고 있었다. 차라리 누가 내 전원을 차단해주거나 배터리를 확 빼줬으

44

면 좋겠다고 생각했다. 왜 하필 나를! 이렇게 젊고, 예쁘지는 않아도 아직 피부는 쓸 만한, 게다가 어제 드디어 첫사랑과 재회한 나를!

나는 연우를 떠올리며 가까스로 호흡을 되찾았다. 제발 내가 남수필을 원망하듯 연우가 나를 증오하는 일이 없기를 바라며 다시 문자메시지를 뒤졌다. 어쨌든 지금 내 사정을 알고 걱정해주는 인물은 죽은 남수필밖에 없었다.

날 못 믿겠죠. 그치만 믿어야 해요. 택선 씨는 살아야 해요. 제 소원이 이ㅇ엥.요. 죽는 사람 소원이에요. 어서 도망가요.

내 직관과 본능을 따라야 할 순간이었다. 그냥 사이코의 헛소리로 치부할 것인가. 아니면 별나기는 했어도 순수한 눈동자를 지녔던 한 남자를 믿을 것인가.

균을 찾아요.

균…… 그것의 정체가 무엇인지 모르겠으나 가장 중요한 힌트 같아 보였다.

그때 구급차가 멈추었다. 어디쯤인지 얼만큼이나 왔는지 감이 잡히지 않았다. 사람들이 내리고 차들이 멈추는 소리가 들렸다. 뒷문이 열렸다. 내가 탄 응급차 뒤로 검은 승합차 두 대가 따라온 모양이었다. 어디선가 본 듯한 골목이었다. 바로 연우네 집 앞이었다. 이층 양옥의 나무 대문 앞에 연우의 자동차가 세워져 있었다. 대문이 열리고 나를 끌어냈던 우주인들이 집 안으로 들어갔다. 잠시 후 연우가 우주인들한테 어깨를 잡힌 채 속수무책으로 끌려 나왔다. 나와 헤어지고 들어간 후 그대로 자고 있었던 모양이었다. 한 우주인이 유리문을 열며 말했다.

"얼굴 확인해주세요."

우주인들이 연우를 내 쪽으로 데리고 왔다. 연우는 놀라고 기가 막혀서 완전히 혼이 나가 있었다. 내가 누구인지도 알아보지 못하고 기어들어가는 소리로 담당자만 찾았다. 나는 우주인한테 고개를 끄덕였다. 그들이 연우를 내 앞에 두고 승합차 쪽으로 갔다. 잠시 대책회의를 하는 모양이었다. 방독면 때문에 서로의 말이 잘 안 들리는지 자꾸 박치기를 했다.


나를 믿어요. 도망가요. 나를 믿어요.


남수필의 마지막 메시지가 내 머릿속에서 깜박거렸다.

그것은 어느 별이 바스러지기 전에 뿌리는 최후의 빛처럼 반짝거렸다.

나는 방독면을 벗으며 유리문을 밀었다. 연우의 바지 뒷주머니에 열쇠 지갑이 불룩하게 튀어나와 있었다. 나는 잽싸게 그것을 꺼냈다.

"튀어!"

나는 연우의 손목을 잡고 연우의 차를 향해 전속력으로 달렸다. 드라마에서 남자 주인공이 여성팬을 의식하고 하는 행동을 내가 하고 있었다. 나를 보고 놀란 연우는 광기에 압도되어 따라오는 수밖에 없었다. 우리가 차에 올라탔을 때 우주인들이 그제야 발견하고 허둥지둥 난리였다.

"택선아. 뭐 하는 거야! 도대체 이게 무슨 일이니?"

연우가 거의 울 듯한 얼굴로 나를 보았다.

"뭐긴. 씨이, 영화 찍는 거지."

나는 스턴트맨처럼 요란하게 차를 출발시켰다. 이러나저러나 죽는 건 매한가지라고 생각하니 제법 운전하는 맛이 났다.

나는 남수필의 말을 따르기로 했다.

내가 누군가의 말을 그렇게 절실히 믿은 것은 그때가 처음이었다.

*

"택선아! 차근차근 설명 좀 해봐! 우리가 왜 도망가는 거야?"

연우는 우주인의 승합차가 쫓아오는지 뒤를 살피며 소리쳤다. 다행히 복잡한 이 동네 골목을 그들은 나만큼이나 잘 알지 못했다.

핸들을 잡고 있는 손은 떨렸지만 의외로 내 의식은 또렷했다.

"저 사람들 누구야? 바이러스재난구조협회인가 뭔가에서 왔다면서 다짜고짜 끌어내던데, 진짜야?"

어차피 이 급박하고 황당한 상황을 간결하게 설명하기는 불가능했다.

"연우야. 잘 들어. 내가 남수필한테서 바이러스가 전염됐을지 모른데. 게다가."

"남수필? 그게 누군데?"

"응. 미키마우스의 아버지. 미키마우스의 전도사. 미키마우스의 레전드. 몰라, 하여튼 무지 이상한 남자 있는데. 내가 그 남자랑 밤새 같이 있었거든."

"넌 나랑 있었잖아."

연우가 나를 쏘아봤다. 말해놓고 보니 내가 아주 잘나가는 여자처럼 느껴졌다.

"남수필이 국립면역연구소 연구원이었거든. 근데 뭔가 잘못됐나 봐……. 죽었대."

죽었다는 말을 하는데 혀에 건전지가 닿은 것처럼 찌릿했다. 순간, 어처구니없게도 듀라셀의 분홍색 토끼 인형이 에너지가 떨어져 쓰러지는 모습과 남수필의 얼굴이 겹쳐졌다. 암담하고 슬플수록 코믹한 이미지를 끄집어내는 것은 내 뇌의 오래되고 고약한 버릇이었다.

"그러면 병원에 가야지? 어딜 가는 거야?"

나는 연우에게 핸드폰을 내밀었다.

"그 남자가 죽기 전까지 나를 애타게 찾았어."

연우가 화면에 바싹 코를 대고 남수필이 남긴 메시지들을 들여다보았다. 나는 아슬아슬한 곡예 운전을 펼치며 연우를 살폈다. 연우의 경직된 얼굴에 특유의 냉정함이 되돌아왔다.

"이 사람. 연구하는 사람이 어떻게 부주의할 수 있지? 너 확실히 감염된 거 맞아?"

차분한 눈길로 따지는 연우를 보는데 그만 울고 싶어졌다. 나는 속이 타서 더 큰 소리로 윽박질렀다.

"지금 그걸 따질 때가 아니야. 나한테 남긴 문자를 보라고!"

연우는 내 찢어지는 목소리에 눈살을 찌푸리더니 다시 침착하게 물었다.

"너, 이 사람 얼마나 잘 알아? 믿을 만한 사람이니?"

아주 곤란한 질문이었다.

나는 남수필에 대해 얼마나 알고 있을까. 확실한 것은 더 알고 싶어도 그에 대해 알 수 없다는 것이었다. 사실대로 말했다가는 일이 더 꼬일 것 같아 나는 남수필이 거의 노벨상 수상권에 근접한 한국 과학계의 비밀 병기라고 둘러댔다.

"택선이 넌 그러니까. 치료제를 믿지 말란 이 남자 말을 믿는다는 거야?"

"그래, 이 자식아! 야! 설마 죽기 전에 나한테 뻥 깠겠냐!"

나는 버럭 소리를 질렀다. 잠깐 내 정신은 중앙선을 침범했다 돌아왔다. 나의 험한 모습을 보고 나서야 연우는 사태의 심각성을 실감하는 것 같았다.

*

"연우야. 너도 당연히 혼란스럽겠지. 미안해 나 때문에. 그런데. 나는 말이야. 이 인간의 메시지를 무시할 수가 없어. 너도 한번 생각해봐. 도망가라는 이 문자들이 너무 절실하지 않니?"

연우가 한숨을 내쉬며 차창으로 고개를 돌렸다. 매사에 명료하게 처신하는 그에게도 답이 안 나오는 상황이었다.

"일단 차 좀 세워볼래."

나는 아무렇게나 버스정류장에 차를 세웠다.

"그럼. 만약 네가 감염됐으면 나도 가능성이 있겠네?"

또박또박 연우가 물었다. 뒤에서 버스가 우리를 밀어버릴 기세로 빵빵거렸다.

나는 대답할 엄두가 나지 않아 마른침만 삼켰다. 머리는 터지고 발은 땅 밑으로 쭉쭉 가라앉을 것 같았다. 연우는 긴 속눈썹을 내리깔더니 핸드폰 문자를 꼼꼼히 들여다보았다. 그러더니 내 앞으로 포토메시지 하나를 들이밀었다.

**차에 자료 이써요 내 차 연구소 앞에.**

내가 못 보고 지나쳤던 거였다. 첨부된 사진은 대학 지방 캠퍼스로 보이는 낮은 회색 건물을 찍은 것이었다. 다른 사진에는 국립면역연구소의 청동 간판이 찍혀 있었다.

그것들을 균에게 줘ㅓ요.

또 균 타령이었다.

"정말 이 분야 최고 권위자였단 말이지?"

나는 턱이 빠질 정도로 고개를 끄덕였다.

"모르겠다. 설마 헛소리하진 않았겠지. 일단 가서 무얼 남겼는지 보자. 그다음엔 병원으로 가는 거다."

연우는 두 손으로 얼굴을 쓸어내리며 말했다. 용의주도한 연우가 천재 과학자의 마지막 경고를 무시하기는 힘들었을 것이다.

"그래. 연우야. 여자의 직감이라는 게 남자 바람피울 때만 발휘되는 게 아닌 거 같아. 내 직감 한번 믿어봐. 나 지금 우리가 제대로 하고 있다는 감이 아주 확실하게 와. 거의 신기에 가까워. 잘하면 작두도 탈 수 있을 것 같아."

"빨리 가기나 해."

내 헛소리를 자르며 연우가 명령했다.

"연우야, 나 괜찮을 거야. 너는 당연하고."

"그래, 별일 없겠지. 둘 다 아무렇지 않은데. 너 혹시 무슨 증상 있니?"

연우가 미심쩍은 눈길로 묻는데 나는 얼른 방독면을 썼다. 특수 고무 소재 너머로 연우의 깊은 한숨 소리가 들렸다. 나는 일단 죽은 사람 소원을 들어주기 위해, 아니 그저 나의 어설픈 직감을 버릴 수 없어서 남수필의 차를 찾아 국립면역연구소로 출발했다. 방독면 안으로 뜨거운 땀이 끈적끈적 흘러내렸다. 나는 배트맨과 스파이더맨 애들은 도대체 어떻게 숨을 쉴까 궁금해하며 모험의 장소로 떠났다.

*

연구소는 생각보다 그리 멀지 않았다. 우리는 한때 유원지로 유명했던 인근 도시로 갔다. 연구소가 있는 동네는 한적한 읍내 분위기였다. 정거장에서부터 건물과 집들이 서서히 안 보이기 시작하더니 꺾어진 도로 안쪽으로 들어가자 야트막한 산 아래 연구소가 나타났다. 똑같은 회색의 부속 건물들이 여러 개 있었고 정문 앞에는 개미 한 마리 얼씬거리지 않고 있었다. 우리는 경비실 앞을 조심히 지나쳐 건물 뒤편으로 갔다. 연우는 재빠르게 첨부된 사진과 똑같은 각도의 풍경을 잡으려고 애썼다.

"저기 같은데. 혹시 저 차 아냐?"

거기에 있었다. 건너편 수풀가에 남수필의 아토스가 주인

잃은 개처럼 불쌍하게 쭈그리고 앉아 있었다. 우리는 재빨리 그 앞에 차를 세웠다.

"맞아, 열쇠!"

내가 놀라자 연우가 혀를 끌끌 차며 다시 포토메시지를 보여줬다. 타이어에 깔린 돌을 찍은 사진이었다. 연우가 타이어들을 살피자 앞바퀴 아래 그 돌이 있었다. 그리고 그 밑에 열쇠가 있었다.

딸깍. 차 문이 열렸다.

마침 한 줄기 바람이 머리를 스쳤고 순간 남수필의 다이얼 비누 냄새가 지나갔다.

"읍! 장난 아냐."

연우가 질색을 하며 토굴로 기어들어가듯이 차 안으로 들어갔다. 온갖 책과 서류, 잡동사니 물건들이 넘쳐나고 있었다. 아토스가 왜 쭈그리고 있나 했더니 힘이 들어서 그런 것 같았다.

한참을 안에서 꾸물거리더니 연우가 서류 파일들을 한가득 안고 나왔다. 연우가 어깨를 으쓱하며 내게 무언가를 내밀었다.

"과연 미키마우스의 아버지로구나."

미키마우스와 미니마우스 인형들이 주렁주렁 달린 남수필의 핸드폰이었다.

이게 왜 여기 있을까.

핸드폰을 잡는데 남수필의 손이라도 잡은 것처럼 떨렸다. 그 차가운 감촉이 내 마음을 아릿하게 했다. 나는 핸드폰의 전원을 켰다. 익숙한 통신 회사의 마크가 마법의 주문처럼 떠올랐다 허무하게 사라졌다.

그 안에도 누군가 읽어주기를 기다리는 많은 메시지들이 있었다.

나는 확인 버튼을 눌렀다.


택선 씨 오셨나요 걱정 마니 하고 있어요 꼬옥 이 문자를 보아쓰면 좋겠네요

전 좀 힘들 것 같습니다

다시 연구소로 돌아가 최선을 다하겠지만

허무하군요 열심히 살았습니다만

이 자료를 가지고 규니를 만나세요 연락해놓았습니다.

택선 씨 미안해ㅒ요 저는 평생 운이 좀 없는 놈이었지만

제가 다 못 쓰고 간 행운을 택선 씨에게 남기고 갑니다부디 굿럭


그것은 남수필의 유서였다.

누군가는 이제 핸드폰에다 유서를 남긴다. 이 세상에 남기고픈 자신의 영혼을 마지막으로 전송하면, 영혼은 작고 반짝이는 검은 관처럼 생긴 핸드폰에 영원히 저장된다.

죽음을 예감한 후 죽음에 관련된 데이터들을 여기에 남기고 끝까지 실험을 놓지 않기 위해 연구소로 돌아갔을 그의 뒷모습이 떠올랐다. 어지러워 나는 자리에 주저앉았다.

죽음을 기다리는 자신에게 메시지를 남기는 그 마음을 슬픔이란 단어로 표현할 수 있을까. 세상에, 이 문자들은 이렇게 반짝이고 있는데 그는 어디에 있는 것일까.

*

나는 비틀거리며 차 문을 열고 조수석에 털썩 앉았다. 먼지가 폴폴 피어오르는 그의 차를 둘러보았다. 집만 주인을 닮는 게 아니라 차도 그런 것 같았다. 지저분하고 어수선했지만 그 안은 그의 열정이 담긴 책과 자료들로 넘쳐났다.

"이 사람 허튼소리한 것 같지는 않은데. 그런데 왜 연구소 동료들에게 안 남기고 너한테 이걸 준 거지?"

연우가 파일 속 서류들을 유심히 훑어보며 말했다. 애석하게도 남수필의 죽음을 차분히 애도할 여유가 없었다. 그가 남긴 서류들은 제2차 세계대전 독일군 암호처럼 거의 해독 불가능해 보였다. sequence file list에 각각 엄청 긴 암호 같은 이름들이 text, adobe, chromatogram 세 개로 되어 있는데 대체 뭘 봐야 하는지도 알 수 없었다. 잘 보면 그 이름들 뒤에 -TA, -His, -GST 등 아는 사람만 아는 이름이 붙은 그림파일이 잔뜩 있고, ELISA라는 여자 이름처럼 예쁘지만 이름과는 반대로 무지 복잡한 표 그림들에 TCID란 글씨가 무한정 나오는 엑셀 표까지, 그것은 우리의 아름다운 한글은 전혀 없고 그나마 영어도 별로 없는 숫자만 가득한 이상한 서류들이었다. 우리는 한 쌍의 바보가 되어 서로의 멍청한 얼굴을 바라보았다. 하지만 내가 겟돈 털린 여자처럼 넋 나가 있는 동안 연우는 포기하지 않고 계속 그 어려운 서류들을 검토했다.

"잠깐. 이것 볼래?"

연우가 종이 몇 장을 내밀었다. 이메일을 출력한 것이었다. 영어로 작성된 편지 중간중간 한글 문장도 보였다.

"계속 이균을 찾으라고 했잖아. 이 아이디 봐."

편지 말미에 Scripps, 10550 North Torrey Pines Road, La Jolla, CA와 보내는 사람 이름이 쓰여 있었다. LEE GYUN. 메일 아이디도 e-gyun이었다. 그러니까 이균이 무슨 대장균, 십이지장균, 헬리코박터 파이로리균이 아닌 멀쩡한 사람으로 우리가 그를 만나면 문제는 해결되는 것이었다.

나와 연우는 들떠서 바르르 떨며 다시 그것을 읽었다. 이균이 남수필에게 보낸 것으로 내용은 대충 너의 프로젝트 성과를 우리 지도교수에게도 언급했다 어쩌고저쩌고, 홍콩 보건 당국이 저번 케이스 당시 어쩌고저쩌고, 이곳 미국질병예방센터에서는 또 어쩌고저쩌고…….

"이번 홀리데이에 한국에 갈 수 있을지 모르지만…… 가게 되면 본격적으로 이야기하자?"

연우가 통역을 하다 놀라서 나를 보았다.

"그럼 지금 이 사람 한국에 있다는 거야, 미국에 있다는 거야?"

내가 주체를 못 하고 흥분하자 연우가 다시 방독면을 씌우려 했다.

"전화해보면 되지. 줘봐."

나는 아까부터 전원을 꺼놓은 핸드폰을 주려다가 주저했다.

"그 사람들이 위치추적해서 잡으러 오면 어떡하지?"

"넌 너무 영화를 많이 봤어."

연우는 차분히 메일에 있는 번호로 전화를 걸었다. 시차 때문인지 한참을 기다리자 드디어 누군가 전화를 받았다. 연우의 영어 발음은 드라마에 나오는 유학파 실장님들보다는 근사했다. 잠시 후 연우가 전화를 끊더니 허탈한 얼굴로 나를 보았다.

"뭐래? 그 사람이 받은 거야?"

"아니, 룸메이트. 이 사람. 한국 갔대. 지금 비행기에 있나 봐."

우리는 누가 먼저랄 것도 없이 나란히 고개를 들어 하늘을 보았다. 어디선가 쉬이잉 비행기의 엔진 소리가 들리는 것 같았다.

아주 잔인한 사실이 있다. 우주비행사를 뽑을 때 최종적으로 두 명이 남으면 외모가 못생긴 사람보다 잘생긴 사람을 뽑는다고 한다. 왜냐하면, 이제까지 살아오면서 잘생긴 사람이 못생긴 사람보다 더 많은 긍정의 에너지를 받았기 때문에 위험천만한 상황에서 잘생긴 사람이 좀 더 긍정적인 선택을 할 수 있다는 이유에서란다. 그렇다, 이렇게 치사한 곳이 세상이다. 어쨌거나.

연우는 그 믿기 어려운 예를 몸소 보여주고 있었다. 그는 침착하게 상황을 정리하고 계획을 세웠다. 내가 남수필의 사망 원인과 연결되어 있고, 그것이 자신에게까지 영향을 미칠지 모른단 가정은 최악의 경우였다. 연우는 그것은 고려하지 않는 듯했다. 늘 운이 좋은 아이였으므로 그런 재수 옴 붙은 일이 그에게 일어날 리 없었다.

"난 여전히 괜찮은데. 너는 어때?"

희한했다. 어느 순간부터인지 땀을 흘리며 미친 듯이 떠들던 수상한 증상이 싹 하니 사라져버린 것이었다.

"남수필의 경우는 특별 케이스일 수 있어. 숙주의 조건이 모두 같은 건 아니니까 지레 겁먹을 필요는 없을 것 같아. 만약 네가 남수필로부터 감염됐다면 지금쯤 눈에 보이는 증상이 나타나야 하지 않겠니? 그런데 전혀 그렇지 않잖아."

연우는 재차 나를 안심시켰다.

그에게 사실대로 말하지 않기를 잘했다고 생각했다. 아마 나는 남수필과 상관없이 잠시 독감 초기 증상을 앓았을지도 몰랐다. 어쨌거나 무슨 연유인지 그 발열 증상이 멈춘 것은 만세를 부르고 기뻐할 일이었다.

내가 말짱하니 연우 역시 걱정할 필요가 없었다. 다만 남수필의 죽음으로 인한 충격 때문에 계속 마취를 한 듯 얼얼한 건 어쩔 수 없었다. 거기에다 공무집행자들로 추정되는 낯선 번호로부터 계속 전화가 와서 불안했다. 나는 다시 핸드폰 배터리를 뺐다.

우리는 결정을 내려야 했다.

"그 이균이란 사람 꼭 만나보고 싶지? 너, 그걸 원하는 거지?"

나는 고개를 끄덕였다.

"그래야 안심이 될 것 같아."

"응. 일단 너랑 나랑 말짱하니 하루 늦게 병원에 간다고 큰일이 날 것 같지는 않고. 그리고 고인의 뜻도 있고 하니 만나는보자. 어쨌든 일단 여기를 뜨자."

연우는 어서 차에 올라타라고 턱짓을 했지만 나는 어쩐지남수필의 아토스를 그냥 놔두고 떠날 수 없었다.

"이 차, 여기에 놔두었다가는 고인돌이 될 것 같아. 내가 몰고 가야겠어."

연우의 눈빛에 나를 진심으로 걱정하는 기색이 스쳤다. 아마 아토스를 껴안고 있는 내 모습이 단단히 실성한 여자처럼보였을 것이다.

"너 아까 보니까 운전 또 했다가는 큰일 나겠더라. 어차피 이안의 것들을 다 옮길 수도 없고…… 그런데 이거 굴러는 가니?"

의외로 아토스는 환갑 넘어 아들 본 노인네처럼 정정했다.연우는 노트북과 몇 가지 물건을 챙긴 후 자신의 SM5를 나무그늘 아래 숨겼다. 우리는 다시 서울로 방향을 돌렸다.

"이 사람, 차는 더러운데. 운전은 곱게 했네."

핸들을 잡은 연우가 중얼거렸다. 나는 그로브박스에 다닥다닥 붙어 있는 미키마우스 스티커들을 바라보았다. 마우스들의동그란 검은 귀가 꿈틀거리는 게 보였다. 갑자기 속이 울렁거렸다.

몸 안에서 어떤 일이 벌어지는지 모른다는 건, 존재의 뿌리까지 흔들 수 있는 일이었다. 그 시끄러운 수다를 동반한 발열 증상이 감쪽같이 사라진 건 좋지만 아직까지는 안심할 수 없었다. 불길한 상상을 날려버리고자 나는 머리를 흔들었다. 나도 연우처럼 무한한 긍정의 기운을 뿜어내고 싶었다. 나도 최후의 순간에 암흑의 우주 앞에서 현명한 선택을 내리는 잘생긴 우주비행사가 되고 싶었다.

연우는 우리 동네 교차로에 있는 스타벅스 앞에 차를 세우더니 노트북을 펼쳤다. 무선 인터넷이 잡혔다. 연우는 한국에 도착하자마자 전화를 달라며 이균의 이메일로 편지를 보냈다.

"볼까?"

내가 기 죽어서 묻자 연우가 웃었다. 순전히 나를 격려하기 위한 웃음이었다. 우리는 일단 내 원룸으로 가기로 했다.

"설마 그 우주 공무원들이 계속 있지는 않겠지?"

"만약 그렇다면 사태는 그대의 생각보다 심각하단 거!"

연우는 웃었지만 불행히도 사태는 우리의 예상보다 심각한 모양이었다.

원룸 앞에 아까의 그 검은 승합차가 세워져 있었다. 연우와 나는 놀랐지만 아무렇지도 않은 척 차를 뺐다. 그리고 제법 노련한 커플 갱단처럼 그곳으로부터 유유히 빠져나왔다.

그렇다. 우리는 졸지에 〈보니 앤 클라이드〉가 된 것이었다. 사랑의 도피 행각을 벌이는 연인은 내 오랜 판타지 중의 하나였으나 막상 닥치니 마냥 멋지지만은 않았다. 자칫하면 사랑의 노숙자가 될 수도 있는 판국이었다.

"어떡할까?"

안심하고 있던 연우도 당황한 것 같았다. 그러나 연우는 한 입으로 두말하는 남자가 아니었다.

"일단 그 이균이란 자를 만나기로 했잖아. 지금 오고 있다니까. 오늘 밤만 기다려보자."

갑자기 나의 고집을 끝까지 존중해주려 애쓰는 연우가 존경스러워 보이기까지 했다. 역시 그는 훌륭한 어른이 된 훌륭한 어린이 회장이었다. 나는 하룻밤의 베이스캠프를 차리기 위해 가장 적합한 장소를 생각해냈다. 우리는 아직 주인이 사라진 슬픔을 깨닫지 못하는 아토스를 데리고 그곳으로 향했다.

*

"자, 한번 상상해봐. 지구가 멸망했어. 운석이 날아와서 잿더미가 된 거지. 서울도 예외는 아니야. 할리우드 영화에서는 도쿄 망하는 것까지만 보여주지 우리는 안 보여주잖아. 그건 국가 브랜드가 약해서고. 우리도 똑같이 폭삭하는 거야. 하지만 그날 이후에도 살아남는 자들이 있지. 너, 서울이 망해도 뭐는 살아남을 것 같니?"

모닥불 앞에서 연우가 갸우뚱거리며 되물었다.

"쥐랑 바퀴벌레 말고?"

"……아파트. 난 서울이 아무리 묵사발이 나도 아파트 몇 개는 남아 있을 것 같아. 워낙 많으니까."

연우가 토를 달지 않고 고개를 끄덕였다.

"그리고 그 안의 아이들이 기적처럼 생존하는 거야. 이제 아이들은 콘크리트 정글이나 다름없는 이곳에서 원시인들처럼 살아가야 해. 서울 곳곳의 폐허가 된 아파트 단지에서 아이들이 부족을 이루면서 치열하게 사는 거야. 도곡동 타워팰리스의 아이들과 삼성동 아이파크의 아이들이 고갈된 식량을 차지하려 싸우는 거지."

"강북은 없니?"

연우가 항의했다.

"음. 미아리 뉴타운 아이들이 남아 있긴 하지. 그 애들은 몇몇 살아남은 다세대주택 토착 세력 때문에 기를 못 펴지. 어쨌거나."

"지구 최후의 날까지 강북 불균형이 해결되지 않았구나."

고맙게도 나의 허튼소리에 연우가 진지하게 해설을 달았다.

"그 각각 아파트 단지에 살아남은 아이들이 하나 남은 물 공급지를 두고 전쟁을 벌이는 거야. 압구정 현대의 반란 세력이 서초동 우성아파트와 손을 잡고. 그러나 옥수동에서 넘어온 래미안 저격수들이 그들을 소탕해버려. 제일 무서운 애들은 가리봉동 아파트형 공장에 진을 친 과거 삐끼 출신의 지방 세력들이야. 걔네들은 무조건 보이는 대로 그냥 발라버리거든."

"그래서 최후의 승자는 누가 되는데?"

연우가 눈빛을 반짝이며 물었다.

나는 뜸을 들였다.

"음…… 끝까지 희망을 피하지 않는 자가 이기겠지."

"희망을 피하지 않는…… 자?"

연우가 고개를 들고 다시 물었다.

"응. 희망이 간절한 사람은 때론 희망이 두렵기도 해. 희망밖에는 가질 게 없으니까…… 그러면 오히려 희망에게 배신당할까 봐 피하게 되지. 짝사랑하는 사람 앞에서 숨는 것처럼."

우리는 잠시 타닥타닥 타들어가는 모닥불을 바라보았다. 텔레비전이 없던 시대에는 온 가족이 둘러앉아 텔레비전 대신 모닥불을 감상하지 않았을까, 그런 생각을 하면서.

"휴, 이틀이나 연속 야숙을 하다니."

연우는 피곤한지 눈을 비비며 하품을 했다.

새삼 내가 연우에게 못할 짓을 하고 있다는 사실을 절감했다. 이건 미안하다는 말로 끝낼 성질의 것이 아니었다. 내가 연우라면 조증과 울증을 자유롭게 넘나들며 거기에다 병까지 걸렸을지 모를 여자 동창 때문에 이 고생을 하지는 않을 것 같았다. 그러나 연우는 역시 외모는 물론 성품까지 타고난 멋진 녀석이었다.

그런 괜찮은 남자와 접촉할 일이 좀처럼 없는 나는 이 기회를 끝까지 활용하기로 했다. 연우에게 오늘 밤 꼭 가보고 싶은 곳이 있다며 곤란한 청을 한 가지 더 했다.

"오늘까지만이라도 애도의 시간을 갖고 싶어. 친구도 아니었고 그 사람에 대해서 잘 모르지만 왠지 그래야 할 것 같아."

남수필의 유품인 핸드폰을 뒤적이던 나는 저장된 수많은 사진 중에서 인상 깊은 한 장을 불러냈다. 우리 동네 뒤편 고가도로 아래 있는 재개발 철거 지역의 풍경을 찍은 사진이었다. 어린 시절 살던 동네가 사라져버렸다고 섭섭해하던 남수필의 얼굴이 떠올랐다. 나는 유골을 그의 고향에 뿌려주고픈 마음으로 그곳에 가자고 했다.

"택선아. 고인의 명복을 빌어주는 건 좋다만 오버 아니니?"

"네가 그 사람을 몰라서 그래. 총각귀신이 돼서 나 쫓아다닐 사람이야. 확실히 혼을 달래줘야 한다고."

"아, 옥택선! 넌 정말 내가 만난 여자애들 중에서 가장 골 때려!"

이틀 동안 시달릴 대로 시달린 연우는 자포자기의 상태가 된 듯했다. 연우는 결국 순환도로 아래 재개발 철거 지역으로 나를 데려다주었다.

"어제 네가 그랬지. 새로운 세계를 만난 것 같다고. 여기가 바로 그곳이다."

그곳은 정말 새로운 세계였다.

커다란 운석이 떨어진 듯 그 구역만 폐허였다. 주택과 건물의 창문마다 뻥뻥 뚫려 있고, 벽은 무너져 있고, 지붕은 부서져 있는 모습은 집들의 집단 살해 현장처럼 충격적이었다. 쓸모 없어진 집들은 스스로의 비석이 되어 말없이 서 있었다.

사방이 컴컴했다. 고가도로 건너편은 네온과 자동차 불빛으로 활활 타오르는데 이쪽은 순수한 암흑이었다. 전기가 없는 도시의 밤 풍경은 장님의 시야처럼 내 상상력 바깥에 존재하는 아주 낯선 것이었다. 우리는 그 낯선 세계의 냄새를 맡으며 천천히 굴러들어갔다.

*

적색 벽돌로 지은 낡은 연립주택 단지 앞에 차를 세웠다. 희한하게 문들은 사라지고 사방의 벽도 부서졌지만 현관으로 가는 계단은 그대로 있었다.

"와. 이런 데 들어와본 적 처음이야."

영 못마땅해하던 연우가 먼저 손전등의 동그란 불빛을 따라 안으로 들어갔다.

바닥에 널린 시멘트 덩어리와 철골, 가구, 쓰레기들이 발목을 잡아챘다. 살벌했을 철거 당시의 상처가 생생했다. 색 바랜 벽지와 함께 뜯겨져버린 누군가의 삶의 추억은 허망하고 씁쓸했다. 연우가 옆방에서 인부들이 사용한 듯 보이는 양철통을 찾아냈다. 바닥에 시너와 함께 땔감으로 쓰인 붙박이장이 조각조각 뜯겨져 있었다. 옆에는 스프링이 튀어나온 매트리스와

침낭, 이불도 널려 있었다.

보이스카우트 대장 출신의 연우가 끙끙거리며 불을 지폈다. 미안하지만 시녀병을 든 연우의 모습은 타락한 보이스카우트처럼 우스웠다.

"연우야. 너는 석기시대에 태어났어도 킹카였을 거야."

나는 연우를 위로해줬다.

"고맙다. 그런데 설마 나한테 사냥까지 시키지는 않겠지?"

우리는 다시 차로 돌아갔다. 예상외로 수확물은 대단했다. 작은 컵라면도 거의 한 박스 그대로 있고, 초코파이와 참크래커도 있고, 심지어 내가 준 참치캔 선물세트도 있었다. 주유소에서 준 캔커피와 생수, 팩소주까지 바닥에 마구 굴러다니고 있었다. 논문 상자 밑에는 백 년 묵은 치즈 냄새가 나는 야상점퍼와 던킨에서 사은품으로 받은 담요도 있었다.

연우와 나는 모닥불 앞에 그것들을 펼쳐놓고 늦은 야식을 먹었다. 소주와 참치 카나페의 조합은 그리 나쁘지 않았다.

"한 여자랑 이틀 밤을 함께 있는 건 처음이다."

"마찬가지야. 게다가 나는 소개팅에서 만난 남자가 죽은 것도 처음이지."

우리는 푸 웃음을 터뜨렸다.

"그 남자 나쁜 사람은 아닌 것 같아. 너한테 병을 옮기지 않고 혼자만 걸린 걸 보면."

그러면 안 되는데 우리는 또 웃었다. 남수필의 영혼을 배웅

하겠다고 와서는 그가 남긴 음식을 먹으며 연애질을 이어가는 행태라니. 이래서 죽은 사람만 억울하다는 건가.

나는 간단하게라도 예의를 차리기 위해 남수필의 핸드폰을 켜고 배경화면에 있는 미키마우스에게 소주를 올렸다.

"잘 가세요. 유지를 받들어 이제부터 전 세계 마우스들을 위한 기도는 제가 하겠습니다."

심각하게 굴면 감당 못 할 슬픔에 휩싸일 것 같아 나는 일부러 실없는 농담을 계속했다. 연우도 묵념을 한 후 미키마우스에게 술을 따랐다. 어찌 됐건 그 모습 자체가 설명하기 쉬운 그림은 아니었다. 우리는 잠시 애도의 시간을 가진 후 캠프파이어를 하는 스카우트 대원들처럼 들뜬 채로 밤을 지새우기 시작했다.

그날 밤. 연우와 내가 했던 이야기들은 참으로 다양했다.

"음…… 아마도 최후의 승자는 여의도 63빌딩 수족관의 펭귄들이지 않을까 싶다. 이상 기온으로 사람들은 다 죽고 걔네들만 살아남는 거야."

결국 멸망 이후 서울에 남는 존재는 펭귄으로 정해졌다. 우리는 또 진지하게 각자의 미래에 대해서도 이야기했다.

"월급쟁이 인생이란 아무래도 경우의 수가 적잖아. 지금까지는 버티고 있지만 더 이상 캔버스화가 어울리지 않는 날이 오면 내 젊음도 끝나는 거야. 그 후로는 그냥 넥타이 맨 아저씨들 중 하나가 되겠지."

"너 우리나라 중년 여자 중에 파마 안 한 여자가 몇 퍼센트나 될 것 같니? 늙으면 왜 다 똑같아지는지. 늙으면 변화가 두려워지나?"

"변화가 두려워지면 늙는 거겠지. 하지만 때로는 나이 먹은 내 모습이 보고 싶기도 해."

"그건 네가 퇴직금이라도 받는 직업이니까 그렇지. 나처럼 비정규직에 결혼 시장에서도 거부당하는 여자들은 정말 암담하다고."

"네가 얼마나 매력적인데."

그렇다. 그 소리를 들으려고 엄살을 떤 것이었다.

"오늘도 어제처럼 세상에 우리 둘만 남은 것 같네."

연우가 뻥 뚫린 창 너머로 검은 하늘을 바라보며 조용히 말했다. 과연 우리는 멸망 이후 서울에 살아남은 기적의 존재들 같았다.

"고마워, 연우야. 오늘 함께 있어줘서."

"너 아니면 내가 언제 이런 스릴 넘치는 시간을 갖겠니. 하지만 이제 좀 봐주라. 내 상상력의 영역은 그리 넓지 않거든."

그러나 세상이 재미있는 이유는 적어도 모범생의 상상력쯤은 가볍게 훌쩍 뛰어넘기 때문이었다. 안타깝게도 연우의 그 바람은 이루어지지 않았다. 동이 틀 때까지 이야기를 계속하다 우리는 매트리스에 쓰러져 잠이 들었다. 눈을 뜬 것은 벨소리 때문이었다.

나는 깜짝 놀라서 순간 멈칫했다. 남수필의 핸드폰이 울리고 있었다.

"여보……세요?"

"여보세요? 누구세요?"

화난 듯 거친 남자의 목소리가 쩌렁하게 울렸다.

"혹시…… 수필이랑 소개팅했던 여자?"

"그런……데요."

"지금 어디 있어요?"

"왜요?"

"왜라니? 똑바로 말하라고요, 거기 어딘지!"

남자는 버럭 소리를 질렀다.

목소리만으로도 나를 싫어하는 남자는 처음이었다. 아니, 얼굴도 보기 전에 이러면 곤란한데. 그런 남자, 즉 시작도 하기 전에 나를 알아버린, 아니 알았다고 착각한, 그래서 나를 경멸하게 된 남자가 바로 이균이었다. 아, 이런, 쓰디쓴…… 남자.

장르마다 법칙이란 것이 있다. 공포영화에서는 등장인물이 꼭 가면 안 되는 지하실로 내려가고, 스포츠영화에서는 마지막 승부에서 주인공이 약점을 딛고 승리하며, 로맨틱 코미디에서는 남녀가 사랑에 빠질지 자기들만 모른 채 으르렁거린다. 개런티 제일 높은 애들끼리 눈 맞는 게 당연한데도 말이다. 어쨌거나.

일정한 룰 안에서 움직이는 것은 안전하다. 우리는 우리의 삶 역시 진부하지만 예측 가능한 규칙 속에서 전개되고 있다고 믿는다. 탈주범이나 범죄자가 아닌 이상 말이다. 우리가 인생에서 맞을 수 있는 최악의 반전을 뽑자면 죽음일 터인데, 아무도 피할 수 없는 것을 반전이라 할 수 있을까나 모르겠다. 어쨌거나.

나 역시 그렇다고 믿었다. 사고, 불운, 질병 또는 죽음. 이런 극적인 요소는 평범한 나에게 어울리지 않는다고 생각했다. 만약 내가 어떤 장르 속에 들어간다면 당연히 로맨틱 코미디나 멜로드라마일 거라고 생각했다. 아, 정말이지 나는 인생을 졸로 본 것이다. 이처럼 방심한 채 사는 주인공을 일깨우기 위해 악역이 필요했는지도 모른다. 그가 바로 이균이었다.

"그래서 나 기다린 겁니까?"

정확히 기억한다. 이균이 내게 처음으로 던진 말을. 거기에는 어떤 미래의 암시가 숨어 있던 것일까.

그는 전화를 끊고 한 시간도 채 안 돼 재개발촌으로 우리를 찾아왔다. '축 재개발' 현수막이 걸린 횡단보도 앞에서 기다리는데 시커먼 카니발이 우리를 향해 돌진해왔다. 그 포악한 운전 솜씨에 놀라 연우와 나는 아토스 뒤로 숨었다.

차에서 그가 내렸다. 목소리보다는 덜 험악했으나 결코 좋은 인상은 아니었다. 적당한 키에 얼굴색이 더럽고 눈빛이 매서웠다. 회색 갭 후드티에 닥터마틴을 신고 있는데 만년 대학생 같은 차림이 날카로운 얼굴과 묘하게 어울렸다.

"남수필 씨가 저한테 이걸 남기고……."

조심스레 핸드폰을 내밀었다. 이균이 핸드폰 메시지들을 읽었다. 그 표정이 무덤덤해서 약간 당황스러웠다.

"친구분을 뵌 적은 없지만 믿을 만한 분인 것 같아서. 이리와보세요. 여기 남긴 자료들이 있습니다."

이균은 연우에게 턱짓으로 인사를 한 후 아토스로 가서 넘쳐나는 서류들을 보기 시작했다. 연우와 나는 이균이 그것들을 살피는 동안 긴장한 채 기다렸다. 연우도 뭐라 꼬집을 수 없이 무례한 이균의 존재를 무겁게 느끼고 있는 것 같았다.

"뭣 때문에 이걸 이균 씨한테 주라고 한 거죠? 남수필은 어떻게 죽은 건가요? 많이 아팠을까요? 그렇게 갑자기 악화되기도 하는 건가요? 저는 괜찮은 거죠? 바이러스가 무섭지만은 않은 거죠?"

서류철을 탁 덮으며 이균이 고개를 들었다. 그 싸늘한 눈빛에 하마터면 사래가 걸릴 뻔했다.

"무섭지 않다고요?"

"네. 남수필 씨가 그랬는데······."

나는 기가 죽어 웅얼거렸다.

"혹시 에볼라 바이러스라고 들어봤어요? 1976년에 아프리카 수단의 목화밭에서 일하던 여성이 말라리아 비슷한 증상이 나타나서 치료를 받다가 열흘 만에 두 눈과 코, 입은 물론 온몸의 구멍이라는 구멍에서 피가 용솟음쳐 올라 쇼크로 죽었어요. 그다음에는 당연히 옆에서 간호하던 가족들이 잇따라 죽었고요. 때로는 이 바이러스의 치사율이 구십 퍼센트나 되죠."

이균은 아주 침착한 말투로 말했고 나는 겁에 질려 되물었다.

"왜 그런 얘기를 하시는 건데요?"

"바이러스도 진화를 합니다. 눈에 보이지는 않지만. 그래서 더 무서운 거라고요."

딱히 무시하는 투도 아닌데 나는 발끈했다. 이균은 본의 아니게 사람을 궁지로 모는 철저함을 가지고 있었다. 굳이 비슷한 동물을 대자면 양 떼를 물어뜯어서라도 바른 길로 인도하고자 하는 아주 성질 더러운 양치기 개를 닮았다고나 할까.

"변종이라는데 G-10하고 어떻게 다른 겁니까? 치료제를 먹지 말라고 한 말이 타당성이 있는 건가요? 이제라도 당장……."

내가 씩씩거리자 연우도 초조해진 모양이었다.

"수필이하고 키스했어요?"

이균이 연우의 말을 자르며 대뜸 물었다.

"……."

남수필의 친구 아니랄까 봐 역시 반응하기 힘든 캐릭터였다.

"그냥 소개팅 한 번 한 사이라고요. 그것도 삼 년 만에 한 건데."

"그럼…… 원래 좀 재수가 없는 편인가요? 하필이면 삼 년 만에 한 소개팅에서."

이균은 서류에 시선을 고정한 채 물었다.

"네! 매사에 좀 그래요. 버스 기다리다 택시 타면 바로 버스 오는 그런 타입이에요. 왜요?"

그가 서류에서 천천히 시선을 떼더니 내 눈을 정면으로 응시하며 말했다.

"수필이 지시대로 치료제를 안 먹은 건 잘하신 거예요. 하지만. 방법이 없네요. 현재로서는."

연우가 입을 쩍 벌리며 나를 봤다.

"혹시 요 며칠 사이 체온이 급격히 올라간 적 없습니까?"

두 남자가 나를 빤히 쳐다보았다.

환장할 노릇이란 바로 이런 거구나, 생각하며 나는 갑자기 토를 하기 시작했다. 내가 건강한 생명체임을 알려주는 증거물들이 반기를 들고 거꾸로 치솟았다. 살다 살다 내 위액이 부끄러워 보이기는 처음이었다.

*

"연구소 동료였어요. 별로 친하지는 않았지만."

알고 보니 그는 남수필과 가까운 사이도 아니었다.

"제가 작년에 미국으로 포닥을 간 후 수필이한테 메일이 오기 시작했죠. 수필이가 연구소 몰래 개인 프로젝트를 진행했거든요. 비밀로 할 수밖에 없었을 거예요. 지도교수한테 특허를 뺏긴 일도 있었으니까. 수필이는 전형적인 타입이었어요. 노력한 만큼 남한테 뺏기는. 미련한 녀석이었죠."

이균이 냉정하게 남수필에 대해서 말하는데 어쩐지 화가 났다.

"수필이는 바이러스 유전자 염기서열의 시간별, 숙주별 변이 구조를 연구했어요. 정확히 말하지만 바이러스의 변이를 추적하는 사냥꾼이었죠."

순간 카우보이모자를 쓴 남수필의 모습이 떠올랐다.

"지금 유행하는 G-10 바이러스가 알려진 것보다 위험한 이유가 바로 그 변이능력 때문이거든요. 백신을 만들어봤자 그 사이 모습을 바꾸니까요. 제가 일하는 연구소가 그 염기서열을 밝혀낸 곳으로 유명해서 수필이가 도움을 청한 거였어요. 마침 제 랩 동료인 댄과 레이나가 수필이랑 같은 주제를 파고 있었고요."

우리는 철거된 카센터에 차를 세우고 이균의 이야기를 듣고 있었다. 연우는 신경을 곤두세운 채 이균의 한 마디 한 마디를 놓치지 않았다. 담요를 뒤집어쓴 채 소파에 누워 끙끙거리는 나를 두 남자는 거들떠보지도 않았다.

"그런데 저번주에 수필이한테 전화가 왔어요. 잔뜩 흥분해 있더라고요. G-10의 변이 바이러스의 문제를 풀었다며 백신 개발의 가능성을 장담했죠. 댄과 레이나도 같은 시기에 비슷한 결과를 얻어내서 협력하는 게 어떠냐는 메일을 주고받던 상태였어요. 이번에 제가 들어오면 그 문제를 상의하기로 돼 있었죠. 그런데 공항에서 떠나기 전에 머신에 녹음된 수필이 목소리를 듣는데, 문제가 생겼다며 아는 여자를 도와달라고."

이균이 나를 정면으로 쏘아보았다.

"소개팅한 여자를 도와달라고 그랬죠. 사실 저는 수필이가 소개팅을 했다는 것 자체에 더 놀랐습니다. 안 하던 짓 하면 죽는다더니."

"거참. 죽은 사람 뒷담화 치지 맙시다!"

무슨 남수필과 영혼결혼식이라도 한 사이처럼 나는 흥분해서 소리쳤다.

"그래서 제 말이 이제라도 병원에 가서 떳떳하게 보유자가 아니라는 판명을 받자고요."

연우는 조목조목 따지고 들었지만 이균은 서류들을 다시 보며 고개를 저었다.

"데이터가 없는 병원 측에서는 기존의 G-10의 치료제를 줄 거예요. 다른 처방을 한다고 해도 위험하죠."

"아니라는데 왜 자꾸 저희를 감염자로 단정하시나요, 이 박사님?"

"아닙니다. 저도 모르죠. 볼 수 있는 게 아니니까."

그러더니 이균이 갑자기 다리 하나가 부러진 파란 플라스틱 의자를 주워 내 앞에 앉았다. 쓰러지지 않고 앉은 폼이 우습고도 신기했다.

"뉴욕 경찰관 사망 원인 1위가 뭘까요?"

이균이 생뚱맞게 질문을 던졌다. 얼떨결에 나는 대답했다.

"범죄의 도시니까. 총기사고?"

"아닙니다. 도넛 많이 먹어서예요. 영화 보면 꼭 차에서 커피랑 도넛 먹잖아요. 그게 그렇게 몸에 해롭거든요."

표정 하나 안 바꾸고 이균은 그렇게 얘기했다. 생각보다 강적이었다. 내가 머뭇거리는 사이 그가 기습적으로 다시 물었다.

"수필이의 마지막 모습, 기억나요?"

"넷? 마지막은 모르겠고. 그냥…… 좀 흥분했죠. 말도 좀 많이 하고. 별로 이상한 점은 없었는데요."

"왜 이상하다고 생각하지 않았죠?"

거의 심문하는 수사관처럼 굴어서 짜증이 났다.

"그냥 맘에 드는 여자 앞이라서 감정 컨트롤을 못 한다고 생각했어요."

"제가 가장 의아한 점이 바로 그겁니다. 외람되지만 옥택선 씨는 전혀 수필이가 좋아하는 타입이 아니거든요."

이것은 나에 대한 결투 신청이나 다름없었다. 내가 전투 자세를 취하며 주섬주섬 일어서는 사이 이번에는 연우에게 질문을 던졌다.

"옥택선 씨 만났을 때 옥택선 씨 어땠나요?"

연우가 잠시 생각하더니 차근히 대답했다.

"저도 몇 년 만에 본 거라서 좀 놀랐어요. 예전이랑 달랐거든요. 목소리 톤도 높고, 표정도 되게 밝고. 별로 말 많은 애가 아닌데. 아주 적극적으로 떠들며…… 밤새 들이대더라고요."

이균은 날카로운 눈빛으로 연우를 압박했다.

"이상하다고 생각하지 않았나요?"

"아뇨. 별로요. 택선이가 원래 저를 좋아했거든요."

두 남자가 나를 아주 간단하게 바보로 만들고 있었다.

"그러니까 남수필은 옥택선 씨를 좋아했고, 옥택선 씨는 김연우 씨를 좋아했는데, 그 모습이 똑같았던 거군요."

이균이 똑 부러지게 정리를 했다. 듣고 보니 맞는 말이었다. 우리 세 사람은 동시에 서로를 보았다. 아니 두 남자가 의혹에 찬 눈길로 나를 포위했다.

"아니, 참 나, 청춘남녀가 연애에 굶주리다 보면 안 하던 짓을 할 수도 있는 거지."

내 말이 나를 더욱 비참하게 만들었다.

"그리고 무슨 그걸 바이러스 증상하고 연결 짓나요? 나 원, 이 바이러스는 무슨 연애 바이러스래요? 이 박사님. 지금 너무 정황만 가지고 추론하시는 거 아닌가요?"

나는 당당하게 항의했다.

"그건 저도 인정합니다. 그런데……."

이균이 서류 몇 장을 유심히 보며 말했다.

"수필이가 죽기 전에 작성한 시간별 일지를 보면 황당해서요. 아까 뭐라 그랬죠? 연애 바이러스요? 여기 이렇게 쓰여 있네요…… 지금 나를 숙주 삼아 증식하고 있는 이 바이러스의 정체는…… 신호전달 과정을 급하게 중합효소연쇄반응에 의해 분석해본 결과…… 믿을 수 없겠으나 그 초기 병적 징후는…… 사랑에 빠질 때의 감정과 같다?"

나를 놀리려고 일부러 그러는 것 같지는 않았다. 이균의 표정은 아주 진지했고 심지어 진심으로 나를 걱정하는 눈빛이었다.

"키스는 안 하셨고…… 여기 보면 식사를 같이 한 걸로 되어 있는데요."

남수필이 어머니 솜씨와 똑같다며 맛있게 잡채와 전을 먹던 모습이 떠올랐다. 나는 멀쩡한 척 떨리는 목소리를 진정시켰다.

"그 남자가 혼자 다 먹어서 먹지도 못했어요. 토란국만 남겨놔서 그것만 먹었다고요."

"수필이가 자신이 먹은 음식도 꼼꼼히 기록해놨습니다. 토란은 입에 물었다가 뜨거워서 뱉었다……."

이균이 천천히 고개를 들어 나를 보았다. 심장이 쿵쿵거렸다. 그 한겨울의 유리창 같은 눈빛 앞에서 내가 어리석게 붙잡고 있는 현실을 볼 수 있었다. 이균은 어서 미련한 고집을 버리고 내미는 손을 잡으라고 설득하고 있었다.

"호흡기가 아닌 체액을 통해 전염됐다는 말씀인가요?"

똑똑한 연우가 놀라서 끼어들며 서류를 채 갔다.

"안 그래도 나는 추워 죽겠는데 얘는 땀을 흘리면서 씩씩거리더라고요. 남수필도 그랬다는 거예요?"

"그때는 그랬지만 그건 감기 기운이었고요. 지금은 말짱해요!"

나는 담요를 집어 던지며 벌떡 일어섰다.

"옥택선 씨. 아직 누구도 면역시스템에 대해 자신 있게 말할 수 없어요. 증상이 어떤지, 잠복기가 얼마나 되는지. 더구나 개인마다 면역력이나 면역 히스토리가 달라서. 급성감염 외에도 발병했다 회복됐다 다시 발병할 수도 있고요, 극소수의 경우 이미 기존의 다른 잠복감염에 의해 교차 방어를 하기도 하구요. 면역이란 게 흑백논리가 아니죠. 세상이 칼라인데 흑백논리가 맞지 않는 것처럼, 심지어 검정도 무지 여러 종류의 검정이 있잖아요. 면역은 알면 알수록 어려워요. 하지만 색상표처럼 대표색이란 게 있어서 일단 거기에 맞춰보는 거죠."

믿을 수 없지만 더 이상 외면할 수도 없었다. 나는 다시 웅크리고 앉으며 옷깃으로 입을 막았다. 그 모습은 마치 뉴스에서 가끔 보는 주부도박단으로 검거된 여인들과 흡사했다.

"방법이 없다면서요. 저도 남수필처럼…… 가는 건가요?"

내 목소리는 가늘고 거칠게 갈라졌다. 나는 점점 명치가 뻐근해지는 통증을 느끼며 도무지 거리감을 느낄 수 없는 발끝만 내려다보았다.

*

"수필이가 옥택선 씨한테 나를 보낸 이유는 이 새로운 괴물에 대해…… 그나마 대한민국에서 제일 잘 알고 있어서일 거고요. 또 댄과 레이나한테 도움을 청할 수 있어서였겠죠. 일단 그 친구들과 상의하는 게 가장 빠를 겁니다. 시간이 없어요."

이균이 메일을 보내야 한다며 자료를 챙기고 일어났다. 연우가 속이 시커멓게 탄 얼굴로 그를 잡았다

"그럼 저도 가능성이 있을 테고. 박사님도 택선이와 접촉했으니 위험한 거 아닌가요?"

어느새부터인가 연우는 나한테서 점점 떨어지더니 이균 옆에 딱 붙어 서 있었다.

이 잠재적 새로운 괴물 덩어리인 내가 그에게 물었다.

"……무섭지 않으세요?"

아마 그 순간 그 대답을 하던 이균을 평생 잊지 못할 것이다. 그는 입꼬리에 핀셋처럼 날카로운 미소를 빛내며 말했다.

"뭐, 이미 벌어진 일이니까요."

그 모습에서 세속적 이기심을 초월한 과학자의 희생을 보았다면 과장이겠지만 그래도 나를 조금 안심시키기는 했다.

"이제부터 여기 세 사람 다른 사람과 접촉을 피하고요. 특히 택선 씨."

이균이 잠시 고심하는 눈빛으로 나를 쳐다보자 연우가 신줏단지 모시듯 두 손으로 곱게 방독면을 가지고 왔다.

"택선아. 조금만 참아. 나도 네 얼굴이 그리울 거야."

그러면서 조세핀 대관식의 나폴레옹 같은 우아한 몸짓으로 방독면을 씌우는 것이었다.

"아니, 저런 무식한 걸 누가."

이균이 혐오스럽다는 듯 뭐라 했지만 말리지는 않았다.

"제가 이 동네 무선인터넷 잡히는 데는 빠삭해요. 가시죠. 택선아. 잠깐 차 안에서 기다리고 있어."

연우가 민첩하게 행동에 나섰다. 혼란스러운 상황에서 최대한 침착하게 처신하는 연우는 과연 칭찬받을 만했다. 그러나 나는 쫓기는 마음으로 발을 동동 구르며 그를 쳐다보았다. 그제야 공포가 발바닥에서부터 출렁출렁 차오르기 시작했다. 생전 처음 느끼는 날것의 두려움이 금방 내 몸을 채웠다.

"나만 놔두고 간다고?"

"누구 올 사람도 없고. 여기만큼 안전한 곳도 없을 것 같은데."

이균의 말은 옳으면서도 틀렸다. 이곳은 안전하면서도 나로 인해 가장 위험한 곳이기도 했다.

"연우야. 나 무서워."

그 순간 연우의 표정 또한 아마 평생 잊지 못할 것이다. 연우는 코를 찡긋하며 난처해하는 미소를 흘렸다.

물론 내가 이기적인 존재였다는 사실을 인정한다. 나는 연우에게 섭섭함을 느껴서는 안 됐다. 보유자일지 모르는 사람 옆에 누가 있고 싶겠는가. 더구나 나 때문에 연우는 생명까지 넘보는 암초에 걸렸을지 모르는데. 하지만 이균이 나타난 이후 최선을 다해 이성적으로 대처하는 연우를 따라가지 못하는 나로서는 답답하고 막막할 뿐이었다.

나는 겁에 질린 자신이 창피해 담요를 뒤집어쓰고 얼굴을 가렸다. 그저 울고 싶었다. 이런 식으로 남자들에게 고주파음이나 다름없는 징징 울음소리를 내는 여자들을 평소 경멸해오던 나였지만 어쩔 수 없었다.

많은 것을 바라는 것도 아니었다. 나는 그저 불안한 영혼에게는 우황청심환이나 다름없는 '괜찮아'라는 말을 십 년 치 몰아 듣고 싶을 뿐이었다.

"연우야. 미안하지만. 괜찮을 거야…… 이 말을 열 번만 해줄래?"

'사랑해'라는 말을 부탁한 것도 아닌데 연우는 잠시 머뭇거렸다.

그러더니 곧 그 부드럽고 안정적인 음성으로 '괜찮을 거야'를 한 번 한 번 천천히 말하기 시작했다. 앞에서 이균이 '얘들 왜 이러니' 하는 표정으로 보고 있었지만 정말로 조금씩 괜찮아지는 느낌이었다.

"괜찮을 거야…… 괜찮을…… 거야…….."

마지막으로 열 번째 그 말을 듣자 정말 괜찮아지면서 어설픈 용기까지 솟아났다. 나는 들뜬 조바심으로 연우에게 말했다.

*

"너, 우리가 나눴던 말 기억나니? 새로운 세상을 본 것 같다는…… 만약, 내가 이 어처구니없는 상황에서 벗어나게 된다면…… 그때야말로 새로운 세상일 것 같아. 그때…… 같이 있어줄 거지?"

나는 얼떨결에 내가 청혼을 한 줄 알았다. 연우는 등 뒤에서 따뜻하고 섬세한 손길로 내 어깨를 잡아주었다.

불안한 탓이었을까. 내 마음은 그 짧은 손길에 무너져버렸다. 나는 정말 우리가 멸망 이후 지구에 살아남은 연인들처럼 서로의 숨소리만으로 삶을 지탱하는 존재들로 느껴졌다. 결국 악역 담당인 이균이 나를 말리려 나섰다.

"옥택선 씨는 걱정 말아요. 귀신이 보고 놀라서 도망갈 타입이니까."

그런 격이 낮은 농담을 하며 이균은 연우를 차에 태웠다. 그러고는 나를 그 폐허의 재개발 구역에 혼자 남겨둔 채 쏜살같이 사라져버렸다.

멀어지는 검은 카니발에게 애처롭게 손을 흔드는 방독면 쓴 내 모습을 구글맵스를 통해 저 위의 누군가가 봤다면 얼마나 놀랐을까.

홀로 남은 나는 입체 영화관에서 방금 나온 것처럼 현실이 낯설고 어지러웠다. 지금 믿을 수 있는 것은 내 몸뚱어리 하나밖에 없었다. 다행히 아무 신호도 보내지 않고 있는 내 몸에게 건투를 비는 수밖에 없었다.

아토스 룸미러에 대롱대롱 매달려 있는 미키마우스를 보자 자동적으로 남수필이 떠올랐다. 고인에 대한 예의로 그에 대한 원망은 꾹꾹 참고 있었지만 쉽지 않았다.

'아, 그를 만나지만 않았어도.'

그래도 후회는 하지 않았다. 후회할 때는 이미 늦은 때이므로 절대 그러고 싶지 않았다. 나는 방정맞은 절망은 하지 않기로 마음을 다잡으며 다시 재개발 구역으로 돌아갔다.

밝은 햇살 아래에서 보는 폐허는 눈부시게 처참했다. 감탄이 나올 정도로 정교하게 필요한 부분만 부서져 있었다. 무에서 유가 되기도 어렵지만 유에서 무가 되는 것 또한 기술을 필요로 하는 일임을 알 수 있었다. 거기에는 무가 되기 싫은 존재의 처절한 슬픔까지 깃들어 있기 때문이다.

나는 놔두고 온 야상점퍼를 찾기 위해 어제의 연립주택으로 들어갔다.

우리가 머물렀던 방에는 아직 온기가 남아 있었다. 나는 그 공간의 부자연스러운 점을 그제야 깨달았다. 쓰레기밖에 없었지만 나름의 체계가 있었다. 유리가 없는 창 아래에는 촛농이 엉겨 붙은 양초들이 세워져 있었다. 구석에 방치되어 있던 철제 캐비닛도 눈에 들어왔다. 그 옛날 부모님 신혼 시절 사진에서나 본 듯한 골동품에 가까운 고동색 꽃무늬 옷장이었다. 녹슬어 벗겨지고 손잡이는 떨어지고 아이들이 오래전에 붙여놨던 스티커 자국은 더러웠다.

나는 다가가서 철제 캐비닛을 열었다. 기절하는 줄 알았다. 거울에 내 모습이 비쳤다. 그새 방독면이 편해졌는지 쓰고 있는 줄도 몰랐다. 옷장 안에는 분홍 밍크담요와 볼록한 검은 비닐봉지들이 굴러다니고 있었다. 퀴퀴한 자취방 냄새가 났다. 비닐봉지 안에 뭐가 들었는지 뒤지려는데 쿵쾅쿵쾅 발소리와 사람 소리가 들렸다.

"아, 짱 나. 어떤 새끼들이 불 피우고 놀았다니까!"

"아냐, 저번 그 아저씨들이야? 우리보고 집구석에 처박혀 있으라며 지들이 지랄이야."

욕할 때 특히 성량이 풍부해지는 비행 청소년들의 말투였다. 여자아이 목소리가 어찌나 앙칼진지 나는 나도 모르게 차렷 자세를 취했다.

"아냐. 가만 안 둔다. 파워레인저 새끼들 그런 거면. 아냐, 그냥 죽인다."

발소리와 목소리가 바로 문 앞까지 다가왔다. 당황한 나는 도망갈 기회를 놓치고 허둥대다 그냥 철제 캐비닛 안으로 들어가버렸다. 문을 잠그려는데 뭐가 걸렸는지 제대로 닫히지 않아서 문 안쪽에 달린 옷걸이를 잡아당기면서 겨우 닫은 시늉만 했다.

"봐, 봐! 도둑괭이 새끼들이 다녀갔다니까!"

"아냐. 남의 단란한 집에서 여관비도 없는 것들이 뭔 불경스런 짓을 한 거야!"

여관비도 없는 것들이란 나와 연우를 말하는 듯했다.

*

"내가 휘발유 치우라고 했지? 불나면 내가 그런 줄 안단 말이야!"

여자애의 목소리는 무척 신경질적이었다. 불안하기 그지없고 울음기도 섞여 있었다.

"왜. 너희 엄마가 그런 줄 알지."

짝. 귀싸대기 날아가는 소리가 났다.

"너 뭐라 그랬어. 너까지 그런 소리 하니까 내가 죽고 싶지 살고 싶어?"

갑자기 여자애가 남자애를 두들겨 패는 듯했다. 본의 아니게 엿듣고 있노라니 흥미진진했다.

"아냐, 미안, 미안, 그런 뜻으로 말한 거 아니야!"

남자애는 맞으면서 싹싹 비는 모양이었다.

"짱 나, 진짜. 너까지 나 미친년 딸 미친년이라고 무시하는 거잖아!"

"아냐, 아니야! 너 미친년 아냐! 너희 엄마가 미친년이면 미친년이, 흡!"

남자애는 본격적으로 얻어터지는 것 같았다. 그들의 격정적인 대화는 참으로 난해했다. 계속 미친년 얘기를 하는데 어째 욕 같지는 않았다.

"다 필요 없어! 빨리 캐나다로 꺼져버려!"

혼자 성질을 버럭 내더니 여자애는 별안간 울기 시작했다. 여자애의 얼굴은 볼 수 없지만 분명 예쁜 소녀일 거라는 확신이 들었다. 안 예쁜 애들이 저런 성질머리 갖고 살기는 힘든 세상이었다.

"나 캐나다 안 가. 너랑 같이 있을 거야. 아놔, 자꾸 울지 마. 죽는다고도 하지 마."

남자애가 순정이 철철 넘치는 말투로 여자애를 달래기 시작했다.

"넌 어차피 캐나다 가면 끝이잖아. 내가 앞으로 어떤 마음으로 살지 네가 알아? 사람은 다른 사람 이해 못 해!"

"미리야. 아놔."

"정말이야. 나 이렇게 살고 싶지 않아."

여자애의 말이 어찌나 날카롭고 뾰족한지 나는 놀라 문을 살짝 열었다.

"너 기억나? 3반에 여자애 둘 동반 자살한 거? 근데 한 명은 살았지? 너, 만약 나만 죽고 너는 살아나면 어떻게 할래?"

"아, 놔, 그런 후덜덜한 얘기는 하지 말라니까."

여자애는 살벌한 주제로 남자애를 들었다 놨다 하고 있었다.

"사람들은 다른 사람의 두려움을 알지 못해. 알고 싶어 하지도 않아. 전염되니까."

문틈으로 여자애의 뒷모습이 보였다. 분홍색 트레이닝복을 입고 야구모자를 눌러쓴 채 매트리스에 쭈그리고 앉아 있었다. 검은색 아디다스 점퍼를 입은 덩치 큰 소년이 옆에서 열심히 소녀를 위로했다.

"우리 이모가 그러는데 방화범이 유전되는 건 아니래."

머리에 피도 안 마른 것들이지만 나름 심각한 사연이 있는 듯했다.

"아는 척하지 말랬지! 제일 싫어. 남의 인생이라고 쉽게 주둥아리 나불대는 인간들!"

여자애의 목소리에 박힌 상처가 철제 캐비닛을 뚫고 나까지 따끔하게 찔렀다.

"네 맘 안다니까. 나도 캐나다 가기 싫어. 무서워. 나 왠지 하키하는 애들한테 맞아 뒈질 것 같아. 아, 놔."

"캐나다 얘기 그만해! 너 진짜 앞날이 깜깜한 게 뭔지나 알고 떠들어! 가장 두려워하는 일이 점점 다가오는 거, 그 기분을 아냐고!"

역시 비행 청소년일수록 장래 고민을 더 많이 하는 법이다. 여자애는 제법 야무지게 비관론을 펼쳤고 남자애는 쩔쩔맸다. 그때였다.

"근데 이 캔커피 네가 마시던 거냐?"

남자애가 여자애한테 물었다. 순간 정신이 번쩍 들었다. 그건 어제 내가 마시던, 즉 내 체액이 묻어 있는 대단히 위험한 물건이었다.

"스톱! 입 대면 안 돼!"

나는 문을 박차며 뛰쳐나갔다.

"꺄아악! 꺅! 꺄악! 엄마야! 엄마!"

여자애가 머리를 감싸며 도난경보기처럼 비명을 질러댔다.

"우왓! 뭐야! 에일리언이야! 아뇨, 지, 지, 진짜!"

놀라서 엉덩방아를 찧은 남자애는 잠시 혀에 마비 증상이 온 듯했다.

나는 달려가 남자애가 손에 쥐고 있는 캔커피를 뺏어 수류탄 던지듯이 멀리 내던졌다. 남자애는 발발 떨면서 엉덩방아로 후진을 하며 나를 올려다봤다. 그 애들이 놀라는 것도 충분히 이해는 갔다. 나는 재빨리 캐비닛으로 되돌아가 방독면을 벗었다.

"얘들아. 나 귀신 아니야."

나는 어색하게 웃으며 손을 흔들었다.

"나 나쁜 사람 아니야."

잠시 뜨거운 침묵이 흘렀다. 나와 눈이 마주친 여자애가 먼저 인상을 더럽게 구기면서 자리에서 일어났다.

"아줌마. 언제부터 거기 처박혀서 우리 얘기 엿듣고 있었어요?"

"씨이. 아놔, 이 동네 거지 많다니까."

여자애가 신호를 보내자 남자애가 엉덩이를 털며 일어났다. 잘하면 말로만 듣던 주제넘게 참견하다 중학생한테 맞는 동네 어른이 될 것 같았다. 그래서 나는 얼른 나에 대한 설명을 보충

했다.

"나한테 오지 마! 정말이야! 나 보유자, 아니 아직은 아니지만. 하여튼 나…… 위험한 여자야. 그러니까 가까이 오지 마!"

내가 손사래를 치며 호들갑을 떨자 아이들은 심히 혼란스러워했다. 동시에 나를 어떻게든 해야겠다는 확신이 서는 모양이었다.

"아주머니. 옷장에서 뭔 짓 했어? 누가 보냈어?"

둘이 윽박지르며 다가왔다.

"정말이야. 오지 말라니까!"

나는 뒷걸음치며 캐비닛 안으로 들어갔다. 남자애가 냄비뚜껑만 한 손바닥을 번쩍 올리며 달려들었다. 나는 얼른 문을 잡아당겼다.

"아줌마! 아뇨! 닫지 마!"

나는 있는 힘껏 옷걸이를 잡아당겼다. 철컥, 잠기는 소리가 났다.

"짱 나, 저 여자 뭐 하는 여자야! 완전 돈 거 아냐?"

쾅! 쾅! 남자애가 옷장을 두들겼다. 나보다 애들이 더 당황했다. 둘은 옷장을 발로 차고 뒤흔들며 펄펄 뛰었다. 나는 졸지에 냄비 안의 팝콘 신세가 되어버렸다.

"이거 잘 안 열린단 말이야! 어떡해! 안에 그거 들었는데!"

아무래도 나와 함께 중요한 무언가가 옷장 안에 갇힌 듯했다. 어쨌거나 이런 식으로나마 타인과의 접촉을 막은 나 자신이 대견했다.

"얘들아. 나 진짜 바이러스 감염자일지도 몰라서 이러는 거야."

"뭐야, 아줌마. G-10 걸렸어? 아놔, 재수 없어."

"뭐. 대충 그런 건데. 하여튼 나랑 키스만 안 하면 되긴 하지만 그래도 우리 조심하자."

"아줌마. 아줌마가 에이즈 걸렸어도 상관없으니까 빨리 문 열어!"

여자애가 앙칼진 소리로 으르렁거렸다.

"알았어. 문 열 테니까 멀리 떨어져 있어."

나는 문을 발로 차보려 했지만 좁아서 무릎이 제대로 펴지지도 않았다. 간신히 쭈그리고 앉아 손잡이가 떨어져나간 구멍에 눈을 댔다. 쌍꺼풀이 짙고 또렷한 여자애와 눈이 마주쳤다.

"상도야. 여기 쑤실 것 좀 찾아와."

남자애는 내 욕을 바가지로 퍼부으며 쑤실 것을 찾아 바닥을 살폈다

"미리. 미리라고 했지? 나 정말 이상한 여자 아니다. 아줌마는 더더욱 아니고. 게다가 언니는 옛날부터 니들처럼 성숙한 청소년들한테 관대했어."

"비겁하게 남의 얘기나 엿들으면서."

"얘. 들어도 통 모르겠더라. 캐나다는 뭐고 방화범은 또 뭐니. 집에 뭐 불 지르고 다니는 인간 있니?"

"아줌마!"

깜짝 놀랐다. 남자애가 버럭 소리를 질렀다.

"아뇨, 이 아줌마가 말 함부로 하네! 미리한테 그렇게 말하면 안 돼요. 미리 엄마는 정말 유명한 방화범이란 말이에요!"

살다 살다 유명한 살인범은 들어봤어도 유명한 방화범은 처음 들었다.

"너 미쳤어? 왜 처음 보는 사람한테 우리 엄마 얘기를 해?"

"아니야. 미리야. 상도, 상도라고 했지? 누나 그렇게 꽉 막힌 사람 아냐. 누나 작가야, 작가. 작가는 세상에 아무리 추잡하고 더러운 얘기도 좋다고 듣는 족속이야."

내가 작가라니까 아이들이 갑자기 조용해지더니 호감 어린 목소리로 무슨 작가냐고 되물었다. 그래서 나는 내가 작업한 영화들의 제목을 말해주었다.

"나 그거 봤어. 영화관에서. 아뇨, 짱 나 죽는 줄 알았잖아."

"난 그거 케이블에서 공짜로 틀어줘도 안 보잖아."

그래도 한 놈이라도 극장가서 돈 내고 봤다니 다행이었다. 어쨌거나 신분을 밝히자 아이들의 태도가 달라졌다. 아이들은 내가 삼 년 만에 한 소개팅으로 어떤 지경에 이르렀는지 설명하자 동정해주기까지 했다.

"맞아. 재수 없는 년들은 꼭 파마하는 날 비가 온다니까."

내가 운도 지지리 없는 팔자임을 확인하자 동질감을 느꼈는지 미리의 목소리가 한결 부드러워졌다.

"그런데 너희들 여기서 사는 거니?"

"미쳤어요? 찜질방 가서 자면 되지. 여기는 그냥 우리 오피스 개념이야."

미리는 아무리 봐도 제법 인텔리한 날라리인 것 같았다.

"니들 사귀니?"

"아니. 이제 끝났어. 상도 다음 달에 캐나다로 유학 가요. 거기 하이스쿨 다닐 거래요."

미리가 날름 이르자 상도가 날뛰었다.

"나 안 간다니까! 나 너랑 있을 거야!"

젊은 것들이라 그런지 역시 피가 뜨거웠다.

"언니. 얘보고 제발 헛소리 말라고 충고 좀 해줄래요?"

"아뇨, 누나. 미리 좀 혼내줘요. 내가 캐나다 가고 싶어도 걱정이 돼서 못 가요. 하도 죽는다고 징징대니까."

이 누나한테 인생의 조언을 구하는 걸 보니 멍청한 애들은 아닌 것 같았다.

"그래. 나도 아까 들었는데. 미리 너 왜 자꾸 비관적인 소리만 하니? 인생이 아름답다는 거, 그건 뻥 맞아. 하지만 넌 아직 파릇파릇하잖아."

상도가 그동안 쌓인 스트레스를 푸는지 미리한테 얻어터지면서도 다 털어놓기 시작했다.

"얘네 엄마 때문이래요. 미리 엄마가 문제가 많기는 해요. 지금 집에 안 들어가는 이유가 얘네 엄마가 재혼한대서거든요.

미리 새아빠 될 아저씨는 그냥 그래요. 그 집 아들이 완전 개똘아이라서 그렇지. 파워레인저라고 매일 똑같은 옷을 빨강, 파랑, 색깔만 바꿔서 입는 변태 새끼인데. 미리가 지금 그 결혼 막는다고 통장이랑 패물 갖고 여기 숨은 거예요. 그게 지금 그 옷장 안에 있거든요."

"얘, 재혼이 나쁜 것만은 아니야. 우리 엄마도 재혼하셔서 지금 아버지랑 아주 닭살 돋게 잘 사셔."

"문제는 그게 아니라요. 미리 엄마가요. 진짜 방화범이거든요."

사실 가출 청소년의 가정사는 거기에서 거기인데 과연 미리는 큰소리칠 만했다.

"얼마나 심각한데?"

"옛날에 충남 보령 근처 선산에 불을 질렀는데, 그때 그 산이 없어졌대요."

갑자기 미리의 어머님을 꼭 뵙고 싶어졌다.

\*

"미리 엄마가 보통은 말짱하세요. 미리가 엄마 닮아서 예쁘거든요. 영화배우 이미숙 닮으셨어요. 근데 우울증만 오면, 아뇨, 처음에는 저도 못 믿었다니까요. 미리네 집에는 가스레인지가 없어요. 프라이팬도 전기 프라이팬이고. 국도 전기밥솥에

다 끓여요."

"나는 불 안 무서워!"

미리가 억울한지 목청 높여 항변했다.

"자주는 아니고요, 누나. 이삼 년에 한 번씩 증상이 심해지면 불장난을 하시는데. 그게 크게 번지면 뉴스에 나오는 거고. 가볍게 그냥 집 안 커튼 정도 태우고 넘어갈 때도 있어요."

"여자들 우울하면 별짓 다 해. 나도 우울해서 며칠 밤새고 멍하니 있다가 치마 안 입고 스타킹만 신고 나간 적도 있어."

나의 위로가 그다지 도움이 되는 것 같지는 않았다.

"미리는 그 우울증이 유전된다고 벌써부터 걱정하고 난리예요. 아냐, 꼭 그런 거 아니래도 믿지를 않아요. 미리 엄마가 지금 우리 나이 때에 증상이 시작됐거든요."

"속 시원하냐? 네가 동네방네 다 떠들고 다녀서 쪽팔려 못 살아!"

참다못한 미리가 상도를 본격적으로 패는 것 같았다. 참으로 뭐라 조언해주기 난감한 사안이었다. 섣부른 희망은 카드 대출처럼 뼈아픈 후회를 불러온다고 주장하던 나였지만 애들 앞에서 그렇게 말할 수는 없었다.

"그래. 미리야. 이름이 미리라서 미리부터 걱정이니. 그리고 불 좀 지르면 어떠니. 얼굴이 이미숙인데. 파스빈더 감독 작품 중에 이런 제목이 있어. 〈불안은 영혼을 잠식한다〉라는. 너의 그 아름답고 고귀한 영혼이 그깟 불안과 두려움에 파묻혀서야 되겠니."

나의 멋진 충고에 잠시 침묵이 뒤따랐다. 미리가 물었다.

"그…… 파스빈던가 뭔가 하는 감독 유명해요?"

"그럼. 완전 천재야. 서른일곱 살에 요절했어."

"씨이, 것 봐. 이상한 새끼일 줄 알았어."

내가 파스빈더가 얼마나 온 영혼을 바쳐 열정적인 삶을 살았는지 이야기해도 미리 귀에는 씨도 박히지 않았다.

"언니. 사람마다 운명이란 게 있는 거예요. 그 운명이 되어보지 않고서는 말할 수 없어요. 불구경하는 사람은 불 지른 사람의 마음을 알 수 없는 거라고요."

나는 할 말이 없었다. 문득 지금까지 제대로 된 불구경 한번 해본 적이 없다는 생각이 들었다. 미리와 상도가 다투는 동안 나는 차갑고 검은 공간에 갇힌 스스로를 돌아보았다. 웃기지도 않는 처지가 된 나를 보자니 새삼 세상을 이해한다는 것이 얼마나 힘든지 알 수 있었다. 어제의 내가 오늘의 나를 받아들이기조차 힘든 것이 인생이었다.

"잠깐. 뭔 소리 못 들었어?"

상도가 정색을 하며 목소리를 낮췄다.

"아냐, 파워레인저가 애들 끌고 왔잖아. 일단 날라."

"얘들아, 무슨 일이니?"

"언니, 절대 이 문 열어주지 마요."

"왜? 니들 어디 가니? 미리야! 상도야!"

우두두 다급한 발소리가 멀어졌다. 캐비닛을 쿵쿵 치며 미리와 상도를 불렀지만 아무 대꾸도 없었다. 곧 우당탕탕 시끄러운 발소리와 걸걸한 남자애들 목소리가 쳐들어왔다.

"뭐야! 띠발, 없잖아!"

"골 때려, 장롱이 움직였어!"

"유미리, 문 열어!"

파워레인저와 친구들은 역시 파워풀했다. 뻥! 하고 캐비닛을 발로 차자 진짜 옆구리를 맞은 것처럼 얼얼했다. 일단 살고 봐야겠다는 생각에 기지를 발휘했다. 나는 문제 학생 유미리에 대한 제보를 듣고 선도하러 왔다가 유미리에게 습격당해 여기에 갇히게 된 아주 양식 있는 학교 선생님이라고 자신을 소개했다.

밖이 조용해졌다. 이제야 이 갑갑한 곳에서 벗어나는구나 싶었으나 착각이었다. 나는 깜박했던 것이다. 어둠의 자식들이 제일 싫어하는 게 부모님 다음으로 선생님이라는 사실을 말이다.

끄으응끙. 박자 맞춘 청년들의 숨소리가 들리더니 덜컹 사방이 흔들렸다. 끼이익, 쇠 끌리는 소리와 함께 몸이 기울어졌다. 끽, 끼익, 끽. 소리가 날 때마다 나는 캐비닛과 이마를 박고 입술을 비볐다.

"선생님. 제 동생 미리 어디 있남요?"

뭐랄까, 막걸리에 유한락스를 풀었다고 할까. 걸쭉하고 무시무시한 목소리였다.

"아이, 몰라요. 저도 찾으러 왔다니까요."

끼이익, 이번에는 아찔한 각도로 빠르게 기울었다. 비닐봉투
들이 얼굴을 덮쳤다. 물통이 들었는지 제법 알알하니 아팠다.

"저기, 선생님인지 뭔지 선생님. 진짜 모르냐고요?"

나는 아무 말도 하지 않았다. 만약 내 처지를 곧이곧대로 말
했다가는 방역한다고 나를 불태울지도 모를 애들이었다. 계속
파워레인저가 물었지만 나는 입을 꾹 다물었다.

"야. 집어 던져, 집어 던져!"

그 명령이 떨어짐과 동시에 세상이 거세게 흔들리기 시작
했다.


*


그러나 의외로 고물 캐비닛은 완강하게 버티었다. 맨 시멘
트 바닥에 거칠게 끌리면서도 우렁찬 쇳소리를 냈다. 내 비명
까지 삼켜버린 그 소리 때문에 귀가 멍멍했다.

다시, 끄응 장정들의 묘한 신음과 함께 나는 공중으로 떠올
랐다. 나는 겨우 무릎을 오그리고서 손잡이 구멍으로 바깥을
보았다. 천장과 하늘이 반반씩 보였다. 나를 창문 밖으로 던지
려는 모양이었다. 일층이라지만 이층이나 다름없는 높이였다.
천장과 하늘이 왼쪽으로 스으윽 기울었다.

"선생님. 아직도 모르신다고요?"

파워레인저가 슬쩍 웃음기를 흘리며 묻자 남자애들이 따라 웃었다. 푸하하, 그동안 참고 있던 남자애들의 장난기 어린 웃음이 터져 나왔다.

그럼 그렇지. 악마의 자식이 아닌 이상 이런 위험한 장난을 하려고. 그제야 나는 대한민국 청소년들에게 아직 희망이 있음을 확신하며 암흑 속에서 배시시 웃었다. 그때였다.

갑자기 목이 젖혀지며 발바닥이 들렸다. 남자애들이 당황하는 소리가 들렸다.

"어, 어, 미끄러진다. 잡아! 잡아!"

탕탕. 다급한 손길이 막으려고 애썼지만 나는 점점 더 기울어졌다. 머리가 천장에 쿵 닿자 공포가 머리털과 함께 벌떡 섰다.

"떠, 떠, 떨어진…… 떨어……진……."

누군가가 고맙게도 상황을 실시간으로 알려주었다.

"떨어지이인…… 떨어져었다아!"

귀밑으로 한 줄기 바람이 지나갔다. 그것은 흡사 지옥에 빠지는 느낌이었다. 짧은 순간 어둠 속에서 나는 발버둥을 치며 세상과 격렬한 이별을 하였다.

쿠쿵! 지축을 흔드는 소리와 함께 눈을 감았다.

짓눌린 귀에 찌릿찌릿 통증이 지나갔다.

"죽었나 봐……."

겁에 질린 목소리 뒤로 후다닥후다닥 냅다 도망가는 발소리가 뒤따랐다.

그래도 다행인 점은 평지에 착륙했다는 것이었다. 나는 천천히 어깨를 돌리며 골반을 들어 올렸다. 밑에 깔린 밍크담요 덕분에 부상은 피한 것 같았다. 나는 양 손가락을 구부렸다 폈다 했다. 혀도 날름날름 해보았다. 안녕하세요. 슈퍼스타 옥택선입니다. 내 음성을 확인하기 위해 혼잣말도 해보았다. 모두 정상이었다.

아니다. 나는 혼자였고 갇힌 몸이었다. 내가 누운 곳은 철저히 버림받은 세상이었다. 아무도 날 발견하지 못할 터였다.

아까 그 못된 녀석들이 회개하지 않는 한 이 고물 캐비닛은 나의 관이 될지 몰랐다.

갑자기 목구멍이 폴로 사탕처럼 조그마해졌다. 공기가 그 속으로 간신히 들어왔다. 메마른 가슴이 쩍쩍 갈라졌다. 나는 바깥을 보기 위해 손잡이 구멍을 찾아 발버둥쳤다. 옷장이 뒤집혀져서 손톱만 한 빛의 조각도 찾을 수 없었다. 완벽한 암흑이었다.

"저기요! 얘들아! 너희들 진짜 갔니? 장난이지? 누나 저혈압이야. 니들이 이러면 안 돼! 저기요! 정말 아무도 없어요?"

나는 주먹과 발로 쾅쾅 있는 힘껏 캐비닛을 난타했다. 바닥에서 차가운 냉기가 올라왔다. 그 컴컴하고 네모난 공간에 섬뜩한 기운이 서서히 차올랐다. 아직 한 번도 누워본 적은 없지만 그곳은 정말 관 같았다.

문득 어린 시절 『나니아 연대기』를 읽고 옷장 안에 숨었던 추억이 떠올랐다. 옷장 너머 펼쳐질 환상과 동화의 세계를 상상하며 쭈그리고 앉아 킁킁 맡던 나프탈렌 냄새는 퍽 달콤했다. 그때 엄마나 동생이 나를 애타게 찾기를 기다리며 숨어 있던 옷장은 기다림의 비밀 정거장이었다. 나는 거기에서 나를 다른 세상으로 데려다줄 이야기를 꿈꾸었다. 그곳은 나의 첫 작업실이기도 했다.

그때 그 옷장과 이 캐비닛은 별로 다를 게 없는데 나는 왜 겁에 질려 있는 것일까. 왜 나는 더는 새로운 세계를 꿈꾸지 못하고 마지막을 상상할까.

나는 그 캐비닛에서만큼 죽음을 구체적으로 느껴본 적이 없었다. 어쩌면 가장 놀라운 점은 그때까지 죽음에 대하여 깊이 사유해본 적이 한 번도 없다는 것이었다. 그것은 종착지를 모르고 표를 끊는 행위나 마찬가지였다.

죽음에 대한 생각은 늙은이의 전유물인 줄 알았는데 아니었다.

여행의 가장 빛나는 순간에 추억을 위한 기념품을 사듯, 인생의 가장 아름다운 젊은 날에 죽음을 생각하는 것도 나쁘지 않았다.

"살려주세요! 살려주세요!"

나는 맹렬히 소리치며 몸을 날렸다.

잠시 죽음의 품에 안겼던 나는 참으로 별 볼 일 없는 엑스보이프렌드 같은 인생에게로 돌아가고 싶어졌다. 아직은 그 지긋지긋한 녀석과 헤어질 때가 아니었다.

*

나는 관자놀이가 터질 정도로 고함을 지르며 발광을 했다. 그래서 캐비닛이 뒤집혔을 때 다 나의 괴력 때문인 줄 알았다.

"이 언니는 참 방정도 디테일하게 떤다니까."

참으로 반가운 싸가지 없는 목소리였다.

"미리니? 미리 왔니?"

"문에서 떨어져요. 칼 들어가니까."

쉬익. 쉭. 쉬시식. 문틈으로 칼을 쑤셔 넣어 벌리는 모양이었다. 한참 내 배 바로 위에서 칼 가는 소리가 나더니 컹, 덜컹, 하고 문이 열렸다.

나는 '잠자는 숲속의 공주'처럼 창백한 손으로 이마를 가리며 일어났다. 드디어 하늘과 눈부신 햇살이 시야에 들어왔다. 나는 살짝 눈을 찌푸리며 손을 뻗었다. 왕자님이 환한 햇빛을 등지고 내 손목을 잡아주었다.

나의 왕자님이 말했다.

"입 다물어요. 침 튀니까."

나의 왕자님은 낭만과는 그렇게 거리가 멀었다.

마스크를 쓴 이균이 쯧쯧거리며 나를 일으켜 세웠다. 미리와 상도도 마스크를 하고서 저쪽에 멀찌감치 서서 나를 구경하고 있었다.

"이 아저씨를 요 앞에서 만났어요. 방독면 쓴 이상한 여자 못 봤냐고 해서요."

"누나. 미안해요. 아뇨, 그 자식들이 이럴 줄은 몰랐네."

이균이 나에게 마스크를 줬다. 나는 캐비닛 안에 그냥 주저 앉았다.

"정말 죽는 줄 알았다고요."

난리를 떤 게 머쓱하기는 했지만 나에게는 진정 위로와 격려가 필요했다.

"이런 걸로 안 죽어요."

건조하게 이균이 말했다. 볼수록 알수록 얄미운 남자였다.

"아뇨. 매사에 워낙 재수 없기 때문에 또 몰라요."

나는 신선한 공기를 맡기 위해 목을 쭉 빼고 주위를 둘러보았다. 무덤에서 살아 나왔다고 감동에 젖기에는 주변 풍경이 영 아니었다. 나의 현실은 여전히 폐허의 쓰레기 더미 가운데 있었다.

"연우는요?"

이상하게 연우가 보이지 않았다.

"갔어요."

"……가다니요?"

"보냈어요."

"……무슨 말이에요?"

이균이 주머니에서 생수를 꺼내 나에게 휙 던졌다.

"사람이 생각이 원래 그렇게 뭉툭해요? 확실히 말할 수는 없지만 김연우 씨는 감염된 것 같지 않습니다. 둘이 이틀을 함께 있었지만 의심할 만한 초기 증상을 전혀 보이지 않았잖아요. 그래서 이제라도 도망가라고 그랬어요."

"그래서 지금…… 연우는 어……디 있어요?"

나는 당황해서 더듬더듬 물었다.

"혹시 모르니까 며칠 양평 별장에 스스로 격리되어 있겠다고 하더라고요."

절대 믿을 수 없는 일이었다.

"그럴 리가요. 연우가 나를 두고 가다니요. 아까 들었잖아요? 내가 괜찮아질 때까지 같이 있겠다고…… 분명…… 그랬잖아요……."

"연우가 누구예요? 언니 애인이에요?"

미리가 묻고 상도가 대답했다.

"아냐, 설마 애인인데 버리고 갔을까 봐."

이균이 냉정하게 못을 박았다.

"설령 애인이라 해도 보내줬어야 하는 것 아닙니까? 자기가 좀 겁난다고 불쌍한 친구한테 같이 있어달라는 게 말이 돼요? 아까는 내가 일부러 참은 겁니다."

생각해보니 이균이 나한테서 떼어놓기 위해 연우를 차에 급하게 태운 것이었다.

"그러게. 자기 입으로 위험한 여자라면서. 언니도 참."

"아뇨, 저 누나 생긴 거랑 다르게 팜프파탈이네."

"그. 래. 서. 연우가 순순히 갔다고요?"

나는 이균을 노려보며 물었다.

"네."

연우한테 화가 나는 게 아니었다. 이균의 고압적인 태도가 나를 자극했다.

"설마요. 연우 그런 인간미 없는 애 아니거든요."

"옥택선 씨. 웬만하면 제가 이런 말 안 하려고 했는데. 김연우 씨를 잘 아세요? 몇 년 만에 만난 거라면서요? 김연우 씨는 안 그러는데 옥택선 씨 혼자 연애 감정으로 대하고 계신 것 같아요. 그러니까 이렇게 실망을 하죠. 그럴 필요 없습니다. 이성적인 걸 바라는 것도 아니에요. 그냥 인간적으로 좀 상대를 대하세요. 연애적으로 말고."

하하하. 인간적의 반대말은 연애적인 것이구나.

이균의 훈계는 내 마음의 가장 취약한 부분을 건드렸다.

인간적이지도 연애적이지도 못한 언제나 그런 애매한 존재가 바로 나였다.

잠시, 인간적인 것과 연애적인 것을 구분해보자. 가령 초콜릿 하나 갖고도 나눌 수 있다.

　연애적인 사고—아, 이번 발렌타인데이에도 충치만 생기겠구나.

　인간적인 사고—아, 이 초콜릿은 불쌍한 제3세계 아이들의 노동력을 착취해 만든 불공정 무역의 산물이로구나.

　안젤리나 졸리를 보고도, 연애적인 사고—제니퍼 애니스톤에게 브래드 피트를 빼앗아간 나쁜 년.

　인간적인 사고—백만 달러 유엔난민고등판무관실 기부, 지뢰제거운동 홍보대사.

　영화 〈타이타닉〉의 포스터를 보면서, 연애적인 사고—한강

유람선에서라도 저 짓을 한번 해봐야 할 텐데. 그나저나 레오나르도 디카프리오 너도 세월은 어쩔 수 없구나.

인간적인 사고―쯧. 가난한 이민자들이 대부분이었던 삼등칸 손님들은 거의 다 죽었지.

뭐, 이런 식으로 대충 구분이 가능하다. 나는 결코 내가 연애적 인간이라고 생각하지 않았다. 내 특유의 상실감과 박탈감은 선천적인 것이었다. 연애란 단어조차 모르던 꼬마 때에도 나는 바람맞은 삼십대 여자 얼굴을 곧잘 하곤 했다. 물론 세계와 타인과 관계 맺기를 갈망하는 나의 태도를 군이 연애에 환장한 행동으로 본다면 변명할 마음은 없지만 이균처럼 잘 알지 못하는 인간이 단정적으로 판단하는 것은 용납할 수 없었다.

"아하, 그러니까 연애적이기만 한 내가 착각한 거군요. 연우는 아무 생각도 없는데."

나는 이균을 맹렬히 노려보며 비꼬았다.

"뭐. 감염 초기 증상이라고 해두죠."

바닥에서 녹슨 파이프를 줍더니 이균이 나에게 들이댔다.

"그러니까 나만 병에 걸린 거고요?"

그가 파이프로 내 밑에 깔린 밍크담요를 들어 올렸다.

"김연우 씨를 짝사랑했다면서요? 원래 좋아하는 쪽이 아픈 거 아닌가요?"

"이균 씨는 비연애적이신 분이라 잘 모르시나 본데요. 사랑하면 늘 아픈 거예요."

"늘 아픈 건 지병이고요."

이 쌀쌀맞은 놈이 의외로 말도 잘했다.

"늘 아프면…… 늘 짝사랑?"

내 체취가 묻은 밍크담요를 산업폐기물인 양 버리며 이균이 비꼬았다.

"……."

순간 나는 맞받아칠 타이밍을 놓치고 말았다.

생각해보니 그런 것도 같았다. 아니다. 그렇지만은 않았다. 나는 매번 상대와 교류가 있는 정상적 범주의 연애를 해왔다. 다만 유독 혼자 괴로워하며 끙끙거렸을 뿐이다.

"어쨌거나 김연우 씨가 괜찮은 것만도 다행이죠. 설마 김연우 씨도 아프길 바란 건 아니겠고."

이 남자가 슬며시 눈을 내리깔며 나를 보았다. 은근히 능글맞은 그 눈빛에 흠칫 놀라 고개를 돌렸다. 이 자식이 지금 무슨 소리를, 그럴 리가, 그럴 리가…… 설마…… 그럴 리가?

내 마음 안의 필라멘트가 똑 하고 끊어졌다. 어쩌면 무의식적으로 나는 연우와 함께 있고 싶은 마음에 그 역시 아프기를 바랐을지 몰랐다. 솔직히 털어놓자면 그 혐의로부터 나는 완전히 결백할 수 없었다.

"김연우 씨도 쉽게 떠난 거 아니에요. 일방적으로만 생각하지 맙시다."

이균의 그 한마디에 내 기억 속의 파일들이 순서대로 차르르 열리며 과거의 연애사가 32배속으로 지나갔다.

'일방적'은 내 연애사의 핵심 키워드였다. 나는 매번 누군가를 일방적으로 좋아해서, 일방적으로 배반을 당하고, 일방적으로 괴로워했다. 언제나 그랬다. 아니, 그렇다고 믿었다. 둘이 사랑을 했어도 고통은 매번 일방적이었다.

사랑은 늘 '나만의 증상'이었다. 언제나 나만이 바이러스에 감염돼서 골골거리며 앓았고 상대는 나보다 면역력이 강했기 때문에 건강하게 자신을 지킬 수 있었다.

"연우가 다른 말은 안 하고 떠나던가요?"

나는 밀려드는 허무함에 다시 캐비닛 안으로 스르르 주저앉았다.

"음…… 맞아. 그러던데요. 택선 씨라면 잘 이겨낼 수 있을 거라고."

헛. 허탈해서 헛웃음이 튀어나왔다.

'너라면 잘 이겨낼 수 있을 거야.'

이 말은 헤어질 때마다 남자들이 내게 했던 말이었다. 어떤 망할 놈은 여기에 비속어까지 섞어 말하기도 했다. 다들 어디 학원에 개설된 이별 단기 속성 코스에서 입을 맞췄는지 하나같이 똑같았다.

"엇? 누나, 울어요?"

"남자한테 까이고 우나 봐. 어머, 찌질해. 저 나이에도 남자 때문에 눈물이 나오네."

나는 힘껏 고개를 저었다. 땀인지 눈물인지 끈끈한 액체가 뺨 주위에 어슬렁대는 것은 사실이지만 우는 건 아니었다. 차마 이균 앞에서 그런 모습까지 보일 수는 없었다.

\*

"언니, 울 때는 울어야 해. 남자가 떠날 때마다 새롭게 태어나야 하잖아요. 그러려면 피를 바꿔야 하는데. 일단 내 몸의 물을 쫙 빼내는 거야. 눈물로 말이지. 그러고 나면 다시 새로운 피가 만들어지거든."

미리는 말도 안 되는 '이별 채혈론'을 진지하게 펼쳤다. 그 이론대로라면 대한적십자사가 피를 못 구해 발을 동동거릴 일은 없을 것 같았다.

"아냐, 미리 너 그래서 우는 거였어? 나 캐나다 가면 피 바꿔서 새 놈 만나려고?"

피가 뜨거운 비행 청소년 커플은 다시 사랑싸움을 시작했다.

"너희들 빨리 가랬지! 여기 이 누나 위험한 사람이래도!"

이균이 버럭 소리치자 미리가 반항했다.

"그런 아저씨는 왜 안 가는데요?"

그건 나도 궁금했다. 우리는 모두 이균을 쳐다보았다.

아주 짧은 순간 이균의 눈에 당황스러운 떨림이 스쳤다. 그 떨림은 내 마음에 커다란 의문부호를 남겼다.

"아저씨가 혹시 누나 좋아하는 거 아냐?"

상도가 푼수를 떨자 미리가 정강이를 깠다.

"야! 지금 저 언니 헬렐레한 꼴을 보고도 그딴 소리가 나와!"

잠깐 시선이 마주친 이균과 나는 괜히 어색해하며 딴청을
피웠다.

"수필이 핸드폰에 달린 USB 자료들을 미국 연구소로 보냈
어요. 통화는 못 했고요. 댄과 레이나가 휴가를 간다고 했는데.
둘이 기념일이라서요."

"기념일요?"

"댄과 레이나가 커플이에요."

'커플'이라는 단어를 말하는 이균의 표정이 어째 께름칙했
다. 어쨌거나, 나는 이제 미국에서 나를 도와줄 과학자 커플의
연락을 기다려야만 하는 상황이다.

"댄과 레이나가 수필이와 데이터를 주고받으며 그걸 토대로
해서 여러 플랜을 만들었는데. 동일한 프로토콜로 실험을 했
기 때문에 같은 과정에서 같은 실수를 했을 수도 있지만……
뭐, 그렇지 않기를 바라야죠. 아마 댄과 레이나라면 수필이가
실험 계획만 세워놓고 아직 못 해본 몇 가지 방법 중 하나로 다
른 결과를 제시해줄 수 있을 거예요."

내 운명이 누군가의 손길을 간절히 기다리기는 처음이었다.
실은 고전적인 '운명'이란 단어가 이렇게 가깝게 느껴진 것도
최초였다. 감염자일지도 모른다는 의심 이후 죽음이든 운명이

든 모든 것이 이전과는 다르게만 느껴졌다. 내 몸속에 초대받지 않은 징그러운 손님들의 침입으로 오히려 나는 내 자신과 좀 더 친밀해진 느낌이었다. 뭐랄까, 나의 본능이나 내면과 좀처럼 갖기 힘든 공조의식을 나눴다고 할까. 그 생경스러움은 곧장 권태로운 일상의 굳은살이 박인 내 살갗을 찌르며 가장 은밀한 두려움을 일깨워냈다.

"내가 할 수 있는 일은 아무것도 없네요. 어쩌다……."

나는 어깨를 부르르 떨며 한숨을 내쉬었다.

"최악의 상태가 아닌 것만도 어딥니까. 수필이 보세요. 급성으로 악화돼서 죽을 수도 있어요."

이균의 정떨어지는 말투는 드디어 위태롭게 버티던 나의 이성을 무너뜨렸다.

"말을 고따위로밖에 못 해요! 죽는다 소리가 밥 먹자 소리처럼 술술 잘도 나와요? 지금 가뭄 난 논바닥마냥 쩍쩍 갈라지는 내 심정을 댁이 아시나? 일 초 일 초 최악의 순간이 다가오고 있을지도 모르는데 마냥 어서 옵쇼 기다리는 내 거지 같은 마음이 상상이나 가냐고!"

나의 외침이 재개발촌의 시멘트 계곡 위로 쩌렁하게 울려 퍼졌다. 어딘가 숨어서 졸던 새들이 푸드득거리며 날아올랐다.

"아뇨, 누나. 진정해요. 미리보고 미리 걱정 말라면서."

"불안은 영혼을 잠식한다면서요?"

"내 영혼은 바이러스가 잠식했어."

미리가 혀를 쯧쯧 찼다.

"그렇다고 바이러스가 언니가 되는 건 아니잖아요? 언니가 바이러스가 되는 것도 아니고."

맞는 말이었다. 나 옥택선 자체가 전자현미경으로나 볼 수 있는 존재가 되는 것은 아니었다.

"언니, 쪽팔리고 열받고 내가 뭣 땜에 이렇게 됐나 누군가가 원망스럽죠?"

나는 고개를 끄덕였다.

"언니를 그렇게 만든 사람은 이제 이 세상 사람도 아니라면서요?"

남수필의 얼굴은 생각이 나지 않고 미키마우스만 떠올랐다.

"원래 그런 거예요. 나를 지금 이렇게 만든 사람은 찾을 수 없는 거예요."

두려움에 관한 한 미리는 인생 선배였다.

"언니가 그랬죠? 어린애가 웬 걱정이냐고? 암세포도 젊은 암세포가 더 활기차듯, 아픔도 젊은 아픔이 더 센 거라고요. 앞으로 아플 날이 더 창창하니까요."

아플 날이 창창하다…… 내 생애 그렇게 슬픈 말은 처음이었다.

*

"하지만 이 바이러스에 걸린 사람이 우리나라에, 아니 어쩌면 전 세계에 나 하나일지도 모르는데 그 아픔이란 게 조금 심한 거 아니니?"

미리가 이 부분에 대해서는 인정을 해줬다.

"그건 그래요. 팔자 센 년은 어떻게 방법이 없네요. 그래도 언니 혹시 알아요? 나중에 이것 때문에 유명해질지. 우리 삼촌도요 정력에 좋다고 수달인지 뭔지 하여튼 천연기념물 잡아먹었다가 피가 역류하는 특이한 증상이 나타나서 세계적인 의학잡지에 났거든요."

"아냐, 진짜 그럴 수도 있겠네. 누나 사인 받아둬야겠다."

차라리 정력제로 수달을 먹고 피가 거꾸로 솟는 편이 나을 것 같았다.

미리가 분홍색 트레이닝복 상의를 벗으며 나에게 다가왔다. 미리가 그 옷을 줄 때까지 나는 내 꼴이 얼마나 엉망진창인지 알지 못했다. 연우를 만난다고 설레는 마음으로 입고 나온 블라우스는 구겨질 대로 구겨져서 세탁기에서 나온 지폐처럼 안쓰러웠다.

"참 안 어울리기도 하지. 그래도 분홍색 안 어울리는 여자들이 정신력은 강하대요."

그건 내가 받은 위로 중에 그나마 설득력 있는 것이었다. 미

116

리가 준 옷을 입고 있는데 갑자기 구급차 소리가 들리기 시작했다.

"엇! 저 여자 안 죽었잖아!"

네다섯 명 되는 남학생들이 저쪽에서 나를 가리키며 우르르 몰려오고 있었다. 파워레인저와 친구들임을 딱 봐도 알 수 있었다.

"유미리! 너 우리 아버지 통장 빨리 내놔!"

파워레인저는 정말로 빨간 브이넥이 들어간 실버 메탈 소재의 나이키 점퍼를 입고 있었다. 까무잡잡한 피부에 갈색 염색 머리, 짙은 눈썹과 쌍꺼풀 짙은 시부야풍 날라리의 무표정까지 과연 지구의 용사다웠다.

"웃기지 마! 이 결혼 안 돼! 너희 아빠는 우리 엄마 감당 못 해!"

"미리 너 이제 나한테 오빠라고 불러야 한다."

"싫어! 오빠 아니야! 내 오빠 하지 마!"

"미리…… 너…….."

"난 절대로 그렇게 못 해! 너도 안 된다는 거 알잖아! 우리 그럴 수 없잖아!"

미리가 눈에 눈물까지 매단 채 악을 쓰며 대들고 파워레인저는 어딘가 쓸쓸한 눈빛으로 그 모습을 바라보았다.

오, 세상에. 나는 그만 미리의 눈에서 파워레인저를 향한 사랑을 보고 만 것이었다. 귀신은 속여도 이 언니를 속일 수는 없었다.

"구급차 온다! 미리네 선생님! 돌아가신 줄 알고 저희가 구급차 불렀어요!"

속 깊은 비행 청소년들이 나를 살리려고 구급차를 출동시킨 모양이었다. 구급차가 드디어 골목 안으로 들어섰는지 이용이용 소리에 귀가 얼얼해졌다. 나는 당황해서 이균을 보았다.

"뭐 해요. 갑시다."

이균이 내 손목을 잡았다.

"오빠! 정말 엄마 아빠 그냥 놔둘 거야?"

미리는 파워레인저를 잡고 차마 말 못 할 감정을 호소하고, 파워레인저는 그 어울리지 않는 순정만화 같은 현실을 애써 부정하고, 순진한 상도는 아직도 그들의 관계를 눈치채지 못한 채 어리둥절해하고 있었다.

골목 바로 앞에서 구급차 멈추는 소리가 들렸다. 이균이 더 세게 내 손목을 잡았고 나는 그의 힘에 이끌려 캐비닛에서 나왔다. 나는 이균을 따라 무너진 담벼락을 뛰어넘었다. 파워레인저와 아이들도 쏜살같이 흩어지고 미리도 상도를 뿌리치며 도망치기 시작했다.

나는 이균의 손을 잡고 폐허의 골목길을 달렸다. 부서진 미로 같은 골목을 돌고 돌았다. 숨이 차도록 달리자 아토스를 세워놓은 카센터에 도착할 수 있었다.

우리는 재빠르게 차에 올라탔다. 며칠 사이 익숙해졌는지

이 정도 액션신은 그다지 버겁게 느껴지지도 않았다. 이제 정상적인 사람을 만나 정상적인 대화를 나누는 상황이 오히려 더 힘들 것만 같았다.

"이제 어쩌죠?"

"뭐…… 같이 기다려봐야죠."

이균이 담담하게 말하며 시동을 걸었다. 그를 만난 이후 가장 가까운 자리에서 그를 보는 것이었다. 뾰족한 코 아래 회색빛이 감도는 입술이 메말라 있었다. 무척 피곤한 얼굴이었다. 나는 우리 사이의 거리가 너무 가깝다는 것을 깨닫고 얼른 마스크를 고쳐 썼다.

"잠깐만요."

나는 차에서 내려 카센터 구석에 버려진 투명 아크릴 보드를 주었다. 중국집 스티커가 붙어 있는 걸로 봐서 테이블 덮개로 쓰였던 것 같았다. 나는 뒷좌석으로 가서 그 투명 아크릴 판으로 앞좌석과의 사이를 막았다. 얼추 크기가 맞았다. 차 안은 마치 강도에 대비해 운전석을 막아놓은 뉴욕 택시 같았다.

"어이구, 걱정해줘서 감사합니다."

이균은 비웃으며 차를 출발시켰다.

차가 천천히 재개발 구역 건너편 도로로 빠져나가기 시작했다. 나는 고개를 돌려 창밖을 봤다. 순간, 골목 안쪽에 서 있는 한 소년을 보았다.

그 소년은 옛날 OB베어스 어린이 야구단 모자를 쓰고서 나를 보고 있었다. 소년은 야구모자를 벗어 자랑하듯 나를 향해 흔들었다. 그러고는 누가 부르는 소리를 들었는지 다시 골목 안으로 뛰어 들어갔다.

그건 남수필의 어린 시절 모습이었다.

*

나는 황급히 남수필의 핸드폰 앨범을 열었다. 사진을 한 장 한 장 앞으로 돌려보았다. 찍은 사람만 그 의도를 알 수 있는 수상한 사진들로 가득했다. 그래도 그 가운데서 바로 찾을 수 있었다. 방금 소년을 봤던 그 골목의 풍경을 말이다.

가슴이 콩닥콩닥 뛰고 머리가 어질어질했다. 어째서 내가 남수필의 환상을 엿본 것일까. 왜 남수필의 추억이 나의 현실에 끼어든 것일까.

"이게 다 무슨 의미일까요?"

나는 급히 차를 세우게 했다. 그리고 이균에게 남수필의 핸드폰 사진들을 보여주었다.

"날짜를 보니까 나와 만난 후 죽기 전까지 찍은 것들이에요."

사진들 속에 사람은 없었다. 모두 정물이거나 풍경이었다. 하늘, 구름, 전봇대, 가로등, 소화전, 학교 운동장, 교실, 버스 정류장, 펩시콜라 전광판, 버스 광고, 스타벅스의 초록색 인어 로고 간판, 하늘에 매달려 있는 괴상한 에펠탑 모형 조형물 등

등······.

그건 수수께끼였다. 출제자가 사라진 수수께끼는 더 거대하고 신비스러워 보였다.

"잠깐, 이 학교는 경중고등학교 같은데요. 요 근처에 있는."

학교 운동장과 건물을 찍은 사진이 여러 장 있었는데 근방의 고등학교임을 알 수 있었다.

"경중이요? 수필이가 아마 거기 나왔을 텐데."

나는 그곳에 가보자며 이균을 졸랐다. 이균 역시 그 마성을 지닌 핸드폰 사진들에 이끌리는 모양이었다.

"뭐. 원래 운구차가 졸업한 학교 한 바퀴 돌기도 하니까."

우리는 곧장 남수필이 졸업한 고등학교로 갔다.

학교는 조용했다. 굳게 닫힌 교문에 G-10으로 인해 휴교한다는 공문이 붙어 있었다.

"기다려요. 급수대에서 물 좀 떠 올 테니."

이균이 생수통을 들고 나가더니 가볍게 학교 울타리를 넘었다. 지나치게 날렵한 몸짓이 나를 조금은 의식하는 것 같았다.

나도 차에서 나와 울타리를 넘었다. 사람이 없는 학교는 특유의 무서운 적막이 감돌았다. 나는 화단을 따라 건물 쪽으로 걸었다. 다시 핸드폰을 꺼내 사진을 보았다. 교실 유리창 앞에 바짝 붙어 실내를 찍은 것인데 흐릿하기는 하지만 진열장과 해골 모형이 얼핏 보이는 걸로 봐서 과학실 같았다. 마침 화단 옆 기상대 뒤에 과학실이 보였다. 나는 남수필도 이랬을 거라 상상하며 유리창에 이마를 대고 안을 들여다보았다.

과학실에는 하얀 교복을 입은 남학생과 여학생이 수줍게 키드득 웃으며 서로의 공책을 훔쳐보고 있었다. 문제를 푸는 여학생이 귀 뒤로 단발머리를 넘길 때마다 소년은 추억에 잠기는 듯 행복한 표정을 지었다.

그 시간은 소년이 가질 미래의 추억이었다. 어른이 된 소년은 김 빠진 콜라나 다름없는 현실을 살게 되지만 이 시간을 떠올릴 때만은 마음속에 톡톡 생기 있는 탄산이 터져 나올 것이다. 나는 소년의 얼굴을 한 남수필을 보기 위해 고개를 내밀었다.

그러나 그곳에는 아무도 없었다. 해골 모형만이 나를 빤히 바라보고 있었다. 나는 뒷걸음질 치며 휘청거렸다. 어째서 또다시 내게 남수필의 기억이 찾아온 것일까. 도대체 이 무중력 상태의 추억의 정체는 무엇인지 도무지 알 수 없었다.

"뭐 하는 겁니까?"

깜짝 놀랐다. 이균이 바로 옆에서 걱정스러운 낯빛으로 나를 보고 있었다. 누구에게도 설명할 수 없는 비현실적 현실이었다. 남수필로부터 들은 이야기를 내 마음대로 상상할 수는 있었다. 그러나 그렇다고 마치 나의 기억인 양 이렇게 생생히 느끼는 것은 망상이거나 마법이었다.

"괜찮아요?"

"이 사진들요…… 남수필의 기억에 관련된 것들 같아요. 그가 좋아하던······ 그리워하던······ 마지막까지 잃고 싶지 않았던······."

말하면서 비로소 확신할 수 있었다.

우리에게는 타인의 기억이란 가장 거대한 수수께끼가 남겨졌던 것이다.

이균은 남수필의 유품 상자나 다름없는 핸드폰 앨범을 진지하게 살펴보았다. 한 장 한 장 비밀을 품은 이미지들이 속닥속닥 속삭이며 우리의 귀를 간질거렸다.

"그런가? 그럼 이건 무슨 의도지?"

고개를 갸우뚱거리며 이균이 나에게 물었다. 그건 구름을 찍은 사진이었다. 엉터리 바리스타가 만든 카페라테처럼 어설픈 하얀 구름이 하늘을 덮고 있었다.

"남수필이 구름을 좋아했나 보죠."

"이건 왜 찍었나?"

이번에는 차 안에서 지나가는 버스를 찍은 사진이었다. 버스 옆구리에 '연인들이여 롯데월드의 가을 축제로 오라!'는 광고가 붙어 있었다.

"아, 맞다. 롯데월드! 거기가 남수필이 첫사랑을 묻은 장소예요!"

나는 남수필에게 들은 이야기를 이균에게 해주었다. 이균이 묘하게 웃으며 나를 위아래로 훑어보았다.

"의외로 수필이랑 잘 어울렸을 수도 있었겠는데."

비아냥거리는 이균을 무시하고 다시 남수필이 남긴 기억의
유품을 뒤졌다.

*

"펩시콜라? 왜 코카콜라가 아닌 펩시콜라 전광판을 찍었을
까요?"

"뭐. 코크보다 펩시 좋아하는 사람도 많습니다. 나이키보다
푸마 좋아하듯이. 마돈나보다 신디 로퍼 좋아하던 애들이 그
과죠."

"고두심은 뭘까요? 남수필이 고두심을 좋아했어요? 연상을
요?"

고두심의 제주도 홍보 캠페인으로 도배된 버스정류장 사진
이 세 장이나 있었다. 이균이 그제야 적극적으로 맞장구를 쳐
주었다.

"아, 고두심! 수필이가 자기 엄마가 고두심 닮았다고 그랬었
다."

"그럼 자기가 고두심 닮았다는 거잖아."

그런데 생각해보니 단정한 입매와 눈매가 꽤 닮은 것도 같
았다.

"나한테도 어머니 얘기 했었는데."

"수필이 어머니 안 계세요. 환경이 그리 좋지 않았어요. 아버

지가 폭력 가장이라서 어머니가 집을 나갔고, 고등학교 때요, 수필이랑 친하지는 않았지만 사우나 같이 갈 일이 많았거든요. 잘 웃기는 해도 속은 안 트는 녀석인데 이상하게 나한테는 얘기하더라고요."

왠지 그 마음을 알 것도 같았다. 때로는 냉정한 사람이 대화 상대로 편할 때가 있다. 진심이 어설픈 동정으로 돌아올 위험은 없으니까.

"그럼 어머니는?"

"모르겠어요. 재혼하셨다는 것도 같고."

나는 가만히 남수필의 미소를 회상해보았다.

내 방의 푸른 스탠드 불빛을 등지고 앉았던 그의 얼굴과 벽에 어른거리던 그림자가 떠올랐다. 그의 미소는 늘 먼 곳을 보는 미소였다. 그것은 상처와 외로움을 가슴속에 무사히 간직하고 사는 사람만이 지닐 수 있는 것이었다. 남수필은 내 예상보다 더 강한 사람일지도 몰랐다.

"그러네요. 나랑 남수필 의외로 친해졌을지도 모르겠어요."

나도 모르게 그런 말이 흘러나왔다. 이균이 유심히 나의 눈을 살폈다. 그와의 거리가 또 너무 가깝다는 사실을 깨닫고 나는 한발 뒤로 물러났다.

"괜찮아요?"

이균이 걱정하는 기색을 감추며 물었다. 머릿속에 백 개의 풍선들이 둥둥 떠다니는 기분을 설명할 길 없어 나는 아무렇지 않은 척 다시 앨범을 뒤졌다.

"도대체 이 황당한 건 뭘까요?"

정말 난감한 풍경이었다. 하늘에 붕 떠 있는 에펠탑 모형의 대형 조형물을 찍은 것인데 유독 다리가 짧은 에펠탑이 우습고도 기괴했다. 이균이 그것을 보더니 웃음을 터트렸다. 그건 국립면역연구소 인근 시내의 파리나이트클럽 옥상에 있는 간판이라고 했다. 이균은 생각나는 게 있는지 혼자 피식거렸다. 둘이 혹시 여기에서 부킹이라도 했는지 묻자 아니라고 했다.

"수필이랑 자주 가던 사우나 앞에 있는 나이트였는데요. 둘이 저걸 보며 그런 얘기 했던 게 기억나요. 기네스 펠트로 이야기요."

기네스 펠트로가 어렸던 어느 날, 아버지가 깜짝 선물처럼 그녀를 비행기에 태워 파리에 데리고 갔다. 파리에서 정말 환상적인 시간을 보낸 그녀가 왜 파리에 온 거냐고 묻자 아버지가 대답했다. 자신이 그녀 인생에서 처음으로 파리에 같이 온 남자이기를 바랐다고. 아버지는 딸의 추억 속에 아름다운 파리와 함께 영원한 낭만으로 남고 싶었던 것이다.

"오프라 윈프리 쇼에서 기네스 펠트로가 그랬다는데 수필이는 그게 그렇게 낭만적이었나 봐요. 그래서 자기도……."

눈동자에 에펠탑을 담고서 상상에 빠졌을 남수필이 떠올라 웃음이 나왔다.

"여자친구 생기면 파리에 데리고 가겠다고요?"

126

"아뇨. 꼭 파리에 한 번도 안 가본 여자를 사귀겠다고 했어요."

이균과 나는 눈을 맞추고서 누가 먼저랄 것도 없이 웃음을 터트렸다.

"그가 살아 있었어도 잘되기는 힘들었겠네요. 나는 파리에 가봤으니까."

농담으로 말했지만 어쩐지 섭섭하기도 했다.

그 순간 우리 사이로 천사가 지나가는지 이균과 나는 잠시 침묵 속에 빠졌다.

나는 남수필을 생각했다. 여기서 우리는 지금 그가 남긴 꿈들을 이야기하고 있는데 그는 어디 있을까. 그가 살아 있었다면 연인은 아니더라도 친구가 되었을지도 모른다. 그의 아픔은 나의 그것과 닮았고 결국 그 이유로 서로를 답답해하면서도 기꺼이 약속 없는 주말 오후 따뜻한 커피를 사주는 친구가 됐을지도 모른다. 그러나 지금 이런 상상이 다 무슨 소용이란 말인가. 그가 죽었기 때문에 그를 이해하려 애쓰고 있는 건지도 몰랐다. 이렇게라도 하지 않으면 내가 견딜 수 없을 것 같아 위선을 떨고 있는 건지도 몰랐다.

"다음에 파리에 가게 되면…… 에펠탑에서 엽서를 쓸 거예요. 그리고 에펠탑 꼭대기…… 하늘과 제일 가까운 곳에서 그 엽서를 부칠래요. 남수필 씨한테 보내는 엽서를요."

눈물이 흘러내렸다. 젊은 죽음이 내 마음속에서 잘게 부수어졌다. 그의 깨진 꿈과 사랑이 유리알처럼 내 안에서 여린 빛으로 반짝거렸다.

"아, 그 엽서는 꼭 미키마우스 엽서여야만 해요. 꼭이요. 지구의 모든 미키마우스들이 그를 그리워할 테니까요."

이제 도저히 쏟아지는 울음을 참을 수 없었다.

그렇다. 그는 죽기에는 아직 너무 젊은 사람이었다. 고두심 닮은 엄마를 그리워하고 미키마우스를 아끼며 파리에 사랑하는 여자를 데려가고 싶은 젊은 남자가 죽다니. 그 슬픔은 하루만이라도 세상의 일부가 아니라 세상의 전부여야 했다.

모든 아이에게 한때는 가장 큰 세계였던 운동장에 섰다. 나는 흩어지는 슬픔을 두 손에 모으며 꼬옥 쥔 주먹을 주머니에 집어넣었다.

　"그는 이런 마지막을 상상이나 했을까요?"

　나는 운동장의 푸석한 모래알들을 바라보며 말했다. 눈물이 뚝뚝 떨어지더니 모래 바닥에 진주만 한 구멍들을 냈다.

　"글쎄요. 마지막은 누구도 상상할 수 없는 것 아닌가요? 수필이…… 너무 미워하지는 마세요."

　이균이 했던 말씨 중 가장 예의 바르고 나긋했다.

　"아니요. 미워요. 정말 바보 같아요. 사람이 보이지도 않는 무언가로부터 공격을 당해 이렇게 맥없이 쓰러지다니. 이렇게 감쪽같이 사라지다니. 우리가 원래 이렇게 나약한 존재들인가요?"

나는 모래알들에게 분풀이하며 발로 짓이겼다.

"수필이는 결코 약한 녀석이 아니었지만…… 인생을 살다 보면 항상 더 센 놈들이 나타나기 마련이잖아요."

나보다는 그에 대해 더 잘 아는 이균이 담담하게 말했다. 그는 처음으로 냉정한 이성을 내려놓고 남수필을 회상하는 듯했다. 엷은 물기가 서린 눈으로 이균이 허공을 보았다. 눈물에 젖은 내 눈꺼풀이 나방의 날개처럼 파르르 떨렸다. 이균이 시선을 돌리더니 나방을 잡으려는 아이처럼 가만히 내 눈을 좇았다. 이상했다. 가슴이 두근거렸다.

"언제까지 울 겁니까? 계속 울 자신 있으면 울고요."

나는 눈물을 손등으로 닦았다. 미리의 주장대로라면 남수필을 보내기 위해서는 내 피를 비울 때까지 계속 울어야 하는데 그럴 자신은 없었다.

"뭐라도 좀 먹읍시다."

이균은 잠재적 괴물 덩어리인 나를 차에 태우고는 오는 길에 보았던 천변으로 갔다. 재개발 지역의 끝자락과 닿아 있는 천변은 말라붙은 시내 바닥에서 구정물 냄새만 솔솔 올라올 뿐 개미 한 마리 지나가지 않았다. 우리는 차를 세우고 언젠가 이곳을 흘렀을 맑은 시냇물을 상상하며 문을 활짝 열었다.

"자. 지금은 비록 깡통 속에 있지만 한때 바다를 질주하던 앱니다.”

참치캔을 따주며 이균이 말했다. 이 인간이 어째서 이런 친절을 베푸는지 의아했다. 아마 그 역시 계속 날 선 신경을 유지하는 데 지친 것 같았다. 아니면 나의 눈물이 그의 마음을 움직였거나.

우리는 차에 기대어 석양을 보며 한때 바다의 왕자였던 참치를 먹기 시작했다. 마침 시원한 바람이 이마를 어루만지며 지나갔다. 모나미 볼펜 두 개를 젓가락 대신 사용하는 것도 그리 나쁘지 않았다. 입에 기름기가 들어가자 그제야 내가 얼마나 배고팠는지 실감이 났다.

“정말 허무하네요. 조금 전까지만 해도 죽은 사람 생각하며 울더니.”

생 컵라면을 오도독오도독 씹으며 이균이 고개를 끄덕였다.

“살아 있다는 증거죠. 뻔뻔하다는 것은.”

역시 얄미운 소리를 야무지게 할 줄 아는 남자였다.

“남수필 씨가 참치캔 좋아했는데.”

“자취생은 원래 먹을 거만 보면 다람쥐가 도토리 챙기듯이 챙겨요.”

“자취 오래 하셨나 봐요?”

묻고 나서 보니 이균의 신상에 대해 전혀 아는 게 없다는 생각이 들었다. 엄밀히 말하자면 이 남자가 이균인지 아닌지 증명해줄 사람도 없는 실정이었다.

"엄마와 부인 없이 사는 남자는 다 자취생이죠."

이균이 쌀쌀맞게 대답했다. 역시 순순히 자기 이야기를 할 남자가 아니었다. 나도 괜히 구걸하는 것 같아 더는 묻고 싶지 않았다.

"남수필은 우리가 이 사진들을 보기 원했던 거겠죠?"

차분하게 되짚어보니 그런 의도로밖에 파악되지 않았다.

"그에 대해 늦게라도 알게 된 것 같아 기쁘기도 하지만……어쩨 이해가 아니라 오해가 아닐까 싶네요……. 내가 본 게 과연 무엇일까요?"

나는 슬쩍 눈치를 살폈다. 그의 환상까지 대신 꿈꾼다는 해괴한 현상을 이균에게 고백할까 말까 망설였다.

"그럼요. 사진 몇 장으로 한 사람의 인생을 논하는 건 엄연히 구라죠. 다만 우리의 역할은 그 정도가 아닐까 싶네요. 유품정리인?"

"유품정리인요?"

혼자 사는 사람이 죽었을 때 유족을 대신해 고인의 물건을 정리하는 유품정리인의 일을 나와 이균이 하고 있는 것이었다. 다만 그 유품이라는 것이 고인을 사망에 이르게 한 엄청난 연구 결과와 고인만 알 수 있는 아름다운 기억이란 점이 특이했다. 어차피 유품이란 남아 있는 이에게 진실을 말하지 않는 차가운 비밀일지 몰랐다.

*

    문득 나는 어떤 유품을 남기게 될까 궁금해졌다. 내가 좋아하던 책들, 주성치와 에릭 로메르 DVD, 아이북과 아이팟, 낡은 나이키 조깅화와 어그 부츠, 빛을 보지 못한 작품의 메모들, 이 빠진 머그잔, 내 머리 냄새를 가장 잘 아는 쿠션…… 어째 그것들은…….

    내가 남길 것들은 내가 만든 것들이 아니었다. 그것들은 기껏해야 나란 존재에 대한 힌트에 불과했다. 나의 기쁨과 상처, 환희와 후회 등 생생한 진실은 고스란히 내 육체에 갇힌 채 사라져버릴 거라 생각하니 온몸이 딱딱하게 굳었다. 공포의 전율이 내 안에 균열을 일으켰다. 쫘악 짝 쫘악 내 영혼에 금이 가는 느낌이었다.

    "다행인지 불행인지. 수필이는 죽기 전에 행복했을지도 몰라요."

    깜짝 놀라 이균을 보았다. 순간, 그의 얼굴이 서너 겹으로 겹쳐 보였다.

    "모르핀을 맞은 것처럼 환상을 봤나 봅니다. 일지에 적혀 있어요. 발열 증상이 지나가고 조증 환자처럼 갑자기 뇌의 회전이 빨라지더니 환상을 보기 시작했다고요."

    기습을 당한 듯했다. 의식이 깜박깜박거리며 몽롱해졌다. 그의 목소리가 귓가에 닿지 않고 빙그르르 돌았다.

"망상이나 환청이 아니라 실제와 같은 장면이 하늘에서 뚝 떨어졌나 봐요. 마치 〈스타워즈〉에서 로봇 알투디투가 레아 공주의 영상 편지를 보여주던 것처럼. 알 수는 없지만 그런 게 아닐까 싶네요. 하여튼 희한한 일이 있었나 봅니다."

나는 정신을 차리려고 눈을 부릅떴다. 그러나 눈꺼풀이 파르르 떨리더니 죽기 직전 나방의 날개처럼 스르르 내려앉았다.

"무엇인지 알 수 없지만 분명히 그렇게 기록했어요. 멋진 시간이었다고."

남수필이 우리 집 부엌에서 엄마의 환영을 봤다며 웃던 얼굴이 떠올랐다. 그 손끝에 묻어날 것 같던 마법의 시간을 멋지다고 표현한 것이었다. 아마도 이 핸드폰에 들어 있는 모든 사진들도 그 영롱한 마법의 시간을 담은 것이리라.

"저…… 그러면…… 그런 환상을 보는 게…… 병 때문에……."

더듬더듬 내가 물었다.

그때 핸드폰이 울렸다.

"미국이에요."

놀란 이균이 나보고 조용히 하라 손짓하며 등을 돌렸다. 영어로 심각하게 떠드는 걸로 보아 댄과 레이나의 전화임을 알 수 있었다. 내 귀에는 웅웅 어지러운 소음으로밖에 안 들렸다. 소리뿐 아니라 주변 풍경도 윤곽이 희미하게 흐려지고 있었다. 대화 도중 점점 목소리를 높이던 이균이 갑자기 뒤를 돌아

나를 보았다. 그의 얼굴이 딱딱하게 굳었다.

나는 터벅터벅 천변 쪽으로 내려갔다. 도자기처럼 굳은 몸에 작은 실금이 가고 그 사이로 무언가가 실실 새기 시작했다. 겨드랑이 아래로 서늘한 바람이 지나갔다. 내 몸의 작은 틈들 사이로 바람이 통과했다. 나는 공중에 붕 떠올랐다. 눈앞이 뽀얗게 흐려졌다. 귀 밑으로 졸졸 물소리와 까르르 아이들 떠드는 소리가 흘렀다.

나는 눈을 감았다. 다시 눈을 떴다.

냇가에서 아이들이 발을 담그고 놀고 있었다.

엉덩이가 살짝 늘어난 하얀 삼각팬티를 입은 소년들이 물장구를 치며 장난을 치고 여자아이들은 치마를 들어 올린 채 조심조심 물속으로 발을 내딛고 있었다. 예닐곱 살 된 단발머리의 여자아이가 빨간 샌들을 손에 든 채 물에 들어갈까 말까 망설이고 있었다. 아버지로 보이는 사내가 소녀의 등을 떠밀자 소녀가 샌들로 아버지의 다리를 때리며 어리광을 부렸다. 그 빨간 샌들은 헬로키티 캐릭터가 들어간, 소녀가 무척 아끼는 물건이었다.

그 소녀는 바로 나였다.

오래전 이 시내가 거짓말처럼 깨끗하던 시절, 어느 여름날 아버지는 수영을 가르쳐주겠다며 나를 데리고 왔다. 나는 물을 무서워하는 아이였다. 친구들은 자주 이곳에 놀러 왔지만 나는 겁이 나서 따라가지 않았었다. 하지만 그날은 아버지를 믿고 따라왔다. 아버지는 계속 장난을 치며 놀렸고 나는 결국 물속에 들어가지 못하고 울음을 터트렸다. 나는 그 빨간 샌들이 물에 젖는 게 싫었다. 그것은 아버지의 선물이었고 그날은 내 생일이었다. 아버지와 함께했던 것으로 기억하는 유일한 생일이었다.

"레이나가 감염됐나 봅니다."

이균의 목소리가 나를 깨웠다.

물속의 아이들과 빨간 샌들의 소녀가 홀연히 사라졌다.

나는 뒤로 물러섰다. 하마터면 이균을 밟을 뻔했다. 그가 근심 가득한 얼굴로 나를 살폈다.

"기념일을 축하하기 위해 국립공원으로 캠프를 갔는데 밤새 고열에 시달리면서도 쉴 새 없이 떠들었대요. 아주 행복하게요. 마치 처음 사랑에 빠졌을 때처럼."

두 가지 사실이 확실해졌다.

나는 감염되었고, 다행히 그 불행을 짊어진 이가 지구상에 나 혼자만은 아니었다.

*

거듭 말하지만 나에게 맞는 영화 장르는 기껏해야 로맨틱 코미디나 멜로드라마일 거라고 생각했다. 세상에, SF라니. 내가 인류를 구하거나 우주 괴물과 싸우거나 지구 멸망 후 살아

남을 일이 뭐 있겠는가. 그러나 인생은 역시 예측 불가능했다. 나는 '닥터 네빌'이 되어버렸다. 영화 〈오메가 맨〉의 찰톤 헤스톤, 그러니까 〈나는 전설이다〉의 윌 스미스, 바로 그 유명한 생존자 닥터 네빌이 되어 홀로 이 도시를 떠돌게 된 것이다. 닥터 네빌에게 충견 샘이 있었다면 나에게는 찌그러진 아토스가 있었다. 닥터 네빌이 어둠의 좀비들과 싸워야 했다면 나는 인류의 적인 나 자신과 싸워야 했다. 어쨌거나 나는 철저히 혼자여야 했다.

"일단 댄과 레이나를 지켜보고요. 비상사태이긴 한데 그쪽 연구소 내에서도 일차적으로 다른 감염자는 없나 상황을 정리할 거예요. 치료제를 만들기 위해서는 우선 정확한 발병 원인인 바이럴 스트레인을 확보해야 해요. 그리고 지노타입 확보랑 기존의 바이러스와의 유전형 분석 비교도 해야 하고요. 그다음에 이런저런 분석을 해서 치료제를 빠르게 확보한다 해도 인-비트로와 인-비보도 해봐야 하는데. 지금으로선 레이나가 수필이처럼 악성으로 발전하지 않기를 기도해야 합니다. 괜찮아요? 좀 가서 앉지 그래요?"

이균이 걱정스러운 눈빛으로 물었다. 나는 그의 짐을 덜어주기 위해 억지로 미소 지었다. 이균은 낭패스러운 표정을 감추지 못했다. 냉정한 그가 당황하는 걸로 봐서 사태는 이제 돌이킬 수 없을 길로 접어든 모양이었다.

"미국 쪽만 기다릴 수는 없을 것 같네요. 여기에서 도와줄 사람들을 찾아봅시다."

"저…… 좀 누워 있어도 될까요?"

나는 아토스로 돌아가 뒷좌석에 무릎을 쭈그리고 누웠다. 눈을 감았다. 그의 시선이 내 이마에 머물고 있음을 느낄 수 있었다. 미간에 따뜻한 초콜릿 시럽이 흐르는 것처럼 간지러웠다. 나는 계속 자는 척 눈을 뜨지 않았다. 잠시 후 그의 기척이 사라졌다.

일어나자 이균이 보이지 않았다. 나는 운전석으로 갔다. 기름은 세상의 끝까지 도망갈 만큼은 아니지만 그래도 마지막 여행을 하기에는 충분히 남아 있었다. 시동을 걸었다. 어디로 갈지 알 수 없었다. 괴물 덩어리가 된 나를 반겨줄 사람도 장소도 없었다. 그저 나에게는 이 고물 차만큼의 자유가 주어져 있을 뿐이었다. 그 작은 자유를 나는 기꺼이 만끽하기로 했다.

떠나기 전 다시 한번 시내 건너편을 바라보았다. 그곳은 과거의 나와 조우한 첫 번째 장소였다. 빨간 키티 샌들을 든 소녀는 사라지고 없었다. 아니다. 그 소녀는 내가 되어 있었다. 아름다운 기억은 사라지지 않는다. 그저 사람들 손을 타지 않는 곳으로 깊숙이 숨을 뿐이다. 우리가 자꾸 꺼내서 멋대로 치장할까 봐 그들은 그렇게 스스로를 보호하는 것이다.

땀이 흐르기 시작했다. 열기가 온몸을 감쌌다. 핸들을 잡고 있는 손이 후끈거렸다. 마약을 해본 적은 없지만 아마도 이런 느낌이 아닐까 싶었다. 남수필도 이랬을 거라 생각하니 조금은 덜 외로웠다. 나는 남수필의 뒤를 따르기로 했다. 삶이 얼마 안 남은 자에게 하늘이 선물처럼 내려주는 마법의 시간을 사냥하기 위해 길을 나서기로 한 것이다.

과연 기대가 두려움을 이겼다. 한 번도 경험해보지 않은 속도로 돌아가는 뇌의 스피드를 느끼며 과연 어떤 시간을 갖게 될지 상상했다. 남수필은 분명 '멋진 시간'이라고 했다. 과연 삶에 대한 미련을 지울 만큼 멋질 수 있을까.

라디오에서는 데이비드 보위의 〈Rock'n'Roll Suicide〉가 흐르고 나는 몽롱한 의식을 깨우며 차를 몰았다. 이제 태양은 우주의 집으로 들어가고 하늘에는 어둠이 깔리기 전 마지막 붉은 기운이 아쉽다는 듯 어슬렁거리고 있었다. 나는 신호등 앞에서 차를 멈췄다.

그때였다. 두 번째 마법의 시간이 건널목을 건너가고 있었다. 멈춰 선 나의 바로 앞에 내가 지나가고 있었다.

오우, 머리색을 웰라 갈색 2호로 염색한 내가 이스트팩 배낭을 메고 씩씩거리며 길을 건너고 있었다. 똑같은 이스트팩 자주색 배낭을 맨 남자애가 급하게 뛰어와 내 팔목을 잡았다. 나는 거칠게 팔을 뿌리치며 남자애한테 빽 소리를 질렀다. 남자애는 겨우 성질을 누르며 나를 노려보고 둘은 창피한 줄도 모르고 건널목 한가운데에서 연애질의 꽃인 사랑싸움을 하고 있었다.

그건 대학교 2학년 때의 나였다.

남자애는 나의 첫 남자친구인 형석이었다. 단지 서태지와 안경테와 턱선이 닮았다는 이유만으로 그 아이와 사귀었다. 여자친구에게 자전거 타는 법을 가르쳐주고 춘천으로 기차여행을 데려갈 줄 아는 괜찮은 애였지만 나하고는 맞지 않았다. 우리는 만나기만 하면 싸웠다. 대부분의 연인이 그렇듯 왜 싸우는지도 모르고 다투었다. 결국 형석이는 나랑 싸우다 지쳐 군대에 갔다. 그냥 학교 잘 다닐 수 있는 애를 내가 군대에 집어넣은 거나 마찬가지였다. 어쨌거나 형석이와의 추억을 떠올리면 가장 먼저 떠오르는 장면은 저렇게 거리나 버스정류장에서 실랑이를 벌이던 기억이다. 다행히 강남역과 종로 길바닥에서 싸우고 있다 보면 옆에 우리처럼 말다툼하는 연인들이 꼭 한둘은 있었다.

*

이십대의 연애는 배낭여행처럼 반드시 해야만 하는 무엇이었다. 유레일 패스처럼 말만으로도 낭만적인 연애는 청춘의 의무라고 생각했다. 형석이는 그런 내 강박의 희생양이었다. A형 공대생 형석이한테 나는 록 스타의 퇴폐와 자살 충동을 요구했다. 그 애도 정말이지 힘들었을 것이다. 나는 앞으로 취직해서 잘 살 애한테 '너 앞으로 어떻게 살래?'라는 질문을 수시로 하며 들볶았다. 정작 앞으로 살 일이 걱정되는 사람은 나인 주제에.

훗날 강남역, 종로, 대학로 등 거리를 지날 때마다 나는 그 아이를 괴롭히며 쏟아냈던 개똥철학과 억지와 어리광이 떠올라 얼굴이 화끈거리곤 했다. 가끔 형석이가 나를 데려다주던 버스정류장을 보면서 나는 우리의 시간들이 아직 거기 어딘가에 머물고 있지 않을까 생각하기도 했다.

아무래도 서울 시내가 시끄럽고 어지러운 이유는 수많은 연인들이 버린 옛 추억들이 아직 집에 돌아가지 못하고 떠돌고 있기 때문인 것 같았다. 그들이 헤어지면서 잊으려고 버린 기억들이 돌아갈 곳을 못 찾고 헤매는 것이었다. 어쩌면 모든 거리는 연인들의 기억의 유실물 보관소일지도 몰랐다.

어쨌거나, 스물한 살의 형석이가 스물한 살의 고집불통인 나를 붙잡고 있었다. 나는 토라져서 형석이를 뿌리치고 버스정류장으로 뛰어갔다. 마침 버스가 도착하고 나는 뒤도 돌아보지도 않고 뛰어 올라탔다. 형석이가 애타게 보고 있다는 것을 알면서도 일부러 차창 쪽으로 고개도 안 돌리고 화난 얼굴로 앞만 보는 것은 나의 주 레퍼토리였다.

그렇게 스물한 살의 나는 이제는 없어진 노선의 버스와 함께 사라져버렸다.

나는 늘 나와 만나고 헤어진 후 남자들이 어떤 얼굴을 하며 돌아갈지 궁금했다. 그건 마치 포춘쿠키 안의 문구를 짐작하는 일만큼이나 어려운 일이었다. 그러나 드디어 나는 볼 수 있었다. 나를 보내고 난 후 나와는 상관없이 참으로 쓸쓸해하는 남자의 얼굴을.

형석이는 지친 얼굴로 내가 탄 버스가 멀어지는 모습을 보며 서 있었다. 형석이는 손목시계를 보며 시간을 재차 확인했다. 그랬다. 형석이는 언제나 내가 집에 도착하는 시간에 딱 맞춰 잘 들어갔는지 전화를 하곤 했다. 답답하기는 해도 참 꼼꼼한 애였다. 형석이는 집에 가는 버스를 타기 위해 다시 건널목에 섰다.

돌이켜보니 그리 자주 만났으면서 한 번도 그 애가 먼저 들어가는 모습을 본 적이 없었다. 신호등이 바뀌고 형석이는 안경을 한 번 올리더니 빠른 걸음으로 길을 건넜다. 형석이는 깜박이는 푸른 신호등 불빛 아래로 뛰어갔다. 배낭을 흔들며 걷는 그 아이의 뒷모습이 이내 석양 속으로 사라져버렸다. 나는 내 첫 남자친구에게 손을 흔들었다. 그러나 그것은 너무 늦은 배웅이었다.

두 번째 마법의 시간이 떠나고 다시 혼자 남겨졌다.

환영은 너무도 생생했다. 시간 속에도 영혼이 박혀 있다면 그 영혼을 사진으로나마 간직하고자 했던 남수필의 심정을 이해하고도 남았다. 벅찬 흥분을 참을 수가 없었다. 그 작은 아토스가 롤러코스터라도 되는 듯 느껴졌다. 나는 밤을 새워서라도 나란 존재를 이루었던 작은 부품들을 모조리 샅샅이 찾아내고 싶었다. 다시 차를 달렸다.

아쉽게도 세 번째 마법의 시간은 금방 찾아오지 않았다. 아직 살아 있는 존재로서 신진대사를 증명하려는 듯 몸에서 신호가 왔다. 나는 급하게 동네 뒷산으로 차를 몰았다. 대낮에도 음침하고 무서운 야산이지만 밤이 되니 차라리 나았다. 배드민턴 동호회의 컨테이너가 있는 초입에 차를 세우고 우거진 풀숲으로 뛰어 들어갔다. 바지를 벗으며 앉는데 풀잎들이 엉덩이를 찔렀다. 그 순간 스스로에게 물어보지 않을 수 없었다. 옥택선, 너 어디까지 갈 거니.

며칠 동안 일어난 숨 가쁘고 황당한 일들은 결국 심야 야산 방뇨로까지 이어지고 있었다. 심지어 볼일을 보고 나서 고양이처럼 두 손으로 흙을 퍼다 꼼꼼히 흔적을 덮는 내 모습을 보자니 웃음도 나오지 않았다. 보는 김에 큰일도 보고 싶지만 야산에 비료는 필요 없을 것 같아 그건 참기로 했다. 어쨌거나 이제 망가지는 게 더는 두렵지 않은 지경에 이르렀음은 확실했다.

나는 배드민턴 동호회 컨테이너 벤치에 널려 있는 군용담요를 훔쳐다 아토스로 돌아왔다. 아무도 없는 곳에 홀로 떨어지자 긴장이 풀렸는지 심각하게 졸음이 몰려왔다. 나는 군용담요로 온몸을 돌돌 감고 뒷좌석에 누웠다. 계속 땀이 흘렀지만 한기가 느껴졌다. 이대로 잠들면 영원히 눈뜨지 못할지도 모른다는 두려움도 있었지만 잠을 떨칠 수 없었다. 나는 불량배의 휘파람을 닮은 야비한 바람 소리에 어깨를 떨며 잠이 들었다.

눈을 떴을 때 밖은 깊은 청색의 새벽빛이 번지고 있었다. 자리에서 일어나는데 갑자기 자동차 헤드라이트 불빛이 내 눈을 찔렀다.

내 앞으로 차 한 대가 지나갔다. 은색 SM5였다. 안에는 나와 연우가 앉아 있었다.

"나만 새로운 세상을 만난 거였니?"

그날, 그 새벽, 연우에게 했던 고백이 떠올라 귀밑이 화끈거렸다. 나는 바보 같은 여자들이 사랑에 빠지기 쉬운 자리인 조수석에 앉아 그를 황홀한 듯 바라보았다. 훗날 바이러스를 전파하려던 무서운 여자로 기억될 주제에 뭐가 그리 신난다고, 쯧쯧.

만약 인류에게 타임머신이 꼭 필요하다면 바로 그런 어리석은 고백의 순간을 되돌리기 위해서일 것이다. 나는 그 비참한 짝사랑의 말로를 이제라도 막겠다는 헛된 욕심에 맹렬히 SM5의 뒤를 쫓았다.

내리막길을 꼬꾸라질 듯 달렸지만 그만 SM5의 불빛을 놓치고 말았다. 어슴푸레한 새벽빛이 감싸고 있는 골목길을 빙빙 돌았다. 사람들은 이 고독한 지구의 전사 닥터 네빌이 동네에 떴는지도 모른 채 평화롭게 새벽잠을 자고 있었다. 나는 보안 등의 노란 불빛이 모여 있는 쪽으로 갔다. 참으로 평범하게 생긴 놀이터가 나타났다.

나무 아래 교복을 입은 남학생 두 명이 농구공을 튕기며 이야기를 나누고 있었다. 긴 팔과 다리가 시원스러운 소년들이 마운틴듀를 마시는 모습이 상큼했다. 저쪽에서는 여학생 한 명이 그네에 앉아 있었다. 책을 읽고 있는 듯 고개를 푹 숙인 모습이 멀리서도 퍽 우울해 보였다. 푸흣 웃음이 나왔다.

고등학생 때 다니던 독서실 앞에 놀이터가 있었다. 나는 거기에서 멍하니 시간을 보낼 때가 많았다. 그날 오후에도 그네에 앉아 꾸벅꾸벅 졸고 있었을 거다. 독서실에 연우의 친한 친구가 다녔는데 그날 마침 연우가 놀러 왔다. 나는 연우를 보고 깜짝 놀라 얼굴을 감춘 채 계속 죽은 척하고 앉아 있었다. 그런데 연우가 나를 알아봤는지 자꾸 내 쪽으로 곁눈질을 했다.

바로 그날의 정경이었다. 혹시 연우가 말을 걸까 봐 고개를 푹 숙이고 그네를 타는 둥 마는 둥 하던 나는 슬그머니 일어나 허둥지둥 놀이터를 빠져나갔다. 그런 우스운 꼴을 연우는 저 편에서 계속 지켜보고 있었다. 내가 자리를 뜨자 연우가 그네로 갔다. 바닥에 떨어져 있던 책을 주워서 흙을 털었다. 내가 읽고 있던 기형도의 시집이었다.

아, 그랬다. 그날 저 책을 잃어버렸다.

어디서 잃어버렸나 기억이 나지 않아 여기저기 다 뒤졌는데, 다음 날 독서실에 와보니 책상 위에 곱게 놓여 있었다. 독서실 총무한테 물으니 나한테 전해달라는 쪽지와 함께 누군가 놔두고 갔다고 했다. 왜 저때는 저 책을 찾아준 사람이 연우일 거라는 생각조차 못 했을까.

나는 그렇게 잃어버리는 데 천재였다. 중요한 점은, 잃어버리더라도 무엇을 언제 어떻게 잃어버렸는지는 알아야 한다는 것이다. 그래야 제대로 그리워할 수 있으니까.

그리하여 나는 무언가를 그리워하는 데에도 그렇듯 서툴렀는지 모르겠다. 나는 첫사랑인 연우를 그냥 그 자리에 놔두었어야 했다.

그리움이란 어차피 약간의 억울함을 품고 있는 감정이므로. 마치 그리움은 키 작은 미남과 같아서 우리는 그 서글픈 한계를 따뜻이 인정해줘야 하는 것이다.

열여덟 살의 연우가 농구공을 통통 튕기며 골목길 안으로 사라지는 모습을 나는 멍하니 바라보았다. 걸음걸이며 고갯짓이며 어른이 된 지금과 우스울 정도로 똑같았다. 주운 책의 먼지를 털고 구겨진 페이지를 얌전히 펴서 원래의 주인에게 돌려주는 그 마음이 연우의 전부였다. 나를 향한 호감은 그 인간적인 마음 씀씀이 그 이상은 아니었을 것이다.

갑자기 연우가 무지무지 걱정되었다. 설마 뒤늦게 증상이 시작된 건 아니겠지. 제발, 평생 재수 좋던 아이에게 무슨 일이 생긴 건 아니겠지.

나는 실로 몇 년 만에, 사랑니를 빼려 치과 의자에 누웠던 이후 처음으로 신에게 기도했다. 신이시여, 연우의 죄는 별로 좋아하지도 않는 여자한테 어장 관리 차원에서 단체 문자메시지를 보낸 것밖에 없습니다. 그 정도의 죄는 대한민국 싱글의 반 이상이 저지르고 있습니다. 제발, 연우를 보살펴주세요. 그 애에게 나쁜 일이 벌어지지 않도록 해주세요. 제발 나에게서 첫사랑의 추억을 빼앗아 가지 말아주세요. 이제야 그 소중함을 알 것 같으니까요. 다시는 가질 수 없고 다시는 잃어버릴 수도 없는, 그 푸릇하고 아삭한 마음을요.

*

아, 그것은 정말이지 놀라운 반전의 순간들이었다. 스카이 워커가 다스 베이더한테 '내가 니 애비다' 소리를 들었을 때만큼이나 놀라웠다.

나는 늘 작품이나 인생에서 멋진 반전을 기대했다. 반전이란 삶을 통째로 바꿀 경천동지할 사건과 부딪히는 것이라 생각했다. 그런데 아니었다. 반전이란 주인공이 진실을 깨닫게 되는 작은 기회일 뿐이었다. 나도 아직 이름도 없는 신종 바이러스가 선물한 마법의 시간을 통해 그 반전을 경험하고 있었다. 내가 누구인지, 나란 존재를 이루는 사건과 사람들의 정체는 무엇인지, 내가 애써 외면한 진실은 무엇인지, 그것들을 추리하며 슬슬 나를 지배하는 그것에 대하여 감을 잡기 시작했다.

그 작은 차 안에서 방독면을 쓰고 바라본 세상은 평화로웠다. G-10 바이러스가 창궐한다 해도 마스크를 쓴 아가씨들은 마스크보다 조금 큰 미니스커트를 입고 거리를 활보했다. 휴교령이 떨어졌어도 개구쟁이들은 학교 앞 문방구에 모여 신묘한 손놀림으로 오락을 하고 있었다. 어린 시절에는 갤러리아 명품관과 다를 바 없던 문방구가 왜 커서 보면 허름할까 궁금해하고 있는데 불쑥 파마머리를 한 여자아이가 나타났다.

바로, 2차 성징을 코앞에 둔 나였다.

나는 잔뜩 움츠린 채 초조한 듯 문방구 안을 살피고 있었다. 그날은 결코 잊을 수 없는 뼈아픈 날이었다. 전날 나는 문방구 아저씨한테 도둑 누명을 쓰고 엄청난 모욕을 당했다. 아저씨는 스티커가 없어진 걸 나한테 뒤집어씌우고는 지나가는 아이들이 다 모여들도록 큰 소리로 히스테리를 퍼부었다. 놀란 나는 질질 짜며 아니라고 했지만 본보기로 애 하나 잡겠다고 맘먹은 아저씨를 당해낼 수 없었다. 결국 그날 밤새 울며 경기까지 한 나는 도저히 이런 일을 당하고서는 이 나라의 새싹으로 당당히 자라날 수 없을 것 같아 결백을 주장하러 간 것이었다.

그러나 분명 아무 잘못도 안 했는데 아저씨를 다시 볼 수 없었다. 두려웠다. 또 그런 꼴을 당할까 겁이 났다. 용기를 내어 따지고 싶었지만 그저 손톱을 물어뜯으며 서 있을 수밖에 없었다. 그때 아저씨가 쓰레기봉투를 가지고 가게에서 나왔다. 아저씨는 아무렇지 않게 웃으면서 주변을 쓰윽 둘러보더니 들어갔다. 분명 나와도 눈이 마주쳤는데 아저씨는 나를 알아보지도 못했다. 충격이었다.

한동안 그 자리에 멍하니 서 있었다. 나는 부들부들 떨며 아저씨를 죽여버려야겠다고 결심했다. 그래서 문방구로 들어갔다. 잠시 후 얼굴이 시뻘게진 내가 뛰어나왔다. 나는 전속력으로 도망쳤다. 내 손에는 검은 권총이 들려 있었다. 검은 플라스틱 장난감 권총이.

그렇다. 나는 아저씨를 처단하러 문방구에 들어갔다. 아저씨는 야구 중계를 보느라 정신이 없었다. 나는 선반 위의 장난감 권총을 꺼내 들었다. 나는 분노의 저격자가 되고자 했으나 그건 이룰 수 없는 꿈이었다. 내가 할 수 있는 일은 하나밖에 없었다. 아저씨 소원대로 나는 도둑이 되는 수밖에 없었다.

오랫동안 그 장난감 권총은 내 책상 서랍 맨 밑에 숨어 있었다. 그것은 내 비굴한 면모의 증거물이자 여자아이로서는 드물게 똘아이적 행동을 서슴지 않는 내 성질의 근원을 묻는 수수께끼였다. 가끔 그 권총을 볼 때마다 나는 스스로에게 질문을 던졌다. 왜 당당히 나서지 못하고 숨은 거니? 도대체 뭐가 그리 두려웠던 거니?

갑자기 그 수치스러운 기억이 왜 내 앞에 다시 나타났는지 이유가 궁금해졌다. 아름답고 영롱한 기억도 많을 텐데 말이다. 동시에 이런 생각이 들었다. 계속 이렇듯 마법의 시간이 찾아오기만 기다릴 것인가 하는. 어쩌면 내게 남은 시간은 예상보다 적을지도 몰랐다. 남수필의 예를 따른다면 하루도 안 남았을지도 몰랐다.

그제야 나는 정신을 차리고 더 이상 미룰 수 없는 일을 해야겠다고 결심했다. 나는 핸드폰 전원을 켰다. 마지막 부재중 전화는 이균한테 온 것이었다. 무시하고 동생한테 전화를 걸었다.

"언니! 지금 어디야! 언니 찾는다고 흰 가운 입은 사람들이 왔었단 말이야!"

동생은 펄펄 뛰며 난리였다. 나는 비장하게 말했다.

"그래. 엄마 아빠 많이 놀라셨지?"

"엄마 아빠 일본 온천 갔어! 지금 이런 줄도 몰라!"

"무슨 소리니. 명절 때 집에 꼭 오라고 그러셨는……."

"그거 뻥친 거야, 둘만 놀러가는 거 알면 언니 삐칠까 봐 속인 거야."

웃어야 할지 울어야 할지. 어쨌거나 이 기막힌 상황을 엄마가 모른다니 한편 안심이 되기도 했다.

"언니. 그 사람들이 언니 연락 오면 즉각 전화하라는데 어떡해?"

"그냥 씹고. 너 언니 말 잘 들어. 네가 호시탐탐 노리던 내 아이팟 가져라."

"됐어. 나 아이폰 샀어."

동생이 콧방귀를 꼈다. 어째 엄숙한 분위기를 조성하려는데 먹히지가 않았다.

"너 혹시 우리 아버지…… 연락처 아니?"

갑자기 동생이 조용해졌다.

"너 결혼할 때까지 고모랑 연락됐잖아. 아버지 전화번호 알 수 있을까? 아직도 거기 주공아파트 사신다니?"

동생이 놀란 모양이었다. 그럴 만도 했다. 초등학교 4학년 때 헤어진 이후 내가 이렇게 노골적으로 아버지를 찾은 적은 처음이었다.

*

"언니도 참 안 하던 짓을 하고……."

심상치 않은 기운을 감지했는지 동생이 겁을 먹고 웅얼거렸다. 사실대로 말하려는데 입술이 바짝 붙어 떨어지지 않았다.

"언니. 진짜 괜찮은 거지? 그 사람들 말이 언니한테 문제가……."

"부탁해. 더 묻지 말고. 꼭 알아보고 다시 전화 줘. 한 번 더 괜찮으냐고 물으면 나 또 숨는다."

"알았어. 언니. 알아볼게. 내 전화 꼭 받아야 돼."

눈치 빠른 동생이 일단 전화를 끊었다.

과연 지금 아버지를 찾는 게 현명한 일인지 나 자신도 헷갈렸다. 이십 년 가까이 미루었던 일을 이렇게 서슴없이 할 수 있다는 사실도 믿어지지 않았다. 무엇보다 그간의 세월을 계산하다가 서른을 훌쩍 넘어버린 내 나이가 비로소 실감이 나 침울해졌다. 핸드폰이 다시 울렸다. 당연히 동생인 줄 알고 받았다.

"어, 옥 작가? 통화하기 힘드네. 또 잠수 탔어?"

점잖은 척 유들거리는 목소리는 누군가 했더니 사장이었다. 짜장면 먹고 와인으로 입을 헹구던 그의 모습이 생각나 속이 울렁거렸다.

"네. 어쩌면 영원히 잠수 탈지도 몰라요. 그때 가서 너무 자책하지나 마세요."

원래 남 생각 안 하는 사장이 내 안부도 안 묻고 다짜고짜 따지고 들었다.

"옥 작가. 이렇게 뒤끝 있는 사람인지 몰랐네."

"저 원래 뒤끝으로 살아요. 뒤끝은 나의 힘이에요."

"왜? 받아놓고 성이 안 차?"

내가 공포의 병원체와 싸우는 사이 이상한 루머가 돈 모양이었다. 합의금에 불만을 품은 옥택선 작가가 저작권 전문 변호사를 찾아가 다시 소송을 준비한다는 소문을 이 귀 얇은 사장이 한 치의 의심도 없이 믿은 모양이었다.

"젊은 사람이 벌써부터 인생 테크닉만 배우면 되겠어?"

사장은 계속 성질 건드리는 말을 하며 내 머리 꼭대기에 앉을 자세를 취했다. 언제나 이런 식이었다. 사장이라고 해봤자 나이도 많지 않았다. 전형적인 386세대 명문대 출신의 자칭 문화지식인으로 그렇게 똑똑하다는 자식이 왜 나 같은 할리우드 작가 발톱도 못 따라가는 작가의 아이디어까지 훔치고 사는지 이해가 안 되는 놈이었다.

사장은 오로지 나를 길들이려는 목적으로 슬슬 약을 올렸다.

"앞으로 창창하잖아. 옥 작가. 재능 있는 사람이 말이야."

"제가 재능이란 게 있기는 한 건가요?"

더는 싸울 기운도 없고 그저 진심으로 묻고 싶을 뿐이었다. 내가 힘없이 말하자 예상 밖의 반응에 사장이 당황한 눈치였다.

"허. 옥 작가 무슨 소리를. 허."

"항상 그러셨잖아요. 제 글에는 뭔가 중요한 게 빠져 있다고. 그 말 듣고 쪽팔려서 잔금도 안 받고 시나리오 14고까지 고쳤잖아요. 군말 않고 하란 대로 했잖아요. 정말 전 왜 그렇게 말을 잘 들었던 걸까요? 제가 작가의 권익 어쩌고 하며 할리우드 들먹였을 때 그러셨죠. 억울하면 영어 배워서 할리우드 가라고. 제가 영어 잘하면 벌써 다른 데 취직했죠. 저도 정말이지 다음 생에는 꼭 할리우드 작가로 태어나고 싶네요. 그때 꼭 사장님은 베벌리힐스에 있는 우리 집 하수구 쥐새끼로 태어나주세요. 아주 빗자루로 처죽여버리게."

"아니, 옥 작가 왜 그래? 술 먹었어?"

급습을 당한 사장이 화를 낼지 무시할지 노선을 못 정하고 쩔쩔맸다. 나 역시 차분히 분노를 표출하는 나의 새로운 화법이 자못 당혹스러웠다.

"아니요. 진심으로 솔직하게 사장님과 얘기하고 싶어서 그래요. 저 이제 그만 포기하고 싶거든요."

그건 진심이었다. 요 몇 년 나를 우울증과 대인기피증으로 몰아넣은 인간과 허심탄회하게 대화를 해보는 것도 퍽 의미 있는 일일 것 같았다.

"포기하다니. 옥 작가. 왜 그렇게 젊은 사람이 패기가 없어?"

패기라…… 아주 좋은 지적이었다.

"글쎄요. 사장님. 전 자신이 없네요."

"왜 그래! 자신감을 가져야지!"

이 인간이 내가 시들부들하자 신이 나서 큰소리쳤다.

"사장님. 입에 풀칠하기도 힘든 부모님을 가진 관계로 관리비에 벌벌 떨며 장롱만 한 원룸을 전전하는, 국민연금 내고 싶어도 돈이 없어 못 내고, 어쩌다 눈이 맞아 연애를 해도 똑같이 앞날이 심난한 애들만 걸리는, 그리하여 먼 훗날 독거노인이 될 확률이 아주 높은, 아직 젊기는 해도 드디어 자신의 재능이 그저 그렇다는 뼈아픈 진실을 깨달은, 그리하여 결국 꿈을 이루지 못한 거지 같은 어른들 중 하나가 될 거란 깊은 슬픔을 가슴에 묻고 사는, 이 시대의 젊은 애들 운동장에 모아놓을 테니까, 그 앞에서도 패기니 자신감이니 어쩌고 고놈의 주둥아리 나불대실 수 있나요? 아주 시원하게 맞아 죽을 텐데."

분노에 찬 결기에 나도 놀라고 사장도 놀랐다.

*

"옥 작가. 도대체 왜 그래. 못 먹을 걸 먹었나……."

이제 사장은 나의 돌변에 공포를 느끼는 듯했다. 사장은 떨면서 나를 진정시키려 했지만 다시 또 없을 기회를 놓치고 싶지 않았다.

"네. 맞아요. 못 먹을 걸 먹었네요. 그래서 저 얼마 못 살지도 몰라요."

"우리 그런 소리 하지 말자고, 옥 작가."

"사장님. 저번에 그러셨죠. 독하게 살아남으라고. 전 정말 살아남는 게 이렇게 어려운 건지 몰랐어요. 제가 이렇게 살아남으려 노력한다는 사실을 세상은 모르겠죠. 이 세상은 왜 진짜 중요한 것들은 알아주지 않을까요?"

나는 울먹이며 사장을 고문했다.

"요즘 옥 작가 힘들다는 소식이야 들어서 알지만. 원래 정서도 불안한 사람이…… 집에 무슨 일 있는 거야?

사장은 내가 이상행동을 할까 두려운지 비위를 맞추려 들었다. 역시 사장에게는 사이코 직원만큼 무서운 존재는 없는 것이었다.

"사장님. 저 이제 환상을 봐요. 마호메트가 사막에서 환상을 봤듯이 그렇게요. 진짜 지금 저는 사막을 건너는 기분이에요. 과연 제가 이 숨 막히는 곳을 무사히 통과해 사람들에게 거룩한 메시지를 전할 수 있을까요? 전 지금 광야를 가로지르는 예수님, 부처님, 마호메트가 된 것만 같아요."

'예수'라는 말에 독실한 크리스천인 사장의 목소리가 싸늘하게 바뀌었다.

"자기가 지금 예수, 마호메트라는 거야? 옥 작가, 마약 했어?"

내가 봐도 조금 지나친 감이 있기는 했다.

"아뇨. 마약보다 훨씬 무서운 악마가 제 몸을 점령했어요. 제 영혼은 지금 육체의 감옥 안에 갇혀 있다고요. 저 어쩌면 진짜로 죽을지도 몰라요. 전 왜 이렇게 운도 지지리 없는 걸까요?"

더는 못 참겠는지 사장이 따따부따 따지기 시작했다.

"죽어? 옥 작가야 툭하면 죽는다 소리 했잖아. 배고파 죽겠다, 기분 나빠 죽겠다, 머리가 안 돌아가 죽겠다, 강동원이 귀여워 죽겠다, 사장이 짜증 나 죽겠다. 심지어 게장 먹고 싶어서도 죽겠다며?"

아니, 내가 삶을 좌우하는 그 절대적인 단어를 그렇게 낭비하고 살았다니 심히 반성이 됐다.

"그리고, 옥 작가 재수 없는 게 내 탓이야? 왜 항상 루저처럼 굴어?"

"루……저요?"

"실패도 전염되거든. 나 그래서 옥 작가랑 친해지기 싫은 거야."

사장이 완전히 기운을 되찾고 반격을 해 왔다.

"전염요? 사장님 저한테 전염 한번 세게 당해보실래요? 제가 키스하면 사장님 진짜 큰일 나요."

"미쳤어, 내가 왜 옥 작가랑 키스를 해?"

"사장님. 정말로 제가 실패자라고 생각하세요?"

사장이 기세 좋게 비웃었다.

"아아니. 옥 작가가 무슨 실패자야. 뭐, 본인이 그렇게 생각한다면야 어쩔 수 없지만."

이 단어를 또 낭비하고 싶지는 않지만 정말이지 열받아 죽을 것만 같았다. 다시 건강을 되찾으면 이 자식부터 요절을 내야겠다고 다짐하며 나는 절규했다.

"사장님! 저 실패자 아니거든요! 전 단지 실패랑…… 조금 친할 뿐이에요! 바이러스에 전염됐어도 바이러스는 아니고요! 바이러스랑 조금 더 친할 뿐이라고요! 세상에는 그런 사람들이 있어요. 병자는 병이랑 좀 더 친한 거고, 가난뱅이는 가난이랑 조금 더 친한 거고, 난쟁이는 땅바닥이랑 조금 더 친한 거고, 장님은 깜깜한 우주랑 좀 더 친한 거고, 왕따는 고독이랑 좀 더 친한 것일 뿐이라고요!"

내가 토해낸 사자후에 놀랐는지 사장이 잠시 말을 잃었다. 그러나 다시 깐죽이며 어퍼컷을 날렸다.

"그래. 그렇게 친하면 잘 사귀어보든가."

그렇다. 이런 놈은 사회정의 차원에서 그냥 놔둬서는 안 된다. 나는 패배가 두려워 이 따위 인간과 타협했었다는 사실이 그제야 눈물 나게 후회되었다. 두려움을 느낀 그 순간부터 이미 나는 진 거나 마찬가지였다.

"야, 너 지금 어디야? 내가 지금 거의 몬스터라는 걸 사장님 네가 몰라서 그러는데. 너 거기 어디야?"

이성을 잃은 나는 진심으로 사장을 찾아가려고 들고 일어섰다. 때마침 동생한테 전화가 안 왔으면 어떤 비극이 벌어졌을지 모를 일이었다. 나는 사장한테 그 자리에 꼼짝 말고 있으라는 흔하디흔한 협박을 한 후 동생의 전화를 받았다.

"언니……"

동생의 목소리가 착 가라앉아 있었다. 좋지 않은 신호였다.

"아빠 연락처 말이야……"

말꼬리를 길게 늘이는데 심장이 세차게 뛰었다.

"알아냈니? 어디 사셔? 어디 계셔?"

동생이 한숨을 내쉬며 대답했다.

*

"왜 갑자기 알려는 건데? 그동안 찾지도 않았으면서……"

흥분으로 부풀던 심장이 풍선껌처럼 푸욱 꺼졌다. 어쩌면

최악의 소식을 들을지도 모른단 상황을 고려하지 않은 스스로
가 한심스러웠다. 나는 떨면서 되물었다.

"왜? 혹시…… 돌아가셨니?"

"아니. 우리랑 같은 하늘에 안 사실 뿐이야. LA로 가신 지 꽤
됐대. 그 애 말이야. 그 여선생한테 애가 있었잖아. 벌써 커서
미국에서 학교 다니나 봐."

고개를 들어 하늘을 보았다. 파란 대한항공 여객기 한 대가
하늘을 가로지르는 모습이 그려졌다. 그 안에는 예쁜 티파니
보석 케이스 칼라의 유니폼을 입은 스튜어디스가 화목한 가족
한테 주스를 따라주고 있었다. 아빠와 아빠가 결혼한 중학교
영어선생과 그 여자가 전남편한테서 데려와 키운 아들에게 말
이다.

"언니, 다 늙어서 사춘기 여학생처럼 그러지 말아. 내가 애
낳아봐서 아는데 키운 정이 최고야. 난 솔직히 아빠 얼굴 기억
도 잘 안 나. 아마 아빠도 나 못 알아볼걸. 쌍꺼풀해서."

워낙 어렸을 때 헤어졌기 때문에 동생은 아빠에 대한 기억
이 별로 없을지 몰라도 나는 아니었다. 엄마와 싸우던 모습이
제일 먼저 떠오르기는 해도 나쁜 추억이라 하여 추억의 자격
이 없는 것은 아니었다. 그나저나 아빠가 여전히 잘 살고 계시
다는데 배신감을 느끼는 이 심리는 도대체 무엇인지.

"언니. 지금 거기 어디야? 내가 그리로 갈게. 아무래도 걱정
돼서 안 되겠……."

나는 전화를 끊었다. 다시 이마가 후끈거렸다. 실제로 통증이 있다기보다 내가 일부러 통증을 찾는 것도 같았다. 희한하게도 신체적 아픔을 느낄 때 덜 외로웠다. 아직은 삶에 속해 있다는 안도감 때문이었다. 나는 이균이 남긴 메시지를 다시 보았다. 까불지 말고 돌아오길 바람. 이 정신 나간 여자야. 완전 미쳤음. 겁먹지 말고 빨리 오라니까!

이균은 나를 혼내고 어르고 난리였다. 남수필 말대로 이균은 나를 도와줄 사람이기는 했다. 그러나 실험실 밖의 과학자는 재택근무하는 소방관처럼 한계가 있었다. 그도 그 사실을 절감하고 당혹해했다. 나는 그가 곤란에 처하는 것은 원치 않았다. 어차피 도움을 받을 수 없다면 혼자 견디고 싶었다.

하지만 이렇게 막막할 줄은 몰랐다. 내게도 남수필처럼 끝까지 스스로를 지탱해줄 열정이 필요했으나 지금 이 와중에 생애 마지막 명작을 남기겠다고 노트북을 껴안고 있을 수도 없는 노릇이었다. 나는 사람들한테 단체 문자를 보내 묻고 싶어졌다. 내일 세상이 멸망한다면 무엇을 하겠느냐고. 사과나무가 어떻게 생겼는지도 모르는 애들이 사과나무를 심을 리는 없고, 사과가 그려진 아이폰으로 전화를 하고, 메시지를 날리고, 인스타에 유언을 업데이트하겠지.

저쪽에 순찰 중인 경찰차가 보였다. 나는 찌릿찌릿 날카로운 편두통을 느끼며 다시 야산 쪽으로 차를 돌렸다. 하지만 길을 잘못 들어 고물상이 있는 반대편 초입으로 들어서고 말았다. 고물상은 장기 휴업 중인지 쓰레기장이나 다름없었다. 그곳만큼 철저히 고립되기에 알맞은 장소는 없을 것 같았다. 드디어 나에게 딱 어울리는 공간을 찾은 나는 폐품과 고철들에게 반갑게 인사를 하며 안으로 들어갔다.

이제는 고양이들의 원룸이 되어버린, LG가 럭키금성이었던 시절의 냉장고 옆에 차를 세웠다. 쓰레기들이 우울한 얼굴로 뱉어내는 정적이 부담돼 라디오를 틀었다. 나는 다시 방독면을 쓰고 밖으로 나갔다. 혹시 정찰 중인 UFO의 카메라에 내 모습이 찍힌다면 우주인들이 드디어 지구가 멸망하고 신인류가 출연했다며 흥분할지도 모를 일이었다.

나는 성황당의 돌들처럼 기적적으로 균형을 맞추며 쌓여 있는 고물들 앞에 섰다. 그것들을 보며 분명 어딘가에 있을 고물들의 신에게 이렇게 기도했다.

오, 고물의 신이시여. 쟤들에게도 한 번은 재활용의 기회를 주시잖아요. 저에게도 다시 살아날 기회를 주시옵서. 제발.

주변의 고물들이 가소롭다는 듯이 비웃었다. 나는 기가 죽어 터벅터벅 걸으며 쉴 내 나는 바람을 맞았다. 그때였다. 투다다닥, 다급한 발소리가 내 옆으로 휙 지나갔다.

소리를 따라 고개를 돌렸다. 저쪽 구석에 방치된 폐차 한 대가 눈에 들어왔다. 한때 대한민국 중산층 가정의 자랑스러운 마이카였던 구식 쏘나타가 오랜 시간 풍화작용을 거치며 화석이 되어가고 있었다. 저 정도면 스미소니언 자연사박물관에 갖다 놔도 손색이 없을 것 같았다.

*

나는 쏘나타를 향해 천천히 다가갔다. 회색 양복 차림의 무표정한 한국 남자들과 가장 잘 어울리는 회색 쏘나타, 그건 우리 집의 첫 번째 차이기도 했다. 아빠와 함께 살던 시절의 우리 집 말이다.

그때만 해도 부모가 헤어지는 아이들이 별로 없었다. 그래서 엄마 아빠는 별거를 반복하면서도 이혼은 미루셨다. 불화의 원인은 아빠의 사업 실패와 빚과 수상한 여자관계였는데 그 모든 것을 하나로 묶을 수 있는 편리한 말이 '성격 차이'였다. 그런데 아직도 이해할 수 없는 점은 부모님이 깨끗하게 헤어진 시점은 아빠의 사업이 다시 잘되기 시작한 무렵이란 거다. 그 증거가 바로 저 쏘나타였다.

아버지가 처음으로 쏘나타에 동생과 나를 태우고 스카이웨이를 드라이브하던 날을 기억한다. 나는 우리가 자동차 광고에 나오는 가족처럼 행복한 모습으로 변할 줄 알았는데 아니었다. 아빠는 그 쏘나타에 옷가지를 챙겨가지고 나가서 다시는 돌아오지 않았다.

그렇게 헤어진 엄마와 아빠는 둘 다 재혼에 성공했다. 독일 유학을 다녀온 대머리 노총각 목사였던 새아빠는 무지 괴짜였지만 좋은 분이었다. 우리한테 무서운 아빠가 되기보다 좋은 친구가 되어주겠다고 했는데 진짜 그랬다. 아빠는 엄마보다 먼저 중매를 통해 중학교 영어교사와 재혼했다. 나중에 그 소식을 듣고 충격에 빠진 나는 한동안 믿지 못했다. 그날 내 눈으로 직접 확인하기 전까지는 말이다.

초등학교 졸업식을 며칠 앞둔 어느 날 나는 아빠를 찾아갔다. 주소를 알아내는 건 그다지 어렵지 않았다. 나는 지하철을 타고 한강을 건너 이름도 낯선 동네의 아파트 단지로 갔다. 바로 집 앞에 와서도 아빠가 이렇게 다 똑같은 아파트의 어느 한 구석에 다른 여자와 함께 살고 있다는 사실을 믿을 수 없었다. 솔직히 나는 아빠를 만나러 간 것이 아닐지도 몰랐다. 그저 최선을 다해 아빠를 보내기 위해 간 것이었다. 나는 전화번호를 알았으면서도 공중전화 부스까지 갔다가 그냥 돌아섰다. 그렇게 혼자만의 이별을 잘 치르고 돌아왔으면 좋았을 텐데. 발길을 돌리던 나는 그만 보고 말았다. 아빠를, 아니 아빠의 쏘나타를.

누군가와 헤어져본 사람은 알 것이다. 그 사람이 사는 동네에서 아무리 얼쩡거려도 마주칠 확률은 거의 없다는 것을. 그렇다면 헤어진 사람의 자동차와 만날 확률은? 주차장에 그렇게 많은 차가 있었음에도 나는 어떻게 아빠의 쏘나타를 한눈에 알아볼 수 있었을까? 멀리서 나는 그 흔하디흔한 쏘나타들 중 유독 무뚝뚝한 뒷모습의 회색 쏘나타를 단번에 알아보았다. 그건 분명 아빠의 차였다.

나는 흥분해서 뛰어갔다. 가까이 갈수록 점점 확신이 섰다. 차 앞에 도착하자마자 고개를 쑥 빼고 룸미러를 확인했다. 거기에는 연둣빛 형광색 묵주가 매달려 있었다. 기쁘고 놀라서 웃으며 입을 막았다. 그건 내가 안전운전을 부탁하며 아빠에게 선물한 것이었다. 그 묵주를 보고 나는 아빠 역시 우리를 잊지 못하고 있으나 피치 못할 이유로 못 돌아오고 있는 것이라 확신했다.

나는 신이 나서 팔짝팔짝 뛰었다. 그러다 뒷좌석에 있는 어린이용 카시트를 보고 말았다. 그 옆에 어질러져 있는 축구공과 남자아이용 장난감들도.

나는 휘청거리며 뒤로 물러섰다. 아빠에게 귀여운 아들이 생겼다는 이야기는 사람들이 지어낸 새빨간 거짓말인 줄 알았는데 아니었다. 아빠는 이제 우리와는 상관없는 삶을 사는 사람이었다. 그건 이젠 인정해야만 하는 현실이었다. 아니, 내가 인정하지 않아도 변하지 않는 사실이었다. 나는 아빠를 불러내 따지고 싶었지만 그럴 수 없었다. 얼이 나간 채 쏘나타 앞에 멍하니 서 있던 나는 울면서 바퀴를 발로 차기 시작했다.

"이 바보! 바보! 이 바보 아빠야!"

나는 두 발을 번갈아 힘껏 차며 아빠를 욕했다. 가방에서 빨간색 사인펜을 꺼냈다. 그리고 눈물범벅 된 내 얼굴이 비치는 차창에 휘갈겨 썼다.

'바보! 똥개! 아빠!'라고…… 쓰고 싶었지만 나는 '아' 자를 쓰다가 그만 지웠다. 그리고 그냥 이렇게 썼다.

'바보 똥개…… 쏘나타!'라고…….

그날, 울면서 집에 돌아온 후 다시는 아빠를 찾지 않겠다고 결심했다. 그 후 일 년에 한두 번 중요한 날이 되면 아빠는 전화를 해 왔지만 나는 그것도 피했다. 내가 피한 건 아빠가 아니라 다시는 가질 수 없는 희망이었다. 나는 무언가가 간절할수록 그것이 두려워지는 그런 아이가 돼버리고 만 것이었다.

다시 쏘나타 앞에 섰다. 반대편에서 바퀴를 미친 듯이 까고 있는 어린 내가 보였다. 나는 울면서 차창에 '바보 똥개 쏘나타!'라고 쓰고는 저쪽에서 호각을 불며 쫓아오는 경비원을 피해 전속력으로 도망쳤다. 진짜 바보는 쏘나타가 아니라 바로 나였다.

분명 부모님의 이혼은 가슴 아픈 일이었다. 하지만 내 잘못이 아니었다. 내가 결코 피할 수 없는 세상의 일이었다. 그건 나와 좀 더 친해지고 싶어 찾아온 '불행'일 뿐이었다. 나에게 잘못이 있다면 그 불행을 손님이라 생각하고 대충 돌려보내야 하는데 미련하게 가족인 양 옆에 끼고 함께 살았다는 것이다. 바보들은 가끔 그렇게 자신이 '불행'과 '불운'에게 꽤 인기가 있다는 착각을 하곤 한다.

"야! 이 바보야!"

나는 울면서 도망치는 나를 향해 외쳤다.

미래의 나를 위해 과거의 나를 이해시키고 싶었다. 말해주고 싶었다. 도망가지 말라고. 어차피 피할 수는 없다고. 견뎌야 하는 아픔이라면 차라리 그 아픔보다 당당해지라고. 그 아픔보다 똑똑해질 수 없다면 차라리 그 아픔보다 섹시해지라고. 나는 이십 년이 지나고 나서야 겨우 깨달은 진실을 전해주기 위해 깽깽이 발로 뛰는 나를 잡으러 갔다.

만약 그때 그 라디오 뉴스를 못 들었더라면 나는 실성한 여자처럼 계속 내 유령을 찾아 고물상을 빙빙 돌았을지 모른다.

라디오에서 교통방송이 나오고 있었다. 내부순환로 입구에 위치한 재개발 구역에 화재가 나 인근 교통이 혼잡하다는 내용이었다. 나는 잽싸게 달려가 볼륨을 올렸다. 다음 소식으로 넘어가서 다시 주파수를 맞춰야 했다. 마침 다른 방송에서도 그 뉴스가 나오고 있었다. 재개발 구역에 화재가 발생해 소방차들이 출동했다는 보도였다.

세상에. 드디어 천재 방화범의 유전자를 물려받은 유미리 양이 데뷔 무대를 가졌구나. 결국 운명의 시험에 걸려들고 만 미리가 딱해 고개를 가로저었다.

"방화범은 이곳에서 노숙을 한 삼십대 여성으로, 방독면을 쓰고 정신이상 증상을 보이는 이 여성을 경찰이 조사하고 있습……."

나는 귀를 후벼 팠다. 환청이라기엔 아나운서의 발음이 너무도 또렷했다. 그들이 말하는 방화범이자 미친 여자는 아무래도 나 같았다. 몰래카메라가 아니고서야 어떻게 이런 일이 일어날 수 있는지, 도저히 가만히 있을 수가 없었다. 나를 둘러싼 음모를 확인하기 위해 즉시 재개발 구역으로 출동했다.

*

시뻘건 불기둥이 솟아오르는 대재앙의 이미지를 상상했는데 영 시시했다. 더는 타버릴 것이 없어서인지 불길은 일찍이 꼬리가 잡혀 뿌연 회색 연기만 군데군데 피어오르고 있었다. 입구에는 소방차와 구급차, 경찰차와 중계차들이 줄 서 있고 불구경을 놓친 사람들이 아쉬운 발길로 기웃거리고 있었다.

나는 카센터에 세워두었던 이균의 차가 걱정돼 건너편에 차를 세웠다. 그러나 그의 검은색 카니발은 그 자리에 없었다. 나는 금연에 실패한 자가 피워 문 담배연기처럼 허망한 회색 구름을 바라보았다.

"야!"

놀라서 하마터면 혀를 씹을 뻔했다. 옆을 봤다. 이균이 차창에 이마를 박고서 주먹을 흔들고 있었다. 그 얼굴은 마치 치약 광고에 나오는 시꺼먼 충치균 같았다. 내가 놀라서 허겁지겁 방독면을 찾는데 벌컥 문이 열렸다.

"미쳤어? 돌았어? 혼자 어디를 돌아다닌 거야?"

"뉴…… 뉴스 들었어요? 내가 부…… 불냈다는 거?"

내가 떠듬거리자 이균이 다짜고짜 손목을 잡아끌었다. 바로 뒤에 이균의 차가 있었다. 그가 나를 앞좌석에 짐짝처럼 집어넣었다.

"언니!"

이건 뭘까. 뒷좌석에 미리와 파워레인저가 다정히 앉아 있었다.

"아저씨가 얼마나 찾았는데! 언니도 참 말도 징그럽게 안 듣는다!"

시꺼먼 그을음을 이마에 묻힌 채 미리가 나를 다그쳤다. 파워레인저는 무표정한 얼굴로 살짝 고개를 끄덕이며 인사했다. 둘은 사랑의 도피행각을 벌이는 멕시코 갱단 커플 같았다.

나는 미리를 향해 억울함을 호소했다.

"미리야. 너 뉴스 들었니? 내가 불냈다는데. 네가 그랬지? 혹시 어머님이시니?"

미리가 펄쩍 뛰었다.

"언니. 나 아니야! 우리 엄마도 연애할 때는 불에 흥미 없어!"

"다들 조용히 안 할까."

이균이 목소리를 깔았다. 우리는 입을 다물었다.

"어때요? 괜찮은 겁니까? 열은 내렸어요?"

나는 기가 죽어 고개만 까닥였다.

"언니! 겁먹지 않아도 돼! 언니랑 똑같은 바이러스 감염된 미국 여자 다시 말짱해졌대요. 그거 걸렸다고 다 죽는 거 아닌가 봐. 물론 언니야 워낙 재수 없으니까 또 모르지만."

예상 밖의 희소식이었다. 나는 살려달란 눈빛으로 이균을 보았다.

"레이나가······ 괜찮아진 거예요?"

레이나란 말에 이균의 표정이 한결 누그러졌다. 그가 고개를 끄덕이며 말했다.

"사람마다 면역력, 즉 전투력이 다르니까요. 하지만 안심하기에는 일러요. 지금 협력할 병원을 찾고 있어요. 한시가 급한데 택선 씨 없어져서 아까운 시간만 허비했잖아요. 도대체 생각이 있는 사람입니까?"

"죽을까 겁나서 어디 짱박혀 있던 거죠, 언니?"

역시 거리에서 생을 배운 아이들은 지혜로웠다. 이균이 확 고개를 돌리며 미리를 노려봤다.

"구박하지 마요. 우리 이제 한배를 탄 거라고요."

미리가 협박조로 투덜대자 이균이 입술을 씹으며 한숨을 쉬었다. 이 물고 물리는 관계는 무엇이란 말인가. 어째서 이 패륜 커플과 이균, 괴물 덩어리 내가 한배를 타게 된 것인지 어리둥절하기만 했다.

"상도 그 자식이 불낸 거야. 언니."

"아니, 어째서, 우리 착한 상도가?"

파워레인저가 괴수에게 급습을 당한 난처한 얼굴을 했다. 역시 범죄에는 여자가 개입되어 있었다. 더 정확히 말하자면 모든 범죄의 현장에는 사랑받지 못한 남자의 들끓는 심장이 뛰고 있었다. 사건의 전말은 간단하고도 너저분했다.

미리가 드디어 커밍아웃을 한 것이다. 자신이 사이코패스까지 포함한 범죄자 유형의 남자에게 강력하게 끌리는 특정 부류의 여성임을 말이다. 미리가 파워레인저를 좋아한다는 고백을 들은 상도는 눈이 뒤집어졌다. 박하사탕처럼 하얀 눈알을 달고서 상도는 꺼이꺼이 울었다고 한다. 오, 불쌍한 소년이여. 그러기에 여타 소년들처럼 야동이나 보며 안락한 환상 속에 살 것이지. 현실에서 예쁜 소녀를 사랑해본 소년은 언젠가는 세상이 무너지는 걸 보게 된단다. 그래도 예쁜 소녀와 사귀어봤다는 사실은 평생 남자의 훈장이 되지. 나는 가엾은 상도를 위로하고 싶었다.

"상도가 언니가 불냈다고 신고했잖아."

가엾은 상도, 취소.

"상도가 울고불고 죽여버릴 거라고 휘발유 들고 날뛰더니 정말 불을 붙이는 거예요. 나 진짜 타 죽는 줄 알았잖아! 지금 상도가 우리 다 죽여버린다고 찾고 있대서 숨은 거야."

미리가 뭔가 찔리는 구석이 있는지 불안스레 나불댔다.

"여기 호환 마마보다 무서운 언니 도착했으니까 니들은 그만 가라."

이균의 따가운 일침에 미리가 발끈했다.

"보건복지부에 확 신고할 거예요. 지금 저 언니 잡혀가서 엉뚱한 치료 받으면 그냥 골로 간다면서요?"

나 없는 사이 두 사람은 나를 골로 보내는 문제로 뜨거운 설전을 벌인 모양이었다. 이균이 이를 갈며 지갑에서 달러 몇 장을 꺼냈다.

"어머, 이 아저씨 웃긴다. 우리가 미국 거지야? 달러 받게? 이거 은행 가서 바꿔야 하잖아. 차라리 카드나 줄 것이지."

그때 경찰차가 오지 않았다면 분명 치졸한 난투극이 벌어졌을 것이다. 경찰차를 보는 순간 우린 모두 사색이 됐다. 특히 방독면을 들고 정신이상으로 보이는 삼십대 여자인 내가 제일 심했다. 이균이 어색하게 웃으며 시동을 걸었다. 말도 안 되는 조합의 네 명은 일단 난파선으로 보이는 한배를 탄 운명임을 인정하고 그곳을 떠났다.

\*

"응. 난 요즘 이런 데가 편하더라."

나는 새로 이사한 집을 보여주듯 고물상을 소개하며 수줍게 웃었다. 문득 집은 사람을 닮는다는 남수필의 말이 떠올라 한 층 더 부끄러웠다.

이균은 인상을 찌푸렸고, 파워레인저는 자신이 죽인 우주 괴물이라도 되는 듯 늠름하게 팔짱을 끼고 고철들 앞에 섰다. 미리가 구석에서 안전모까지 부착된 용접마스크를 주위와 내게 선물했다. 나는 기분 전환도 할 겸 방독면 대신 용접 마스크를 쓰고 생각에 잠겼다.

일단 상황을 정리해야 했다. 자, 레이나가 괜찮다니 나에게도 희망은 생긴 것이다. 그러나 늘 희망은 불안전한 상태다. 치료제를 찾지 않는 한 안심할 수 없었다.

"지금 필요한 건 우리가 가진 데이터를 가장 빠른 시간 내에 현실화해줄 연구진과 BSL-3(BIo Safety level 3) 연구실과 실험동물윤리법을 무시하고서라도 일을 진행시켜줄 팀 보스입니다. 일단 그 수준의 기술력과 장비를 가진 팀이 국내에 몇 안 되고 워낙 위험성이 높은 데다 각 조직마다 규율과 체계가 있기 때문에 찾기가 쉽지 않아요. 하지만 가장 적당한 곳과 얘기 중이니 내일 안으로 연락이 올 겁니다."

이균이 얼굴까지 벌게져가며 열정적으로 말했다. 가능성이 있다고 생각되자 그의 말이 귀에 쏙쏙 들어왔다. 이 남자가 정말 나를 살릴 작정이구나, 그런 확신이 들자 그가 달리 보였다. 하루 못 본 사이 그는 조금 달라진 것도 같았다.

"언니는 좋겠다. 이 아저씨가 언니 살리려고 얼마나 열심히 알아봤는데."

미리가 옆에서 비아냥거렸다. 그 말을 듣자 커다란 물음표가 떠올랐다. 왜? 그가 왜? 그 물음에 미리가 대신 대답했다.

"아무래도 언니를 좋아하는 것 같아."

이균이 그렇게 당황해하지만 않았어도 나는 콧방귀도 끼지 않았을 것이다. 심지어 이균은 미리에게 눈치를 주며 땀도 나지 않는 이마를 허둥지둥 닦았다. 나와 눈이 마주치자 저런 저런 헛기침까지 했다. 뭐야 뭐야. 요 며칠 사이 함께 밤을 지새운, 그야말로 지새우기만 한 남자만 세 명, 이것이 '운세란'에서 보기는 했으되 삼십여 년 동안 한 번도 체험한 적은 없는 '연애운'이란 것인가.

나와 이균 사이에 묘한 침묵이 흘렀다. 부끄럽게도 연애운이 터진 내게 고물들이 야유를 퍼부었다. 거참, 거지 같은 것들도 부러운 모양이었다.

돌이켜보니, 설득력 있었다. 남자의 애정은 시비에서 시작된다. 쓸데없이 무뚝뚝한 말투는 남자의 앙탈이다. 아아, 헛살았다. 그걸 간파 못 하다니. 자, 그러니까 이균의 싹수없는 행동의 원인은 원래 성격 탓도 있지만 나를 향해 솟구치는 관심에 스스로 당황한 때문이다. 이래야 말이 된다. 그렇지 않고서야 제아무리 과학자로서 사명감이 투철하다 해도 위험천만한 나를 어떻게 옆에 끼고 다닐 수 있겠는가. 더구나 나를 잃어버리고서는 프로도가 반지 찾듯 애타게 찾았다지 않는가.

이균은 딴청을 피우려 허공을 훑다가 그만 나와 시선이 엉켜버렸다. 분명 나의 연애적 사고를 손가락질하던 남자인데. 혹시 그때 연우를 보낸 것도 나를 독점하겠다는 당치 않은 야욕 때문? 아니면, 설마 이 인간도 내게서 전염돼 사랑에 빠지는 병세를 보이는 것은 아니겠지? 만약 그렇다면 그건 최악의 상황이었다.

"혹시 열 나요? 막 헛것이 보여요?"

이균은 아니라고 했다. 다행이면서 아니기도 했다. 나는 혹시 이균이 나처럼 거짓말을 하는 것은 아닌지 의심하며 얼굴을 뚫어져라 봤다. 이상했다. 괜히 쑥스러워 볼 수가 없었다. 괜히 부끄러워 나는 미리에게 화를 냈다.

"니들이 무슨 순정만화 주인공이니? 너는 둘째 치고 쟤가 사랑에 빠질 의붓오빠로 가당키나 하니?"

파워레인저는 신중한 자세로 고물상 주인의 숙소였던 컨테이너의 문을 따고 있었다. 과연 그 정도 문은 가볍게 열 수 있는 기술력이었다. 파워레인저는 유유히 문을 열고 들어가 불을 켰다. 미리의 눈에는 그 좀도둑과 다를 바 없는 행동마저 멋있어 보이는 모양이었다.

"언니라면 나를 이해해줄 줄 알았는데. 섭섭해요."

"세상에서 제일 이해하기 힘든 분야가 타인의 이성에 대한 취향이야."

파워레인저가 캐비닛 속의 나를 집어 던지던 느낌이 되살아나 나는 움찔 떨었다.

"오빠 알고 보면 나쁜 사람 아니에요."

꼭 비행 청소년의 지인들은 그렇게 말한다. 걔 알고 보면 나쁜 애 아니라고. 알고 봤는데도 나쁜 애들은 이미 교도소에 있나 보다.

"엄마랑 아저씨랑 만나기 전부터 오빠를 알았어요. 물론 그때는 그냥 알기만 한 거였지만. 그런데 언제부터인가 너무 힘든 거예요. 다이어트하는데 밤에 라면 생각 나는 것처럼 머리에서 오빠가 떠나지 않고 아주 미치겠는 거예요."

미리가 다이어트 중에 라면을 먹는 여자처럼 자포자기의 희열에 들떠 종알거렸다. 어쩐지 그 기쁨에는 진정성이 느껴지지 않았다. 나에게 인생의 쓴맛을 강의하던 날카로움이 전해지지 않았다.

"혹시 그 시점이 엄마 결혼 얘기 나온 다음부터 아니니?"

내가 질문을 잽처럼 날렸다.

"뭐 대충 그때쯤 같기도 한데……."

"너는 그러니까 너의 마음에 불을 지른 거구나."

미리가 한 방 맞았다.

중증 우울증 방화범 엄마의 범죄 코드를 물려받았을지 모른다는 두려움은 미래였다. 모든 두려움은 대개 미래이니까. 그것은 지금, 바로, 이곳에서 일어나지 않는 이야기였다. 똑똑한 미리가 그걸 모를 리 없었다. 그러나 미리는 현재가 아닌 미래의 불행에 모든 것을 걸었다. 미리에게는 휘발유와 라이터가 필요 없었다. 운명은 정해져 있으므로 미리는 어디에든 불을 지를 수 있었다. 미리는 가장 접근하기 쉬운 곳에 불을 붙였다. 그것은 바로 자신의 마음이었다.

"너는 단지 불을 지르듯이 결코 해서는 안 되는 일을 저지르고 싶었던 거야."

내 말이 제법 알알했는지 미리가 열을 냈다.

"언니가 사랑을 알아요?"

나도 할 말은 있었다.

"그거 나만 모르는 거 아니다."

미리가 혼돈스러운 눈빛으로 파워레인저를 바라보았다. 파워레인저는 컨테이너 안에서 고물 자전거를 끌고 나와 시범운행을 했다. 나는 마치 불우이웃처럼 세상이 별 도움도 안 주면서 저 편하자고 멋대로 규정해버린 그들, 바로 문제 청소년들이 가장 싫어하는 부탁을 했다.

"이제 그만 집에 들어가."

그러나 문제 청소년들에게는 세상이 집이었다. 미리는 자기 일은 자기가 알아서 하겠다고 했다. 그렇다. 문제 청소년들만큼 자기 일을 자기가 알아서 하는 애들도 또 없었다.

　"그래, 넌 집에 가."

　막걸리에 유한락스를 푼 목소리, 파워레인저였다. 그가 말하자 미리의 눈에 금방 요술처럼 반짝반짝 눈물이 고였다. 그가 고물상과 나를 번갈아 보며 말했다.

　"여기는 아주 더럽고. 위험해."

　기분 나빴지만 맞는 말이었다.

　"나는 오빠랑 있으면 하나도 무섭지 않아!"

　그가 외면하자 미리는 예쁘나 안 예쁘나 전 세계 소녀들이 관심을 요할 때 하는 행동인 얼굴 가리고 흑흑거리며 몰라 몰라 울며 저만치 뛰어가는 짓을 했다. 파워레인저는 그럴 때 소년들이 하는 행동인 안절부절못하며 얼른 뒤쫓는 짓은 않고 잠시 하늘을 보며 들릴락 말락 욕을 하더니 무뚝뚝한 얼굴로 미리를 따라 컨테이너로 갔다. 곧 미리의 절규가 퍼지더니 무언가 집어 던지고 깨지는 소리가 들렸다. 역시, 남자들에게는 여자들의 핸드백처럼 빤한 것 같으나 뭐가 들었나 알 수 없는 세계가 있으니 바로 저 광적인 열등감으로 들끓는 소녀들의 마음이었다.

"쟤네들 어쩌죠? 정말 나한테 전염되는 게 무섭지도 않나 봐요."

이균도 당한 바가 있는지 고개를 설레설레 내저었다.

"말이 안 통하더라고요. 일단 내일 택선 씨 치료가 가능해지면 그때 생각해봅시다. 그런데 제가 보기엔 쟤들보다 독한 바이러스는 지구상에 드물 것 같네요."

"정말 절 도와줄 사람이 나타날까요?"

"쉬운 일은 아니지만. 최선을 다해야죠."

나름의 계획에 자신이 있는지 이균이 믿음직스럽게 말했다. 정말로 이 세상에 기댈 사람이 이 남자밖에 없다니 기분이 말랑말랑해졌다.

이균이 차 안에서 서류들을 꺼내 하얀 페인트칠이 다 벗겨진 코카콜라 파라솔 테이블에 올려놓았다. 나는 코카콜라 로

고가 다 지워져 두 개의 알파벳 C만 남은 빨간 플라스틱 의자에 앉았다.

"배고파요?"

그가 묻더니 트렁크에서 올리브색 쌤소나이트 여행 가방을 꺼내 왔다. 손잡이에 달린 비행기 스티커를 보고서야 그가 짐도 풀기 전에 나에게 달려왔다는 사실을 깨달았다. 그가 왜 처음부터 짜증을 냈는지 그제야 이해가 됐다. 이균이 면세점 쇼핑봉투에서 젤리밸리를 꺼냈다.

"조카 주려고 샀나 봐요. 미안해요. 나 때문에 귀국하자마자 가족도 못 보고."

나는 늦게나마 예의를 차리며 내가 그리 비정상적인 여자만은 아니라는 사실을 알려주었다. 이균은 어깨를 으쓱하며 말했다.

"술도 있으니까 추우면 좀 먹든가요."

술까지 주다니. 남자가 관심 없는 여자한테 술 주는 것을 얼마나 아까워하는지 알기에 얼떨떨했다. 확실히 나에 대한 이균의 태도가 우호적으로 변해 있었다. 그가 차 안에서 노트북을 점검하는 동안 나는 처음으로 그에 대한 인간적인 호기심을 품으며 가방 안을 슬쩍슬쩍 뒤지기 시작했다. 옷가지들 위로 주로 친지들에게 줄 기념품과 선물들, 책과 파일들이 있었다. 맨 위에는 다국적 제약회사 이름이 박힌 다이어리가 놓여 있었다. 안을 펴보니 벌집의 벌들처럼 검은 글자들이 바글거렸는데 딱 봐도 실험 스케줄 같았다. 폴라로이드 사진 몇 장도 끼어 있었는데 실험 결과를 찍은 사진들, 하얀 가운 차림의 외국인 동료들 사진, 생일파티 사진 등이 있었다. 생일파티의 주인공은 긴 머리의 동양인 여자로 옆에 남자친구로 보이는 백인 남자가 어깨동무를 하고 있었다. 이균은 다른 친구들 맨 끝에서 무표정한 얼굴로 카메라를 보고 있었다. 사진 아래에는 'Raina's birthday party……'라고 적혀 있었다.

레이나가 외국 여자가 아니었구나.

나는 사진 속 구석에 서 있는 이균을 보았다. 선물을 뺏긴 아이처럼 뾰로통한 표정이었다. 사진을 감춘 후 자리에 돌아온 이균에게 은근슬쩍 물어보았다.

"레이나가 괜찮아져서 다행이에요. 그런데. 레이나는 백인인가요? 요즘 히스패닉도 많잖아요."

순간, 이균의 눈동자가 흔들렸다.

"한국 친구예요. 나보다 훨씬 먼저 포닥을 갔죠. 나랑 동창이고 면역연구소에서도 함께 일했어요."

그 목소리는 덤덤했지만 어쩐지 지나칠 정도로 냉정했다. 마치 좋지 않은 기억이 있는 어떤 여행에 대해서 이야기하는 사람처럼.

*

"그럼 레이나도 남수필을 알았겠네요? 레이나는 미국 가서 미국 남친을 사귄 건가요?"

내 질문에 이균은 대답하지 않았다. 그러더니 불쑥 손을 뻗어 내 이마를 만졌다. 나는 열대과일맛 젤리밸리를 먹다가 놀라서 컥컥거렸다.

"열이 나거나 다시 이상해지면 즉각 알려요."

바로 코앞에서 이균이 진지하게 말했다. 가까이서 보니 눈동자가 에스프레소에 물을 탄 빛깔이었다. 갑자기 커피가 간절히 마시고 싶어졌다.

"지금은 괜찮아요. 증상이 시작되면 금방 알아요. 어질어질하고 숨이 가쁘고 마약한 것처럼 제정신이 아니거든요."

"그래서, 무서워서 도망간 거였어요?

"혼자 있어야 할 것 같았어요. 괜히 같이 있다가 안 좋은 일 생기면. 나중에 후회할 테고……."

"내 걱정 해준 거예요?"

나는 고개를 끄덕였다. 우리 사이에 잠깐 침묵이 흘렀다. 전혀 그럴 의도는 없었는데 뭔가 다정하고 훈훈한 분위기가 조성되고 말았다. 그가 내 편이라 생각되자 말속에 박혀 있던 가시가 저절로 빠져버린 모양이었다. 이균과 눈이 마주쳤다. 둘다 눈빛이 멍했다. 저쪽 컨테이너에서 미리의 신경질적인 웃

182

음소리가 들려왔다.

이균이 다시 목소리를 가다듬고 질문을 했다.

"그래서 수필이가 말한 '멋진 시간'이란 걸 경험했나요?"

그는 진심으로 궁금해하는 표정이었다. 과연 나는 금단의 열매를 맛본 사람이었다.

"네. 하지만 멋지기만 한 건 아니었어요. 왜 남수필이 그렇게 표현했는지 모르겠네요."

"수필이가 거짓말할 녀석은 아니지만 표현력은 떨어지죠."

"틀렸다는 건 아니고요. 뭐랄까. 그냥 좋다고만은 말할 수 없는 그런 시간이었어요."

이균의 호기심은 꽤 집요했다.

"정말로 어떤 환상이 하늘에서 뚝 떨어졌나요?"

눈을 반짝이며 그가 물었다. 한 가지 확실한 점은 내가 느끼고, 보았던, 그 불가사의한 시간들을 아무 의심 없이 믿어줄 사람은 이 남자 하나밖에 없다는 것이었다. 그건 마치 사랑에 빠졌을 때 나의 멍청한 이야기를 순수하게 들어줄 사람이 세상에 하나밖에 없는 것과도 같았다.

"나를 만났어요. 과거의 나를요. 까맣게 잊고 있던 기억 속의 장면들이 생생하게 눈앞에서 펼쳐졌어요. 아주 환장할 노릇이었죠."

"그 기억이 진짜라고 믿을 수 있습니까? 혹시 오랜 시간을 거치며 저절로 조작된 게 아닐까요?"

질문은 날카롭고 합당했다.

"그럴 수도 있겠죠. 기억은 다른 언어를 쓰는 다른 나라의 일이니까요. 하지만 그게 가짜였다면 내 마음이 이렇게 놀라고 들뜨고 아프지는 않았겠죠."

나는 차근차근 하나하나 내가 만났던 나에 대해 설명하였다. 이균은 심각하게 고개를 끄덕이며 들어주었다. 그는 흡사 잃어버린 나란 존재를 추적하는 탐정 같기도 했다. 의뢰인은 물론 나였다.

"음. 그 형석이란 첫 번째 남자친구 헤어지고 나서 만난 적 있습니까?"

우연히 극장 앞에서 제대한 형석이를 본 적이 있었다. 그때는 포동포동 살이 오른 모습이 하도 태평해서 약간 충격을 받았다. 생각해보면 나와 사귀기 전 형석이의 모습이 그렇게 뽀얗고 순수했다. 나를 만난 후 위염과 신경과민에 시달리느라 피폐해진 거였다.

"형석이를 별로 좋아하지도 않았는데 왜 삶이 얼마 안 남았을지도 모를 그 중요한 시점에 그 애가 제게 나타난 걸까요?"

정말 그건 궁금한 일이었다.

"그 친구가 택선 씨를 많이 좋아했나 보죠."

"아니에요. 나랑 사귈 때 얼마나 힘들어했는데요. 오죽했으면 나 피해서 군대에 갔겠어요."

이균이 달콤한 젤리밸리를 쓰디쓴 얼굴로 씹으며 말했다.

"원래 남자들은 자기를 힘들게 한 여자를 더 오랫동안 기억해요. 아마 그 형석이란 친구는 택선 씨 생각을 많이 했을 거예요. 물론 주로 원망을 했겠죠."

"네……"

"인정받고 싶었을 테니까요. 남자들은 결국 칭찬받고 싶어하는 어린아이에 불과하거든요. 아마 그 아쉽고 속상한 마음이 사라지지 않고 택선 씨한테 전달된 것 같네요. 그 에너지가 생각보다 강력하거든요. 가끔 미술관에 반 고흐 그림을 보러 가는데요. 고흐 그림이 있는 방에서는 광채가 나고 그 빛에 홀린 듯 사람들이 모여들죠. 그걸 보며 생각합니다. 인정받고 사랑받기를 원했던 고흐의 에너지가 결국 우주를 건너 사람들한테 전해진 거라고요."

고흐의 자화상에 형석이의 얼굴이 겹쳐졌다. 그러나 똑같은 안경을 씌워 봐도 별로 닮은 구석이 없었다. 오히려 이균의 얼굴이 고흐와 더 가깝게 느껴졌다.

*

"그러고 보니 죄다 남자만 만났습니다."

고흐처럼 신경질이 고인 미간을 찌푸리며 이균이 말했다.

"그러게요. 평소에 남자 생각 잘 안 하는데. 그게 빚 걱정이나 매한가지라서 머리 굴린다고 답이 나오는 문제가 아니거든요."

"내면 깊숙이 잠복해 있는 콤플렉스가 남자와 관련됐나 봅니다."

그걸 말이라고 하나. 세상 모든 여자에게 남자는, 또 남자에게 여자는 정복하기 어려운 히말라야 16좌인데 말이다.

"그러니까, 이성에 자신의 모습이 투영되어 있다고 하면, 각각의 인물들이 어떤 상징성을 갖고 있는 거군요."

이균은 꼬치꼬치 캐물으며 나의 병상 일지를 작성했다. 누군가에게 보살핌을 받고 있다는 사실에 안도감이 듦과 동시에 결국 모든 행동이 병적 징후일지 모른다는 생각에 착잡해졌다. 어쨌거나 지금 이 남자 앞에서 멀쩡히 말할 수 있다는 사실만으로도 좋은 징조였다.

"아까 말한 형석이란 친구는 그럼 택선 씨의 소통 불안정한 인간관계를 대표하는 인물이라 할 수 있겠고요."

어쩌다 보니 형석이는 내 인생의 안 좋은 예에 해당되어버렸다. 물론 나도 그 아이에게 그런 존재겠지만. 어쩌면 우리는 누군가의 '좋은 예'가 되기 위해 무수한 '안 좋은 예'로 남겨지고 있는 건지도 모를 일이었다.

나는 누군가의 그것도 첫사랑인 연우에게 '가장 안 좋은 예'로 남겨질까 봐 겁이 났다.

"연우는 괜찮을까요?"

"문제 생기면 즉각 전화한다고 했는데 다행이 연락이 없네요."

"그럼요. 연우니까요. 연우는 그래요. 연우에게 나쁜 일이 생기는 건 상상할 수도 없어요."

이균이 눈을 가로로 닫으며 물었다.

"팬클럽 회장 같은 소리를 하는군요."

그 눈빛은, 약간의 착각을 동원하자면 약간의 질투를 머금고 있었다. 물론 과장이긴 하지만 남자들은 그렇게 간혹 자신의 삶과는 별 상관 없는, 가령 슈퍼카의 미드십 엔진 같은 것에 질투를 품는 동물이니까, 뭐, 어쨌거나.

"희한하게 늘 그랬어요. 연우를 생각하면 뭐랄까, 니베아 로션 광고에 나오는 남자들처럼 새파란 하늘 아래 환하게 웃는 얼굴이 떠올랐어요. 이번에 확실히 깨달은 건데 아마도 나는 연우를 좋아했다기보다 연우처럼 되고 싶었는지도 몰라요."

이균이 인상을 찌푸렸다.

"네? 그건 마이클 잭슨이 다이애나 로스를 닮고 싶어 성형수술했다는 것만큼이나 이해가 안 되는데요?"

"어머, 나는 이해되는데. 닮고 싶은 사람을 좋아하는 건 적어도 밑지는 일은 아니거든요. 이 박사님은 그런 사람 없나요?"

내 질문에 이균은 모른 척했다. 옆에서 본 턱선이 남자치고 새침했다.

"어쨌거나 김연우 씨를 만나려 했던 이유는 단지 바이러스 때문만은 아니겠죠?"

이 기회에 연애적 인간으로 분류되고 있는 자신에 대해 확실히 해명하고 싶었다.

"남녀관계에 있어서 감정은 위선적인 경우가 더 우아한 것
같아요. 그렇다고 연우한테 고백한 걸 후회하는 건 아니고요.
솔직히 박사님 말대로 전 너무 연애적인 사고에 휩싸여 있었
는지도 모르겠어요. 왜냐하면 비연애적인 것은 불행하다고 생
각했으니까요."

비연애적인 것, 연애적인 것의 반대말로 한마디로 연애를
못 하고 있는 상태로써 그건 스키니진을 입는 시대에 혼자 디
스코바지를 입는 것과도 같았다. 스스로 뒤처지고 있다는 판
단하에 괜히 위축되어 당당하지 못한 것인데 이 얼마나 우스
운가. 모두 스키니진을 입을 수 없듯이 모두 연애를 할 수는 없
는데 말이다.

"내가 연애에 대해 냉소적이었던 이유는 필요 이상으로 의
식했기 때문일 거예요. 도둑이 제 발 저린 거죠. 그래서 항상
수비적으로 피해의식만 키웠던 거고요. 연우에 대한 입장도
그래요. 첫사랑이라니. 그거 작가들이 돈 벌려고 고안해낸 판
타지 아닌가요."

그렇다. 내부고발자가 되어 말하자면 첫사랑을 강조하는 것
은 안이한 작법으로 사실 첫사랑만큼이나 만만한 재료도 또
없었다.

"이제 와 보니 허무하게도 첫사랑은 꼭 그 사람이 아니어도
상관없는 게 아닐까 싶네요. 첫사랑은 결국 그 사람이 아니라

그 시절을 사랑하는 거니까요. 내가 연우를 알았던 때는 내 인생의 무덤과도 같은 너무도 우울한 시기여서 꼭 그 애처럼 밝고, 긍정적이고, 인기 많은 존재가 되고 싶었어요. 그러니까 나는. 연우가 되어서. 나를 좋아해주고 싶었던 거예요. 맞아요. 그게 정답이에요."

갑작스레 찾아온 깨달음에 나 자신도 놀랐다.

"그러니까 우리는 자신을 사랑해주었으면 하는 사람을 사랑하는 거로군요?"

복잡한 계산이지만 그도 그 뜻을 이해한 듯했다.

*

"그런데 문방구 아저씨는 왜 나타난 걸까요?"

얼굴은커녕 러닝셔츠 입은 뒷모습만 기억나는 문방구 아저씨의 등장은 정말 알 수 없는 일이었다. 이균도 그 부분에 대해 심각하게 고민해주었다.

"글쎄요. 제가 보기에는 아버지 에피소드와 어떤 연관성이 있지 않나 싶은데요. 문방구 앞에서 돌아선 이유가 억울하게 무시당할까 봐 그런 거였죠? 아버지를 만나러 갔다가 그냥 도망친 이유도 새 가정을 꾸민 아버지한테 거부당할까 두려웠던 거고요?"

냉정한 인간이 차분히 짚어주니 꽤 설득력 있게 들렸다.

"나도 내가 겁 많은 아이란 걸 이제야 알았네요."

이균 앞에서 솔직해지려니 창피하면서 한편 시원하기도 했다. 오랫동안 모자로 감춰온 대머리 신사가 모자를 벗고 바람을 맞을 때 이런 기분이 들지 않을까 싶었다.

"용기 없는 게 꼭 부끄러운 건 아니에요. 본인은 용기라고 판단한 행동이 다른 사람을 겁나게 할 수도 있으니까요."

이균이 자신의 체험을 떠올리는지 씁쓸히 중얼거렸다.

"만약 그날 아빠를 만났다면 내 인생이 달라졌을까요?"

그건 영원히 알 수 없는 일이었다. 한 번의 선택으로 인생이 달라지는 걸 기대하는 건 무리지만 어떤 한 번의 선택이 없다면 결코 달라지지 않는 것 또한 인생이었다.

"그건 모르겠고. 수필이를 만나서 인생이 달라질 뻔하기는 했죠."

"맞아요. 인생이 바뀌는 데에는 단 하루, 아니 단 한 시간만으로도 충분할지 몰라요. 남수필 씨 덕분에 어제는 야산에 방뇨까지 했죠. 걱정 마세요. 흙으로 잘 덮어놨으니까. 어쨌거나요 며칠 내 인생에서 가장 낮고, 춥고, 가난한 시간을 보냈네요. 길 잃은 도둑고양이가 된 심정이었는데 생각해보니 잃은 것도 별로 없다는…… 원래 변변한 직업도 애인도 없고 그나마 봐줄 게 있다면 젊고 건강하단 거였는데 하루아침에 그마저 날아가고…… 내가 갖고 있는 것은 한 치 앞도 모른다는 두려움뿐이에요……. 아직도 나는 아빠의 쏘나타 앞에서 울먹이던 어린 시절과 다를 바 없어요."

맞다. 알고 보니 나는 어른이 아니었다. 아이의 뇌와 어른의 몸이 합쳐진 일종의 사이보그였다. 따져보면 미리랑 별로 다를 게 없었다. 그런 주제에 충고를 하려 들다니. 갑자기 미리한테 미안한 마음이 들어 컨테이너 쪽을 봤다. 아무런 소리도 들리지 않았다.

"쟤들 설마 뽀뽀를 동반한 이상한 짓 하는 건 아니겠죠?"

나는 급히 컨테이너로 뛰어갔다. 그 안의 광경은 더없이 평화로웠다. 미리는 소파에 누워 새우잠을 자고 파워레인저는 책상에 다리를 올려놓고서 졸고 있었다. 이균이 창가에 놓인 수류탄만 한 까만 라디오를 틀었다. 그가 말했다.

"글렌 굴드군요."

93.1에서는 글렌 굴드의 〈골드베르크 변주곡〉이 흘러나오고 있었다. 이제 막 사랑에 빠진 소년 소녀가 날숨으로 뱉어내는 무지갯빛 공기가 우리를 감쌌다. 고물들에서 나오는 시큼한 쇳내가 어쩐지 발사믹 드레싱 향기와 비슷하게 느껴졌다.

"저것 봐요."

구석에 아이들이 동전을 넣고 타는 목마가 서 있었다. 파스텔색 꽃으로 장식된 하얀 목마는 칠이 다 벗겨졌고 동전함은 습격을 받아 부서져 있었다. 나는 다가가 목마에 앉았다. 다리가 아래로 축 늘어졌다. 이균이 웃음을 터트렸다. 우리는 눈을 마주하고 미소 지었다. 흔들흔들. 목마를 타고 달리는 시늉을 했다. 정말 하늘 위를 날아오르는 기분이었다.

"조심해!"

이균이 달려와 나를 잡았다. 푹 파인 바닥 때문에 목마가 휘청거려 꼬꾸라질 뻔했다. 그가 놀라서 내 손목을 잡았다.

"왜 나를 도와주려는 거죠?"

불쑥 그 질문이 튀어나왔다. 왜 그랬는지 모르겠으나 나는 간절한 마음으로 물었다.

그는 살짝 입술을 깨물며 머뭇댔다. 나는 다시 눈빛으로 물었다. 다른 건 몰라도 한 가지 사실만은 알 수 있었다.

'나는 이 남자한테 중요한 사람이 되어버렸구나.'

그와 나의 얼굴 사이로 저물녘의 아쉬운 열기가 흘러갔다. 우리의 얼굴은 석양과 뒤섞여 다홍빛으로 물들었다. 내 심장박동 소리가 귀 바로 밑에서 들렸다. 나는 그의 마음을 듣고 싶었다.

"진심으로…… 나를…… 생각하는……."

"아놔, 이 더러운 연놈 어디 있어!"

놀라서 나는 그만 말에서 떨어졌다.

상도였다. 시뻘건 얼굴로 상도가 고래고래 소리치며 고물상 안으로 들어서고 있었다.

*

"상……도야. 너 여기 어떻게……."

상도가 콧물을 날리며 나를 향해 뛰어왔다.

"누나! 미리 여기 있죠? 다 알고 왔어요! 아뇨! 미리가 등고선 위에 있다고요!"

대체 뭔 소리인가. 상도가 핸드폰의 위치 추적 기능을 펴 보이며 절규했다. 그렇다. 이곳은 주변에 어떤 지형지물도 없는 그저 등고선 위일 뿐이었다.

미리와 파워레인저가 놀라서 뛰어나왔다. 둘을 본 상도의 눈이 허옇게 뒤집어졌다. 그건 노른자만 파먹은 계란프라이처럼 섬뜩했다. 미리는 삼각관계의 주인공답게 새로운 남자 뒤에 숨으며 화를 불렀다.

"상도야. 흥분하지 마. 내가 미안하다고 했잖아."

저런 바보, 남자에게 미안하단 말을 남발하면 안 되는데. 그들을 동정할수록 그들은 미치는데. 역시 금방 역효과가 났다.

"미안해애? 뭘 미안해? 네가 나한테 이럴 수 있어! 이 자식! 넌 빠져!"

가만있는 파워레인저에게 상도가 소리쳤다. 파워레인저는 고분고분 뒤로 물러났다.

"진정해. 상도야. 괜히 흥분해서 후회할 일 하지 말고. 너, 불지른 다음 내가 그랬다고 신고했다며! 이 누나가 불쌍하지도 않니!"

"예에에?"

입을 네모나게 벌리며 상도가 어깨를 들썩였다.

"아뇨, 쟤가 그래요? 불낸 게 나라고? 아뇨, 진짜, 아뇨."

상도가 "아뇨"를 연발할수록 미리의 얼굴이 굳어졌다. 어쩐 일인지 옆에 있는 이균의 얼굴도 함께 딱딱해졌다.

"그거 나 아녜요! 미리랑 아저씨랑 누나 덮었던 담요 태워 없애려다가 잘못해서 불낸 거라고요! 나는 나중에 현장에 도착했고요. 아뇨! 그때 저 자식이랑 미리랑 껴안고 있는 거 처음 봤다고요!"

잠깐 잠깐. 이 무슨 인간의 상상력의 한계를 뛰어넘는 소리인가. 미리와 이균이 방역작업 도중에 불을 냈다니. 나는 그 둘을 보았다. 어느새 미리는 파워레인저가 아닌 이균 뒤에 숨어 있었다. 이균이 난감해하며 말했다.

"시너 통이 캐비닛 안에 있는지 몰랐어요. 알았으면 그렇⋯⋯."

세상에, 방화범은 이균이었다. 오, 이런 미친 재미난 세상.

"그런데 왜 뉴스에서는 방독면 쓴 정신 나간 여자, 즉 내가 불을 냈⋯⋯."

"아뇨, 누나 딱 보면 답이 안 나와? 저 여우 같은 계집애가 누나한테 뒤집어씌우려고 신고한 거예요!"

그새 맑은 눈물을 대롱대롱 달고서 미리가 발을 굴렀다.

"언니. 그게 아니라, 화재 신고를 했는데, 그쪽에서 뭐라고 막 물어보잖아. 그래서 정신없이 막 얘기했거든. 정확히 언니라고 한 것도 아닌데. 그렇게 알아들었나 봐. 정말 언니를 엿먹이려는 의도는 절대 없었어요."

머리를 싸맨 외투의 단추가 딱 하고 떨어지는 느낌이었다. 정신이 풀어지며 어질어질했다. 사물이 두 겹 세 겹 겹쳐 보였다. 나는 이균을 보며 손을 내밀었다.

"왜 사실대로 말하지 않았어요?"

나로 인해 방화범의 세계에 입문한 그가 나를 따뜻이 안아 주기를 바랐다. 이균이 어색하게 다가오며 손을 잡았다.

"정말 다들 너무해! 나한테만 뭐라 그러고! 나는 그냥 아저씨 도와주려 했던 것뿐이라고!"

미리가 울음을 터트렸다.

"언니, 저 아저씨 얼마나 음흉한지 알아? 내가 다 들었어. 저 아저씨가 언니 가지고 딜을 하잖아. 어떤 교수한테 전화해서 언니 넘기는 조건으로 권리가 뭐니 특허가 뭐니 완전히 거래를 하더라고! 정확히 이렇게 말했어."

미리가 정색을 하고는 이균의 냉정한 목소리를 흉내 냈다.

"물건은 제가 갖고 있습니다. 알아서 결정하시죠. 흐흐."

이마에 한 줄기 땀이 흘러내렸다. 곧이어 줄줄이 땀이 흐르며 숨이 찼다. 나는 이균을 보았다. 그가 어색하게 웃을까 말까 했다. 희한한 사실은, 남자들은 다양한 잘못을 저지르지만 들켰을 때는 거의 한 가지의 표정을 짓는다는 것이었다.

"미리가 과장하는 겁니다. 사실 뭐냐 하면……."

"아저씨가 왜 누나를 팔아먹는데?"

나도 궁금한 사항을 상도가 대신 물었다.

"왜긴. 지금 저 언니 데려다가 연구하면 땡잡거든. 언니는 지금 전 세계에 드문 희귀 바이러스 샘플이거든. 언니 갖고 실험해서 치료제 개발하면 빌 게이츠 안 부럽게 되나 보더라고!"

역시 똑똑한 미리가 똑 부러지게 설명했다. 상도가 군침을 흘리며 나를 보았다.

"와아. 그래서 아저씨가 누나를 열심히 찾은 거였구나."

이균의 손에 힘이 빠졌다. 나는 그로부터 한 발 떨어졌다.

*

"정말로…… 나를…… 팔아먹으려던 거예요?"

땀이 눈썹을 찔러서 이균의 얼굴이 뿌옇게 흐려졌다.

"아닙니다. 오해예요. 이런 위험천만한 실험 아무나 못 합니다. 성 교수밖에 해줄 사람 없어요. 근데 그 인간이 어떤 사람인데요. 그냥은 안 움직여요. 자기한테 이익이 떨어진다고 생각되……."

나는 비등점을 향해 달아오르는 머리를 감싸며 물었다.

"그러니까. 내가. 어떤. 이익이. 되는 거군요."

나와 반대로 이균의 얼굴은 냉동실처럼 서늘했다.

"네. 그래요. 솔직히 말하자면. 택선 씨가 필요합니다. 치료제 개발을 위해서는. 만약 성공만 한다면 과학자에겐 생명과도 같은 명예와 그에 따르는 엄청난 부도 얻을 수 있겠죠. 전 세계를 돌아다니며 강연하고 사인해주는 과학자 셀럽이 될 수도 있고요."

"단지 그 이유 때문에 나를 도와준 거군요."

나는 따지려고 입을 열다 놀라 그만 손으로 입을 막았다. 뜨거운 증기가 뿜어져 나왔다. 이마를 만졌다. 비틀비틀 뒷걸음질쳤다. 이균과 아이들이 어리둥절해서 나를 보았다.

"시작됐어……."

이균이 나에게 다가왔다.

"오지 마! 나 다시 증상이 시작됐다고!"

나의 외침에 다들 그 자리에 굳어버렸다. 미리가 겁에 질려 파워레인저 뒤에 숨자 상도가 또 그 뒤에 숨었다.

"택선 씨. 진정해요. 확실한 겁니까?"

이 느낌은 나만이 알 수 있는 것이었다. 온몸이 뜨거워지고, 가슴이 콩닥콩닥 뛰고, 흥분으로 들뜨는, 마치 사랑에 빠진 듯한, 나를 삼류 코미디언의 비애에 젖게 만드는 이 이 빌어먹을 행복한 느낌은 말이다.

"어떡해! 언니 죽으면 어떡해!"

미리가 친절히 내 앞날을 걱정해주며 울먹였다. 이균이 손목시계를 보았다. 계획에 차질이 생겼는지 그가 낭패스러운 표정을 지었다. 파워레인저가 명복을 빈다는 얼굴로 고개를 숙이고 상도는 조용히 성호를 그었다.

이제 기댈 사람은 없었다. 다시 혼자였다. 아니, 혼자여야만
했다.

"언니! 어딜 가!"

뒤에서 미리가 외쳤다. 나는 돌아서 전속력으로 도망치기 시
작했다. 투다다닥. 발소리가 따라왔다. 이균이 내 팔을 잡았다.

"또 어딜!"

"왜요? 실험용 쥐새끼가 도망가니까 겁나나요?"

"제발 좀 그만합시다!"

오히려 그가 화를 냈다. 답답하고 무서워 돌아버리겠는 건
나인데도 말이다.

"이 위선자! 아픈 사람을 돈으로 봐!"

나는 집히는 대로 잡아서 그의 면상을 향해 날렸다.

"엄마야!"

미리가 대신 소리쳤다. 오, 나의 실수. 집히는 대로 잡은 게
그만 시위진압용으로도 손색없는 쇠파이프였다. 바닥에 엉덩
방아를 찧은 이균의 코에서 시뻘건 피가 나왔다. 아이들이 놀
라서 달려왔다.

나는 시끄럽게 울렁거리는 머리를 두 손으로 누르며 이균의
차 안으로 뛰어 들어갔다. 심장이 손바닥을 뚫고 나올 기세로
세차게 뛰었다. 더 끔찍한 괴물이 되기 전에 일단 이 몸은 어디
로든 숨어야 했다. 핸들을 돌렸다. 끼이익 바퀴 타는 냄새와 함
께 엉덩이가 뒤로 쑥 빠졌다. 콰쾅! 천둥소리가 울렸다. 뒤를

돌아보았다. 산처럼 쌓인 고물더미를 막고 있는 양철 슬레이트를 박은 모양이었다. 쿵! 하늘에서 쇠붙이가 떨어졌다. 다시 후진. 쿠쾅! 또다시 천둥!

나는 차에서 나왔다. 이균이 코피를 단 채 나를 향해 달려오고 있었다. 뒤돌아서서 위를 보았다. 쿠르르쿠. 끼이익끅. 조난당한 우주선의 부품들처럼 형체를 알 수 없는 쇠붙이들이 신음을 하며 흔들리고 있었다. 파이프와 쇳조각들이 퉁! 쿠퉁! 내 발 위로 떨어졌다. 그리고 미처 피해야겠다는 생각을 하기도 전에 나를 덮쳤다. 나는 바닥에 엎드려 귀를 막았다. 농구공만 한 우박이 내 위로 우두두두 쏟아지는 듯했다. 그 굉음과 함께 온몸이 아팠다. 아니, 아프지는 않았다. 잠시 후 소음이 멈췄다. 겨드랑이로 쑤욱 무언가가 들어왔다. 깜짝 놀라 벌떡 일어섰다.

"으악!"

골이 쩡하고 울렸다. 양철 슬레이트에 머리를 들이박은 것이었다. 드디어 주변이 보였다. 나는 고철 바다 한가운데 떠 있었다. 그리고 내 옆에는 나를 보호하기 위해 힘겹게 슬레이트를 어깨로 지고 있는 이균이 보였다. 그가 이렇게 온몸을 던지는 걸 보니 내 몸값이 세기는 센 모양이었다. 연봉 삼백을 자랑하는 나로서는 퍽이나 황송한 순간이었다.

*

"속 좀 그만 썩여요! 택선 씨 때문에 지금 내 간장이 흐물흐물 너덜너덜해졌다고요!"

그는 당당하게 화를 냈다. 나는 창피해서 말이 쑥쑥 나오지 않았다. 좀 전까지만 해도 이 남자가 나를 좋아한단 착각으로 낄낄대던 자신을 구석으로 끌고 가서 시원하게 석 대만 패주고 싶었다.

"처음부터 나를 이용할 계획이었죠? 그래서 나를 겁내지 않았던 거구요? 이 사람, 아주 무서운 사람일세."

"네, 그렇습니다. 수필이가 택선 씨를 나한테 맡기면서 한 말이 뭔 줄 압니까?"

나 때문에 터진 코피를 닦으며 그가 쏘아붙였다.

"너는 내가 아는 과학자 중에 가장 냉정하고 비열한 녀석이다, 그러니 너를 믿는다."

자랑이랍시고 그렇게 말했다. 남수필은 어쩌자고 가장 인간성 나쁜 동료에게 나를 맡긴 것인지 이해할 수 없었다.

"당신, 실력이나 있는 거예요? 나를 살려낼 수나 있냐고요?"

우리의 발목을 찌르고 있는 전선들을 내던지며 그가 인상을 구겼다.

"모르죠."

대답은 명료했다. 어쩐지 그 뻔뻔함에 압도당하는 느낌이었다.

"모올라? 너 도대체 날 데려다 뭔 짓을 하려는 거야?"

"아마도 그 짓은 대단히 위험한 짓이 되겠죠. 하지만 고통은 거의 못 느낄 겁니다. 이미 더는 위험할 수 없을 만큼 위험한 옥택선 씨에겐 유일한 선택이기도 하고요. 우선 한 번 더 바이러스 분리 정제 확인하고, 캔디데이트 바이러스 중화실험 결과와 같은 바이러스면 다이렉트로 치료할 겁니다. 시간이 없어서…… 마우스와 면역에 일치하지 않는 인간에 대한, 옥택선 씨에 대한 처치 경과는 누구도 장담할 수 없고요. 과학자들의 최후의 선택인 '기도'를 할 뿐이죠. 성공하면 대박이 나겠지만, 잘못하면 택선 씨의 용기는…… 인류 발전을 위한 위대한 도전으로 기록될 겁니다."

뭔 말인지는 모르겠으나 아마도 나를 미모의 마루타로 쓴다는 내용 같았다.

"어라? 지금 나 갖고 도박을 하겠다는 거구만. 이 인간아, 나는 지금 내 인생 전부를 걸어야 한다고!"

나는 기가 차서 펄펄 뛰는데 이균은 침착했다.

"누구나 한 번은 모든 걸 걸어야 할 때가 있는 법이죠."

이 자식이, 말로는 못 당하겠구나. 인생을 걸어야 하는 순간이 한 번은 오는 법이라고. 그건 성공한 사람들의 회고록에나 나올 법한 말이지. 알다시피 세상의 대부분은 실패한 사람들의 경연장이 아닌가. 부끄러우나 이미 대외적으로는 그 대열에 낀 것으로 분류되는 나이기에 영 자신이 없었다.

이균이 녹슨 철조망 뭉치를 치우며 나를 응시했다.

"지금 중요한 건. 택선 씨의 선택입니다. 나와 함께 바이러스에 도전하든가. 아니면, 여기 이곳에서 운명을 기다리든가."

어쩌자고 지금의 내 처지와 이리도 어울리는 장소에 서 있는 것인지. 나는 고철 쓰레기들을 밟으며 외쳤다.

"아직 아무도 이 병에 대해 확신할 수 없다면서요. 그냥 이대로 자연적으로 나을 수도 있는 거잖……."

갑자기 눈앞이 깜깜해졌다. 검은 새가 날아와 얼굴을 덮쳤다. 아니, 그것은 새가 아니라 검은 비닐봉투였다. 떼어내려는데 얼굴을 덮은 땀 때문에 잘 떨어지지 않았다. 나는 히치콕의 〈새〉의 한 장면을 연상시키는 오두방정을 떨었다. 쾅! 나는 양철 합판 위에 주저앉았다.

"어머. 저 언니 미쳤나 봐."

그렇다. 나는 미친 여자처럼 웃고 있었다. 땀범벅이 된 채 침을 흘리며 웃고 있었다. 나는 웃으며 경고했다.

"남의 운명이라고 쉽게 말하지 마세요."

그러나 한 마디라도 지면 그가 아니었다.

"그건 유감입니다만, 불행히도 사람이란 남의 운명에만 목소리를 높이는 비겁한 겁쟁이들이니까요."

그렇다. 나 역시 타인의 삶을 놓고는 이래라저래라 쉽게 떠드는 인간이었다. 그러나 내 인생 앞에서는 이것이 진짜 나의 삶이라고 인정할 엄두가 나지 않았다. 나의 현재를 인정하는 것이야말로 주먹을 꼭 쥐게 되는 용기이고, 아픔이고, 피 끓는 응전이었다.

"왜? 내 인생이 이렇게 된 걸까요?"

그가 나를 일으켜주려 다가왔다.

"왜, 라는 질문은 그만합시다. 어떻게, 우리 이제 어떻게만 생각하자고요."

이런 빌어먹을. 이균이 나에게 다가오는데 가슴이 콩닥거렸다. 어이구, 이런 망할 어처구니없는, 이 환장할 감염 증상이란, 상대가 누구든 영락없이 사랑에 빠진 것처럼 가슴이 설레고 얼굴이 화끈거리고 당장 후회하더라도 마음을 고백하고 싶어 안달이 나는 이 미친 세포들의 반란이여.

"젠장. 사랑합니다."

더 이상 참을 수가 없었다. 나는 나만이 만끽하고 있는 이 고통을 인류에게 나눠주기로 했다.

"아이고, 염병할, 사랑한다고요. 앗, 죄송해라. 욕을 했네."

나의 고백에 이균은 물론 아이들도 당황했다. 그래서 나는 다시 한번 강조해주었다.

"내가 이균 씨를 사랑한다니까요. 제길."

고철 쓰레기들마저 놀라 입을 다물었다. 정적이 흘렀다. 오히려 나만 한결 여유로워졌다. 그렇다. 나는 남수필이 생의 마지막에 내게 던졌던, 애초부터 과녁이란 없는 애정의 화살을 이균에게 겨누고 있는 것이었다.

"웃기죠? 황당하죠? 전 오죽하겠어요. 당신처럼 재수 없는 인간한테 사랑을 느껴야만 하는 어이없는 처지인데. 이런 저주받은 내 상황이 이해가 가요? 내 안의 정체 모를 병원균이 만든 질병 때문에 나는 지금 말도 안 되는 상대한테 마음을 뺏기고, 그런 내 마음을 전하고 싶어 땀을 뻘뻘 흘리고, 언제 죽을지도 모르는 주제에 이렇게 행복을 느끼고 있다고요!"

행복. 문제는 행복이었다. 가장 아플 때 가장 행복하다니. 과연 아이러니는 블랙유머의 핵이었다. 언제나 나는 행복해지기를 바랐건만 그토록 기다리던 삶의 반전이 이렇게 잔인하다니 믿을 수 없었다.

"박사님이 나를 아무리 실험실 마우스 관찰하듯 분석해도 내 감정까지는 알 수 없잖아요. 그러면서 어떻게 나를 고칠 수 있다고 자신하는 거죠? 박사님은 자신이 증명하고 싶은 진실의 진심을 알지 못해요. 몇 시간, 아니 몇 분 후가 될지도 모를 최후를 기다리는 심정을 아나요? 가족과 친구와 그 좋아하는 커피와 초콜릿과 양조위가 비밀을 묻은 앙코르와트를 이 지구에 그냥 남기고 허무하게 사라져야만 하는 이 하찮은 존재의 슬픔과 공포를 상상할 수 있냐고요? 만약 그렇다면 내 발로 들어가 실험용 마우스가 되어드리죠."

나의 선언에 이균이 미간을 찌푸리며 입술을 깨물었다. 오로지 명성에 목을 매는 속물 지식인으로 보이는 게 불쾌하기는 한 모양이었다. 그를 향해 샘물처럼 솟아나는 망할 놈의 애정을 억누르며 나는 한 방 시원하게 날렸다.

"그렇게 나의 바이러스가 소중하면 가져다 직접 마루타를 하시든가요."

그의 눈빛이 번쩍였다. 아주 심하게 번쩍였다. 그가 우리 사이를 막고 있는 선풍기 프로펠러를 획 하고 집어 던졌다. 그리고는 상체를 쏠며 성큼 다가왔다.

그는 빙산을 만난 선장이 키를 잡듯이 내 어깨를 힘주어 잡았다. 그의 얼굴이 이마에 닿을 만큼 가까워졌다. 속눈썹의 결까지 다 보일 정도였다. 숨결을 감추기 위해 입술을 닫으려는 순간, 차갑고 부드러운 무엇이 내 입술을 열었다. 놀라 눈을 번쩍 떴다. 요 몇 년 음식물 외에는 접촉해본 적 없는 내 입술이 놀라서 허둥댔다. 이균이 눈을 감고서 키스로 추정되는 행동을 하고 있었다. 나는 코 위에 앉은 파리를 구경하듯이 멍하니 그 모습을 구경하였다.

왜 그 비상식적인 키스를 거부하지 않았느냐 묻는다면 이런 변명을 할 수 있겠다. 나를 숙주로 삼은 바이러스들이 낄낄거리며 즐기는데 나도 어쩔 수 없었노라고. 키스는 늘 그렇듯 시간의 감각을 지우며 끝이 났다. 그건 불에 살짝 굽다 만 마시멜로 맛이 나는 키스였다.

"자, 이제 나는 지구상에서 택선 씨 다음으로 감염 가능성이 제일 높은 사람이 됐습니다."

그가 가쁜 숨을 누르며 말했다.

"나는 상상력이 좋은 사람이 아니어서 택선 씨의 심정을 이해하지 못합니다. 그러니 방법은 택선 씨처럼 되는 수밖에 없네요."

아, 이놈이 제정신은 아니구나. 등줄기에 식은땀이 흐르며 무릎이 후들들 떨렸다.

"절대 택선 씨를 희생시키지 않을 겁니다. 날 살리겠다는 각오로 택선 씨를 살릴 거예요. 어쩌면 이제 내 목숨도 택선 씨한테 달렸을지 모르니까요. 말했죠? 나 냉정하고 비열한 놈이라고. 택선 씨가 아니라 이제 나를 위해서 뛸 겁니다."

나는 깜박 넘어가려는 정신을 곧추세우며 방화범 겸 성추행범에게 물었다.

"어렸을 때 꿈이…… 과…… 과학자였나요?"

왜 그 질문이 떠올랐는지 모르겠으나 꼭 듣고 싶었다. 그가 잠시 머뭇거리더니 바보처럼 웃으며 대답했다.

"소방관이요."

"소……방관?"

"미국 설문조사 보니까 여자들이 소방관을 제일 섹시하게 생각한대서요."

어리석을 것들, 그래봤자 불이 나야만 볼 수 있는 것을. 나는 소방관을 동경하는 불쌍한 미국 여자들을 생각하며 팔을 번쩍 들어 올렸다. 그리고 팔 따위 빠지건 말건 미련 없다는 각오로 있는 힘껏 뻗어 이균의 턱뼈를 향해 날렸다. 따악. 4번 타자의 야구 방망이 부러지는 소리가 났다.

그러나 쓰러진 건 야구방망이도 이균도 아닌 바로 나였다.

나는 고물들의 물결 위로 떨어졌다. 그건 전혀 경험해보지 못한 경이로운 현기증이었다. 누군가 나의 뇌 속에 에프킬라를 뿌리는 건 아닌지 의심스러웠다. 나의 의식은 빠른 속도로 현실에서 분리되고 있었다.

이균이 사색이 되어 나를 안아 일으켰다. 그 사악하고 용맹한 과학자에게 나는 이 한마디밖에 할 수 없었다.

"도와주세요. 제발, 아니. 제길."

*

그리하여 나는 생포되었다. 아주 모범적이며 자발적인 생포였다. 나를 두고 어떤 거래를 성사시켰는지 모르나 어차피 내 알 바 아니었다. 손끝부터 발끝까지 내 몸을 이루고 있는 세포들이 어서 닥치고 약을 구해내라고 아우성치고 있었다. 그의 말이 옳았다. 나에게는 선택권이 없었다.

파워레인저가 나를 업어다 차에 실었다. 우리는 서둘러 고물상을 빠져나왔다. 거리는 컴컴했고 불빛들은 노랗게 번져가고 있었다. 이균은 계속해서 누군가와 다급하게 통화를 했다. 미리와 상도는 겁에 질려 훌쩍거렸다. 나는 아무 말도 하지 않았다. 차가 사거리 앞에 멈추었다. 건너편에 스타벅스가 보였다. 초록색 둥그런 심벌마크 안의 인어가 꼬리를 흔들며 나에게 윙크를 했다. 잠깐이지만 또다시 마법의 시간이 찾아왔다.

스타벅스의 테라스 테이블에 나와 남수필이 앉아 있었다. 우리가 처음 만난 날이었다. 남수필이 급히 핸드폰을 들며 자리에서 일어났다. 그가 나를 남겨두고 뻔뻔히 사라지던 순간이었다. 그가 미키마우스 인형이 주렁주렁 달린 핸드폰을 들고서 나에게 손을 흔들었다. 이제는 없는 그가 살아 있는 나를 보며 웃고 있었다. 그의 마지막 메시지가 떠올랐다. 자신이 다 쓰지 못한 행운을 내게 넘기겠노라는. 과연 그 행운은 얼마나 될까. 나는 눈을 감으며 멀어지는 남수필에게 주먹을 들었다. 그건 안녕이 아니라 건투를 빌어달라는 부탁이었다.

깜박 잠이 들었다 눈을 떠보니 국내 최고 병원의 지하주차장 입구였다. 빙글빙글 돌아 주차장의 맨 끝 '관계자 외 출입금지' 구역 앞에 차를 세우자마자 철문이 열리더니 흰 가운에 마스크를 쓴 사람들이 휠체어를 끌며 나왔다.

나는 순순히 그들에게 몸을 맡겼다. 하얗고 긴 복도에 들어서자 휠체어 바퀴 소리와 종종거리는 사람들 발소리만이 울렸다. 이균이 긴장된 목소리가 퍼졌다.

"걱정 말아요. 이제 다 왔으니."

카드키를 제시해야만 통과할 수 있는 몇 개의 문들을 지나도 실험실로 보이는 방은 나타나지 않았다. 책상만 달랑 있는 어느 공실로 들어가자 가운을 입은 사람들은 나가고 이균과

나만 남았다. 아까보다는 정신이 들어 제대로 앉으려 몸을 일
으켰다.

"앉아요. 어딜 가게. 벌써 답답해? 앞으로 깜빵 생활에 적응
해야 할 텐데."

경박하면서도 성량이 풍부한 음성이었다. 머리가 벗겨지고
키가 작은 남자가 시원한 발걸음으로 들어왔다. 주름은 깊지
만 눈빛이 총명하며 자신감이 넘쳤다. 짧은 다리로 책상에 걸
터앉는데 자기가 상당히 멋있다고 삼십 년 넘게 착각하고 사
는 사람만의 여유가 풍겼다.

"이 박사가 그러던데. 우리를 사기꾼 취급 한다고."

나는 고개를 끄덕였다.

"그럼. 사기꾼. 가능하지. 우리가 사는 세계가 그래. 갈릴레
오 갈릴레이가 피사의 사탑에서 돌멩이 떨어뜨리는 걸 누가
봤대나? 그때도 그가 실험을 했는지조차 의심하는 인간들이
많았지. 갈릴레오 지 입으로도 그랬어. 경험이 없어도 확신할
수 있다고. 아이작 뉴턴, 그놈은 어떻고. 완전 데이터 조작의
천재지. 이백오십 년 동안 폭로되지 않았으니 난놈이긴 해. 멘
델도 좀 그래. 완두콩들이 왜 멘델의 실험 스케줄을 그리도 잘
따라줬는지 의심되지 않나? 하긴 뭐 최고의 결과를 위해 데이
터를 선별하는 것도 능력이니까. 베르누이는 지 아들놈이 발
견한 걸 자기가 먼저 한 거로 뺑치려고 책 출간 일자까지 속였
어. 거참. 부모복도 없지."

성 교수는 자기가 하고 싶은 말만 떠들었다. 그가 가장 하고 싶은 말은 바로 이거였다.

"옥택선 씨. 우리 사고 한번 제대로 칩시다."

나는 아직 내게 더 칠 사고가 남아 있는지 궁금했다.

"내가 이제부터 할 짓은 실험동물윤리법은 물론 사이언티스트로서 양심에 어긋나는 짓이기는 하지만 어쩔 수 없지. 최선의 결과를 위해서는. 만약 옥택선 씨가 내 딸이었더라도 지금과 똑같은 결정을 내렸을 겁니다. 지금은 썩은 동아줄이라도 잡아야 할 때입니다. 자, 내가 썩은 동아줄이요. 잡아요!"

그가 힘차게 손을 내밀었다. 나는 얼떨결에 엉거주춤 일어나며 그 손을 잡고 말았다. 성 교수의 마성은 그렇듯 얼렁뚱땅하면서도 대단했다.

*

성 교수가 홈쇼핑 진행자처럼 지금 이 시간이 지나면 저희도 어쩔 수 없다는 식으로 급하게 브리핑을 시작했다.

"머뭇거릴 시간이 없어요. 우선 채혈을 한 후 버퍼에 희석하고 PCR을 해서 바이러스 스트레인을 확인합니다. 그 후 마우스에 감염시키고, 가능한 조합의 처리제를 처치한 후 바이러스 증식 억제를 관찰합니다. 리얼 타임 PCR법으로 할 거고. 그후 택선 씨에게도 그 처치제를 처리하는 거지. 택선 씨는 주기적으로 채혈을 해서 역시 같은 방법으로 바이러스 증식을 체 크하구요. 아마 임상 증상이 행복한 거니까 효과를 본다면 덜 행복하고 좀 침착해지겠지. 그러면 고쳐진 거라고 볼 수 있겠 네. 보충 데이터로도 쓰이겠어."

역시 못 알아먹을 내용이었다.

"그럼 저는 실험용 마우스처럼 가만히 쥐 죽은 듯 있으면 되 는 건가요?"

"아니지. 아니지. 택선 양은 실험용 마우스처럼 솔직하고 열 렬하게 이 찬란한 삶에 반응해야 하지."

어쩐지 자신이 없어졌다. 나는 이균을 보았다. 그는 약간 경 직된 얼굴로 내 눈길을 피하고 있었다. 아무리 뻔뻔한 인간이 라도 아까의 자살 키스 테러가 걸리기는 한 모양이었다. 오히 려 그를 향한 애정이 진심이 아닌 그저 병적 증상이었다고 말 할 수 있는 나는 떳떳했다. 반면 그의 행동은 너무 극적이어서 변명이 필요했다. 세상에 아무 의미 없는 키스는 존재하지 않 는 법이니까.

어쨌거나 확실히 짚고 넘어가야 할 문제가 있었다. 이 프로 젝트의 성공과 실패 그 후를 묻지 않을 수 없었다. 성 교수가 나를 똑바로 응시하며 종이를 내밀었다.

각서였다. 그건 아주 간략하면서도 무시무시한 각서였다. 나 옥택선은 이 실험이 어떠한 결과를 초래하든 일체 아무런 권리도 주장할 수 없다는 내용이었다. 차후에 이 실험에 대해 누구에게도 발설해서는 안 되며 프로젝트가 시작되는 순간부터 주최 측의 승인 없이는 절대 외부와 접촉도 할 수 없었다. 내가 반발하자 성 교수가 해맑게 웃으며 말했다.

"왜? 바쁜가? 이 박사 말로는 백수라던데? 원래 백수들이 세상을 바꾸는 거야."

성 교수는 주먹을 쥐며 파이팅을 했다.

"불편하지 않을 거야. 이 박사가 계속 체크할 테니까. 우리도 옥택선 씨가 스트레스 없는 일상적 조건에서 반응하는 걸 필요로 하거든."

"제 일상은 완전히 스트레스 그 자체인데요? 이번 바이러스 아니었다면 행복이 뭐였는지도 까먹고 살았을 거예요."

"오우, 이런 아이러니가. 그럼 내가 옥택선 양 살려주면 대신 행복을 뺏는 거겠네."

"듣기로는 성공하면 엄청난 부와 명예를 얻게 된다던데. 저한테는 뭐 없나요?"

성 교수가 눈을 반짝이며 음흉하게 웃었다.

"우리는 옥택선 양에게 새로운 생명을 주잖아. 만약 완쾌되었는데도 그 기적을 느끼지 못할 사람이라면 나는 돕고 싶지 않은데."

역시 그는 여우였다.

"아, 이런 생각은 있어. 이 바이러스 이름을 옥택선 씨의 이름을 따서 OTS 바이러스라고 하는 건 어떨까 하는. 하하하!"

성 교수가 껄껄거리자 이균이 제자로서 익숙한 듯 아부의 쓴웃음을 지었다. 설마 농담이겠지. 세상에 무슨 태풍 이름도 아닌데 전 세계를 경악시킬 바이러스의 이름을 내 이름으로 지으려고.

"치료제를 발견하면 그거나 제 이름으로 해주세요."

성 교수는 계속 낄낄거리며 각서를 들이밀었다. 어차피 '갑과 을'이 된 이상 방법은 없었다. '을'은 그저 '을'의 고독하고 거친 삶을 계속해야만 하는 것이었다. 나는 각서에 지장을 찍었다. 하얀 종이에 빨간 실타래가 툭 떨어졌다. 그것이 나를 새로운 운명으로 연결시켜줄 끈이었다. 성 교수가 잽싸게 낚아채더니 곧장 인터폰으로 조수들에게 명령을 내렸다.

"아, 그리고 이 박사한테 들으니까 대단하던데. 감염 경로가 소화기계라는 것도 그렇고, 발열 증상이 나타날 때마다 옥시토신으로 추정되는 호르몬이 마그마처럼 분출됐다고? 닥치는 대로 눈에 콩깍지가 씌었다면서? 지금 상태는 어때?"

질문을 하는 성 교수의 눈이 먹잇감을 발견한 매의 눈처럼 번쩍거렸다. 나는 이균의 눈치를 보며 기어들어가는 소리로 대답했다.

"지금 현재 시각 양호합니다. 땀도 멈췄고, 가슴도 안 뛰고 괜찮아요. 적어도 교수님한테 사랑을 느끼진 않으니까 안심하세요."

그건 나로서도 참으로 다행한 일이었다.

＊

성 교수가 다시 마감을 일 분 앞둔 홈쇼핑 진행자처럼 열정적으로 떠들었다.

"내가 주목하는 이유가 바로 그거야. 전 세계적으로 아주 웃기는 상황이 연출될 수도 있거든. 가령 여기 아주 후지게 생긴 여자와 남자가 있다고 쳐. 자기도 모르는 사이 감염된 여자가 남자를 보고 사랑을 느껴. 그래서 키스를 하지. 그래서 남자를 감염시켜. 그러면 이 남자는 또 바이러스 때문인지도 모르고 다른 여자한테 사랑을 느껴. 또 키스를 하면 또 여자는 병에 걸리고. 그렇게 강강술래 하듯이 키스를 하다 보면 정말 이것이 진짜 사랑인지 가짜 사랑인지도 알 수 없는 세상이 올지도 모른다고."

바로 그 후지게 생긴 여자와 남자인 나와 이균이 창피스러워 딴청을 피웠다. 나는 성 교수의 상상이 충분히 이해가 갔다. 최악의 경우 전 인류가 사랑에 빠진 채 종말을 맞을지도 모른다는 생각이 들었다. 무서운 점은 그 사랑이 가짜라도 인류는 행복을 느끼며 사라질 수 있다는 것이었다. 어쩌면 그건 가장 바람직한 멸망일지도 몰랐다.

"가관이겠군. 사랑을 확신하지 못하는 좀비들이라……"

순간적으로 성 교수의 눈빛이 번뜩이는 것을 놓치지 않았다. 영화에서 보던 매드 사이언티스트의 전형적인 광기여서 섬뜩했다. 그의 얼굴만 봐서는 당장 지구를 정복하고도 남을 것 같았다.

노크 소리와 함께 조수들이 들어왔다. 그들은 혈압과 체온을 체크하고 순식간에 내 피를 뽑았다. 피는 정말 아주 조금 내 몸에서 빠져나갔을 뿐인데 어쩐지 영혼의 일부를 잃은 느낌이었다. 특히 내 피를 바라보는 성 교수의 투우사를 방불케 하는 눈빛 때문에 혼란스러웠다.

"이제 버퍼에 희석해서 PCR해서 염기서열부터 확인하고 기존 데이터랑 비교 들어갑니다. 마우스에 접종한 후에 현재 가능한 조합의 처치를 다 해서 바이러스 증식 억제시키는 캔디데이트를 똑같이 택선 양에게 처리할 테니까. 며칠만 기다리고 있어요."

"며칠이요?"

성 교수는 싱긋 웃으며 이균에게 턱짓을 했다. 이균이 다가와 휠체어를 잡았다.

"자, 이제 긴장을 풀고 푹 쉬는 겁니다."

기계적으로 눈웃음을 지으며 성 교수는 급하게 나가려 했다. 나는 떨리는 목소리로 그를 잡았다.

"정말 자신 있으신 거죠?"

"글쎄요. 신은 주사위 놀이를 하지 않으니까!"

그런 알 듯 말 듯 한 소리를 하고는 성 교수는 쌩하고 나가버렸다. 더 물을 새도 없이 이균이 휠체어를 복도로 밀고 나갔다.

하얀 복도에는 아무도 없고 옆문을 열자 엘리베이터가 나왔다. 연구동인 그 건물의 맨 위에 바로 펜트하우스 병실이 있었다.

직통으로 통하는 엘리베이터 문이 열리자 붉은 카펫이 깔린 복도가 나왔다. 유리문에 보안카드를 대고 들어가자 크고 수상한 문들이 나타났다. 그중 나를 위해 준비된 병실은 내가 전전했던 원룸들을 다 합친 것만큼이나 넓었다. 사방 벽과 침대 시트, 가구들까지 모두 흰색이라 그런지 그 안에 들어서자 내가 지저분한 얼룩처럼 느껴졌다.

"이 병원 재단이 성 교수네 집안 거예요. 비밀 프로젝트를 위한 완벽한 세팅이죠. 성 교수는 평생 이 일을 기다려온 사람처럼 지금 흥분해 있어요."

이균이 옷장에서 환자복을 꺼내주었다. 조용한 방 안에 둘만 남게 되자 기분이 묘했다. 그제야 나 때문에 고생하느라 거지꼴이 된 이균의 몰골이 눈에 들어왔다. 구겨질 대로 구겨진 갭 후드티는 미국 홈리스한테 줘도 거부할 듯싶었다.

"성 교수한테 말 안 했죠? 그거…… 키…….

"비밀을 왜 얘기합니까."

비밀이란 단어를 들으니 손바닥에 간질간질 땀이 뱄다.

"열 안 나죠? 이마가 후끈하고, 가슴이 콩닥콩닥 뛰고, 가령 나를 보는데 막 애정이 샘솟거나 그러지 않죠?"

아무리 얄미워도 그의 전염 여부가 걱정이 되지 않을 수 없었다.

"그럼요."

그건 다행한 일이지만 왠지 자존심이 상했다.

"레이나는 어떻게 됐나요? 정말 무사한 건가요? 레이나가 괜찮아야만 나한테도 희망이 생기는 거잖아요."

그 말에 이균이 뜬금없이 정색을 했다.

"사람마다 면역체계가 다르다고 했잖아요. 택선 씨에게 희망은 택선 씨 자신이 되어야죠."

*

희망. 대기업과 공기업 이미지 광고에서 가장 애용하는 그 단어. 희망은 어찌 된 일인지 그것을 필요로 하는 사람들은 오히려 덜 이야기하는 경향이 있다. 다이어트하는 사람이 음식 얘기를 꺼리는 것과 비슷한 이치일까. 나 역시 희망이란 말을 그다지 신뢰하지 않았으나 결국 희망을 구하기 위해 여기에 온 것이었다. 결단은 힘들었으나 와보니 예상외로 괜찮은 것도 사실이었다.

오히려 이균의 태도가 의외였다. 나를 이곳에 못 데려와 펄펄 뛰던 사람이 막상 오니 심란한 표정으로 바뀌었다. 찜찜한 얼굴로 그는 골치 아픈 사건을 떠맡은 형사처럼 이것저것 물으며 수첩에 메모를 했다.

"그냥 평상시처럼 먹고, 자고, 일하면서 시간을 보내야 해요.

링거도 안 놓을 겁니다. 필요한 거 있으면 말해요. 평소에 뭐 하고 지내요?"

운명을 좌우할 중대한 실험이 진행 중인데 마냥 편히 지내라는 지시가 더 어렵게 느껴졌다. 나는 시간을 까먹는 데에 효과적인『슬램덩크』전권을 가져다달라고 부탁했다.

"병원이니까 즉각 상태가 나빠지면 말해요. 겁먹지 말고. 지금은 어때요? 아까보다 나아 보이기는 한데?"

이균이 형광색이 감도는 흰자위를 빛내며 심각하게 물었다. 나는 더할 나위 없이 불안한 상황인데도 오히려 담담했다.

"네. 병원에서 노는 것도 나쁘지 않은데요. 적어도 병한테 지고 있다는 기분은 안 들어요."

삐익. 퀴즈 대회에 나오는 부저 소리가 울렸다. 순간 나는 '정답!' 하고 손을 들 뻔했다. 이균이 밖으로 나갔다. 그가 식사 카트를 밀며 돌아왔다. 며칠 만에 보는 밥과 국과 반찬들이었다. 나는 허겁지겁 먹기 시작했다.

"쉬고 있어요."

이균이 계속 걱정된다는 표정으로 나를 살피더니 나갔다. 나는 모든 음식을 입안에 쏟아부었다. 소화력은 대단했다. 그건 내 몸이 아직 끄떡없다는 신호였다. 철저히 평범한 가정식으로 의도된 환자식을 마친 후 나는 벌러덩 침대에 누웠다. 이 또한 며칠 만에 누워보는 감격적인 잠자리였다. 지금 아래에서는 나를 살리기 위해 국내 최고 연구진들이 극비리에 실험을 진행 중이었다. 최악의 상황에서 만난 최고의 조건임은 틀림없었다. 내 붉은 피에 매복해 있는 비밀을 밝혀내려 눈에 불을 켜고 있을 과학자들을 생각하며 경탄해 마지않는데 자꾸 졸음이 왔다. 나를 대신해 비장하게 죽음을 맞고 있을 실험용 마우스들을 애도하려는데 자꾸 고개가 뒤로 젖혀졌다. 나는 다디단 침을 흘리며 그만 까무러쳐버렸다.

꿈속에서 나는 그 마우스들을 만났다. 유리 상자 안에서 나는 성난 마우스들에 둘러싸여 있었다. 일본에서 건너온 그 아이들은 실험동물윤리법의 보호도 받지 못한 채 나를 위해 급히 죽어야 된다는 사실에 무척 분통해하고 있었다. 그중 가장 덩치 큰 야마구치구미의 오야붕 타입의 흰 마우스가 나에게 시비조로 물었다.

"우리의 생명을 바칠 만큼 너는 가치 있는 인간이냐?"

잔뜩 졸아서 나는 내 소개를 했다. 얼굴은 아줌마지만 아직 미혼이며 쥐띠 남자와 사귄 적도 있다고 했다. 직업이 작가라고 말하자 마우스들의 붉은 눈동자들이 반짝였다. 나는 앞으로 너희들의 피가 아깝지 않도록 감동적인 작품을 쓰겠노라고 아예 선서를 했다.

"됐어. 누가 그따위 것 보고 싶다고! 차라리 너의 인생이나 감동적으로 살란 말이다!"

오야붕의 일갈은 나의 정수리를 내리쳤다.

"분하다. 저런 인간 때문에 내 목숨을 바쳐야 하다니."

유독 털이 반지르르하고 왼쪽 귀 안쪽에 미키마우스 문신을 한 작은 야쿠자 마우스가 주먹을 쥐며 소리쳤다. 작은 야쿠자 마우스는 눈물 맺힌 눈으로 나를 쏘아보며 말했다.

"너는 내일의 태양을 볼 수 있겠지? 하지만 나는 오늘 밤의 달을 보는 게 마지막이다. 비록 나는 한낱 도구나 다름없는 생명으로 태어났지만 후회는 안 한다. 왜냐하면 나는 끝까지 최선을 다해 노력할 테니까. 결국 너를 위해 만들다 실패한 시약이 내 생명을 빼앗아가겠지. 하지만 살기 위해 나는 끝까지 온힘으로 반항하며 발버둥칠 테다. 비록 삶의 주인이 되지는 못했지만 죽음만은 내 것으로 만들어야 하니까! 고통뿐일지라도 죽음 역시 삶의 일부니까! 내가 끝났다고 말하기 전까지 아직 이 여행은 끝나지 않은 거니까!"

작은 야쿠자 마우스가 무릎을 꿇으며 절규했다. 다른 마우스들이 엉엉 울기 시작했다. 나도 눈물이 멈추지 않았다. 내가 정말 몹쓸 인간으로만 느껴졌다. 나는 작은 야쿠자 마우스에게 다가가 와락 안았다.

"미안. 너의 숭고한 희생을 잊지 않으마."

나는 작은 야쿠자 마우스의 두 귀를 만지며 흑흑거렸다. 두 귀는 내 눈물에 젖어 축축해졌다. 두 귀는 점점 젖으면서 점점 동그랗게 커져갔다. 급기야 내 손바닥만큼 두껍게 자라났다.

"에구머니나!"

나는 놀라서 화들짝 깼다. 아직도 내 손은 마우스의 두 귀를 만지고 있었다. 기겁해서 비명을 지르며 그 귀를 던져버렸다. 이균이 한심하다는 표정으로 내려다보고 있었다. 정신을 차리고 다시 보니 내가 만지던 것은 디즈니랜드에서 파는 미키마우스 모양 모자였다.

"미국에서 수필이 선물로 샀던 건데."

나는 땀을 닦으며 한숨을 내쉬었다.

"아, 꿈에서 야쿠자 마우스를 만났어요."

나는 미키마우스 모자를 다시 주워 머리에 썼다. 생각보다 오래 잤는지 골치가 아팠다. 그제야 그 하얗고 넓은 방에 창이 하나도 없다는 사실을 깨달았다. 침대에서 일어나는데 엉덩이가 축축했다. 세상에, 온몸이 땀범벅이었다. 이균이 급히 다가와 내 이마를 만졌다. 우리는 놀라서 똑같이 입을 열었다.

"또 시작이다!"

내 몸은 막 화로에서 꺼낸 감자처럼 뜨겁게 달궈져 있었다. 과연 요 며칠 경험한 중 가장 강력한 증상이었다. 이균이 다급하게 체온계를 꺼내 체온을 쟀다. 삐삐. 고열을 나타내는 신호음이 울렸다.

"어때요, 괜찮아요?"

이균도 당황해 내 어깨를 흔들었다.

"……꿈에서 환상을 봤는데…… 지금은 모르겠어요…… 그냥……."

나는 그를 보며 중얼거렸다.

"행복해 죽겠어요."

그건 완벽한 표현이었다. 행복하면 나는 죽는 것이었다. 두 손을 가슴에 갖다 댔다. 심장이 초록색 잔디밭을 내달리는 아이처럼 신나게 쿵쿵거렸다. 너무 설레고 흥분돼 솜사탕을 백 개라도 먹을 수 있을 것 같았다. 이균이 급히 핸드폰으로 성 교수한테 나의 상태를 보고했다. 이균은 의료기기 카트에서 해열시트를 꺼내 내 이마에 붙였다.

"저번에도 고열이 잠깐 지나갔었죠? 한번 기다려봅시다. 혹시, 또 나한테 사랑을 느끼는 건가요?"

이균이 물었다. 나는 고개를 끄덕였다.

둘 다 이제 부끄러워하지도 않았다. 우리는 편두통이나 관절염이란 단어를 취급하듯 사랑이란 단어를 주고받았다.

"미안하네요. 괜히 앞에서 얼쩡거리다 사랑이나 받고."

이균이 겸연쩍어했다.

"제가 미안하죠. 사랑하지도 않으면서 사랑해서."

우리의 대화는 제삼자는 절대 이해할 수 없는 요상한 것이었다.

"어쩔 수 없죠. 병이니까요. 그 사랑은."

"사랑이 아닌 줄 알면서도 사랑하니 미치네요. 사랑이란 말로밖에 표현할 수 없다는 게 가장 열받네요."

"그러게요. 저는 이제 사랑이란 말만 들어도 무섭습니다."

우리는 외국어 회화를 공부하는 사람들처럼 딱딱하고 어색한 말투로 '사랑'에 대해 이야기했다. 우리에게 지금 '사랑'은 외국어나 다름없었다.

"그래도 택선 씨가 행복하다니 다행입니다."

이균이 다시 체온을 재며 말했다.

"제발 제가 다 나으면 사랑 어쩌고 나불댔던 말들은 꼭 잊어 주세요."

나는 간곡하게 부탁했다. 하지만 그 말을 하면서도 콩닥거리는 마음을 억누를 수는 없었다. 나는 솔직하게 털어놓았다.

"문득 두려워지기도 해요. 나중에 이 병이 다 낫고 나서 누군가를 사랑하게 됐는데 지금의 감정과 다르지 않게 느껴진다면, 그러니까 이 가짜 사랑과 진짜 사랑의 차이를 못 느끼게 된다면 그땐 어쩌죠?"

이균이 비웃지 않고 심각하게 내 질문을 들어주었다.

"멀쩡한 사람도 헷갈리며 살고 있어요. 그냥 살아요."

역시 그다운 해법이었다.

띠딩. 문자메시지를 알리는 소리가 들렸다. 이균이 핸드폰을 확인하더니 자리에서 일어났다.

"경과가 어떤가요?"

나를 대신해 죽어 넘어가고 있을 마우스들을 위해서라도 빨리 치료제를 구해야 했다. 이균은 스케줄이 예상보다 빨리 진행되고 있다면서도 여전히 걱정스러운 눈빛을 했다. 무언가 숨기고 있는 게 분명했다. 그가 아주 심각한 표정으로 물었다.

"택선 씨. 점 본 적 있어요? 혹시 명이 길다고 나오던가요?"

그건 세계 최고의 장비와 인력을 동원하고 있는 과학자로서 할 소리는 아니었다.

"네. 벽에 똥칠할 때까지 산다는데요. 왜요? 이제 믿을 건 제 명줄밖에 없나요?"

"아, 아니에요. 실험은 놀라울 정도로 잘되고 있습니다. 그런데. 그냥 걱정이 돼서요. 택선 씨가…… 그냥 택선 씨가 말이에요."

순간, 나는 이균의 눈빛 속에 반짝이는 진심을 보았다.

"그래도 다행입니다. 택선 씨가 아파도…… 아프지 않아서요."

그렇게 말하고는 그는 잠깐 씁쓸한 미소를 짓더니 다시 실험실로 내려갔다. 나는 결과를 기다리는 그 피 말리는 시간을 아이러니하게도 바로 그 병 때문에 견딜 수 있었다. 창문이 없어 오로지 시계에만 의존해야 하는 그 방에서 그다지 답답하지 않게 시간을 보낼 수 있었던 이유는, 망할 놈의 바이러스 특유의 현실을 지배하는 구체적인 환상과 몽롱한 감각 덕분이었다. 그 덕에 평소에 자동적으로 떠오르던 비관적인 사고도 작동을 멈추었다. 거울을 볼 때마다 얼굴에서 빛이 났는데, 확실히 정상이 아니지만 그렇기에 버틸 수 있었다.

혹시나 해서 뉴스 채널을 계속 보았지만 내 이야기는 나오지 않았다. G-10 바이러스의 사망자가 늘었다는 소식은 있어도 새로운 변종 바이러스에 관한 뉴스는 없었다. 새삼 저 네모난 바보상자 속에는 나의 진짜 삶 따위는 존재하지 않는다는 오래된 진실을 깨달으며 하루 종일 채널을 이리저리 돌렸다. 마침 만화 채널에서 내가 가장 싫어하는 만화인 〈들장미 소녀 캔디〉가 나오고 있었다.

*

옛날부터 나는 '캔디'를 좋아하지 않았다. 도무지 납득할 수 없는 캐릭터였다. 가분수 팜므파탈인 캔디가 모든 남자들, 심지어 이라이자 오빠 닐한테까지 사랑을 받는 게 영 못마땅했다. 최근에야 내가 캔디류의 인물을 주인공으로 하는 '멜로드라마'란 장르를 이해하지 못했음을 깨달았다. 나는 늘 캔디의 남자관계에만 열을 올렸는데 '멜로드라마'의 핵심은 사랑이 아니라 운명이었던 것이다. 주인공이 사랑보다 더 고귀한 무언가를 향해 자신의 내적, 사회적 한계를 극복할 때 멜로드라마는 감동을 획득한다. 돌이켜보니 나는 캔디의 남자들이 아니라 그녀의 초인적인 용기와 의지를 시샘한 것 같았다. 오랜만에 캔디를 그것도 완벽하게 밀폐된 병실에서 보려니 기분이 묘했다. 나는 새삼 캔디의 직업이 간호사이며 지금 내 인생에 바로 그런 대책 없이 긍정적인 간호사가 필요함을 느끼며 잠이 들었다.

꿈에서 나는 캔디의 모든 남자들을 만났다. 그런데 안소니,

테리우스, 스테아 심지어 널마저도 나를 좋아하지 않았다. 그들은 외로워도 슬퍼도 울지 않는 여자를 원했다. 그러니까 문신하고 담배 끊은 여자보다 더 독한 여자를 원하는 것이었다. 나는 그들에게 캔디가 결국 돈 많은 남자를 택할 거라고 흉을 보았으나 믿으려 들지 않았다. 심지어 닐은 모함하지 말라며 나를 때리려고까지 했다.

그 꿈이 어찌나 생생한지 누군가 내 머리에서 현실과 비현실을 덧대어 마구 꿰매고 있는 느낌이었다. 나는 계속 선잠을 자다 깨다 하며 여러 가지 꿈을 꾸었는데 그때마다 정점을 향해 돌진하는 병적 증상이 나를 독특한 환상의 세계로 인도했다. 나는 비몽사몽 헤매다가 삐익 부저 소리가 울리면 퍼뜩 정신을 차리고 일어나 문 앞으로 달려갔다. 문을 열면 식사가 도착해 있었는데 난 즉각 밥을 먹고 땀을 흘리며 텔레비전을 보다 샤워를 하고 다시 잠을 잤다. 그렇게 며칠을 보내면서 유일하게 본 인간이 이균이었다. 흰 가운을 입은 그가 초췌한 얼굴로 올라와 내 체온을 재고 상태를 점검했다. 최적의 조건을 만났는지 더욱 맹위를 떨치는 바이러스 덕분에 나는 이균을 볼 때마다 사랑이라 말해도 무방한 뜨거운 흥분을 느꼈고 그 느낌은 얼굴에 그대로 표현됐다.

그는 자신을 향해 멍한 표정을 하고 있는 나를 보며 근심에 잠겼다.

"음. 아직도 나를 사랑하는군요……."

그가 쯧쯧 혀를 차면 나도 동감했다.

"그러게요. 젠장. 마우스들은 몇 마리나 희생됐나요?"

"자신의 죽음을 택선 씨한테 알리지 말라고 했습니다."

"아름답군요."

일부러 현실을 외면하려는 의도는 없었으나 나는 자꾸 의식을 마비시키는 환영과 망상에 기대려 했다. 나는 무기력하고 무능력했으며 무엇보다 의지를 깜박깜박 잊곤 했다. 누군가 갖다주는 밥을 먹고 누군가 지켜볼지 모르는 샤워실에서 몸을 씻고 누군가 만들고 있다는 희망을 기다리기만 하려니 지루했다. 어쩌면 최악의 경우를 준비해야 한다는 공포도 권태 앞에서는 풀이 죽었다. 나는 비에 젖은 내복처럼 축 처진 채로 꿈에서 텔레비전의 인물들과 이야기를 나누었다. 과거 아홉시 뉴스를 진행했던 유명 여성 앵커와 보정 속옷과 결코 보정되지 않는 살들에 대해 심도 있는 토론을 나누고 있는데 누군가 나를 깨웠다. 이균이었다.

며칠 한숨도 자지 못한 그의 눈동자에 핏발이 서 있었다. 그는 꾸겨질 대로 꾸겨진 하얀 가운을 벗어서 팔에 끼고서는 나를 내려다보고 있었다. 광기와 흥분으로 번뜩이고 있는 그의 눈을 보자마자 나는 알 수 있었다.

"찾았군요!"

그가 내 앞에 털썩 앉으며 피곤에 절은 얼굴을 두 손으로 비볐다. 그는 곤혹스러운 표정으로 한숨을 내쉬며 말했다.

"아마도…… 지금 캔디데이트 마우스 중 살아난 것을 면역 반응이상 검사하고 있어요. 바이러스 증식억제랑 면역이상 없는 마우스를 발견했는데, 오늘 밤 내로 마이크로어레이 결과 빨리 스캔해서 보면 선발에 성공할 것 같아요. 캔디데이트에 처리한 X펙터를 택선 씨한테 곧 맞히러 올 거예요. 그러면 택선 씨도 마우스처럼 좋은 결과를……."

"끼야! 진짜 해냈군요!"

나는 자리에서 벌떡 일어나며 만세를 불렀다. 두 번 앞구르기 세레머니를 한 후 그와 하이파이브를 하려고 팔을 번쩍 드는데 이균이 전혀 호응해주지 않았다. 별꼴이었다. 이 기쁜 소식을 전하면서 그는 울상을 짓고 있었다.

"택선 씨. 전…… 어쩐지 말리고 싶네요. 지금이라도 관두는 게……."

"넷? 뭔 소리래요?"

그가 일어나 초조하게 발을 구르며 헛소리를 하기 시작했다.

"우리 도망갈까요? 지금이라도 도망갈 수 있어요! 황당하겠지만 그게 최선의 방법일지도 몰라요!"

어느 정도 변태인지는 알았지만 이 정도일 줄은 몰랐다. 나는 가뜩이나 최근 들어 찾기 힘든 평정심을 애써 찾으며 그에게 따졌다.

"성공적이라면서요? 왜 또 절 들었다 놨다 하시는데요?"

이균이 벌건 두 눈을 거칠게 비비며 털어놓았다.

"아직 문제는 없습니다. 그래요. 계속 괜찮을 수도 있겠죠. 그런데 왜 이렇게 불안한지. 저도 모르겠네요. 원래 도박이나 다름없었고. 성 교수 같은 최고의 승부사만이 할 수 있다 판단해서 온 건데. 막상 승패를 내려니. 만약 잘못되면 제 자신을 용서할 수 없을 것 같아요. 아니, 제 자신은 둘째 치고 택선 씨를 위험에 두기가 싫습니다. 어제까지는 그럴 수 있었는데. 지금은 그럴 수가 없습니다."

어제까지는 그럴 수 있었는데 오늘은 그럴 수 없게 만든 '그 무엇'이 도대체 무엇이란 말인가.

나는 마른침을 꿀떡 삼켰다. 다른 사람도 아니고 이균이 흔들리다니. 그가 흔들리자 마치 감정의 지진을 겪는 듯 겁이 났다.

"아, 아. 모르겠어요. 그냥 솔직하게 고백해야겠어요."

그가 털썩 앉는데 내 마음도 같이 주저앉았다.

*

"아니, 고백하지 말아요. 남자의 고백은 술 안 취했을 때 더 무서운 법이니까요."

직감으로 나를 혼란에 빠뜨릴 내용이라는 걸 알았다. 이균은 아랑곳 않고 쫓기는 사람처럼 떠들기 시작했다.

"이제 와서 이러면 안 되는데 택선 씨를 말리고 싶습니다. 저도 제가 이렇게 약해질 줄 몰랐습니다. 솔직히 말할게요. 처음부터 전 택선 씨를 이용하겠다는 의도밖에는 없었어요. 제가 왜 위험을 감수하고 택선 씨를 도왔겠어요. 아시다시피 비열한 놈인데."

쓸쓸하지만, 남자한테 이용당하는 것도 다 능력이라고 믿고 싶었다.

"수필이가 왜 저한테 택선 씨를 맡겼는지 진짜 이유를 알려드릴까요?"

그의 눈빛은 이미 뜨거운 진실을 뱉어내고 있었다. 대부분의 진실은 상처와 직결된다는 걸 알기에 피하고 싶었다.

"택선 씨가 아니라 레이나 때문이었어요. 아, 말하기 복잡하네요. 내가 택선 씨 처음 본 날 무척 화나 있었던 거 기억하죠?"

겨우 며칠 전인데 그를 처음 만난 날이 먼 옛날처럼 느껴졌다.

"그건 순전히 수필이 때문이었습니다. 왜 세상은 꼭 순수한 사람을 먼저 덧없이 보내는지 너무나 화가 치밀었거든요. 그리고 또 나 때문에 짜증과 혐오감이 일었죠. 수필이는 비슷한 과정을 밟고 있던 댄과 레이나도 이 변종 바이러스에 걸릴 거라고 예상했던 것 같습니다. 불행히도 적중했죠. 그리고 레이나가 걸렸을 경우, 세상 그 누구보다 내가 가장 적극적으로 뛸 거라고 생각했던 것 같습니다."

레이나가 예상보다 중요한 인물이라니 인과관계가 잘 성립되지 않았다. 문득 레이나도 감염됐다는 전화에 사색이 되던 이균의 얼굴이 떠올랐다.

"나와 레이나는 연인이었거든요."

레이나. 사진 속에서 웃던 야무진 인상의 동양인 여자가 바로 이균의 X 걸프렌드였던 것이다. X 걸프렌드 사진을 몰래 간직하는 남자라니, 이균과 어울리지 않을뿐더러 내가 딱 경멸하는 부류이기도 했다. 그런 남자들이 간직하는 것은 대개 추억이 아니라 미련이거나 죄책감일 경우가 많았다.

"꽤 오래 사귀었는데 미국으로 가면서 깨졌죠. 아니, 깨져서 갔다고 해야 하나. 어쨌거나 레이나는 거기에서 댄을 만나 일적으로나 사적으로나 아주 행복해졌죠. 잘된 일이었어요. 뭐, 이제 나하고는 상관없는 얘기였으니까요. 분명 그렇다고 생각했는데. 그런데…… 나는 결국 레이나를 따라갔습니다. 다른 연구소에 더 좋은 조건의 자리가 났는데도 굳이 왜 그곳으로 갔는지 나조차 이해할 수 없었어요. 아니, 내가 가면 레이나를 다시 빼앗을 줄 알았죠. 레이나가 나를 보면 다시 돌아올 거라고 확신했던 거예요."

나는 이균의 얼굴을 피하면서 한숨을 내뱉었다. 세상에서 제일 재미없는 이야기가 남의 연애사인 이유는, 그것이 뜨겁고 멋질수록 나를 초라하게 만들기 때문이었다.

"레이나는 좋았을 거예요. 과거의 남자에게 현재의 행복을 보여주는 건 여자의 판타지니까."

"네. 그렇더군요. 나는 레이나에게 아무런 영향도 끼칠 수 없었어요. 바보가 된 기분이었죠. 배신감도 느꼈고요. 그래도 미련을 못 버리고 그 곁을 맴돌았습니다.”

이균이 모래를 씹는 표정으로 웅얼거렸다. 정작 모래를 삼키는 심정인 사람은 바로 나였다. 나는 차마 내 입으로 말하기 구차한 상황을 확인해야만 했다.

“그러니까 남수필이 혹시 있을지 모를 레이나의 경우까지 감안해 당신이 나를 도와줄 거라 예상했다는 거군요?”

“아니, 더 치사한 의도가 있었죠. 댄과 레이나의 관계를 질투하는 내가 데이터를 가로채 더 빨리 결과를 얻어낼 거라는 것까지 계산했을 겁니다. 수필이는 나를 잘 아니까.”

비참했다. 나의 비참함은 총알택시처럼 즉시 ‘따따블’이 되었다.

“당신이 레이나보다 운 나쁜 여자란 게 내게는 행운이었죠.”

그렇다. 세상에는 나 같은 여자도 있는 반면, 사랑과 행운까지 모두 갖는, 가령 멘사 회원이면서 가슴이 C컵인 여자들도 있는 것이다.

“좀 전에 미국과 통화했어요. 다행히 아직도 레이나는 괜찮은 것 같습니다. 물론 계속 지켜봐야겠지만. 희망적인가 봐요…….”

갑자기 이균이 발을 구르며 벌컥 성을 냈다.

“그런데 왜 당신만! 왜 아픈 겁니까! 왜!”

정작 화가 나는 건 나인데 그가 펄쩍 뛰었다.

“그러게요…… 젠장.”

나는 겨우 입을 벌려 대답했다.

"레이나처럼 감쪽같이 좋아질지도 모르니까. 우리 어디 잠시 숨어서 시간을 법시다! 아무래도 위험해요! 내가 생각이 짧았습니다! 택선 씨를 실험 재료로 쓸 수는 없어요! 우리 도망갑시다!"

이균이 내 어깨를 흔들며 일으켜 세웠다. 그는 확실히 제정신이 아니었다. 그가 나를 위한답시고 떠들수록 그저 패고 싶은 마음만 솟구칠 뿐이었다.

"너 진짜 한번 맞아볼래? 내가 지금 누구 믿고 여기 왔는데!"

더 이상 참을 수 없었다. 나는 주먹을 꾹 쥐었다.

"이런 일관성 없는 자식아! 네가 이러고도 사람이야? 남자야? 과학자야?"

이균이 머리를 헝클어뜨린 채 지지 않고 항변했다.

"사람이고, 남자고, 과학자이기 때문에 이러는 겁니다!"

이마에 송송송 맺힌 땀을 닦으며 그가 말했다.

"내가 지금 흥분하고 두려워하는 이유는, 지금 벌어지는 일들이 그야말로 백 퍼센트 진짜라서 그러는 겁니다! 가짜가 아닌 진짜요! 실험실에서 많은 날들을 보냈지만 이번만큼 진짜라고 느낀 적이 없어요! 이건 진짜 사람! 진짜 택선 씨한테 일어나는 일이라고요!"

그의 갈라진 음성에는 지진이나 해일처럼 어찌할 수 없는 어떤 '진짜'에 대한 인간의 깊은 '진짜' 공포가 배어 있었다.

힘이 쑥 빠졌다. 이제껏 현실을 외면하며 태연한 척 애썼던 자신이 한심스러웠다. 현실과 비현실의 느낌이 마구 덧대어져 있는 내 마음은 퀼트 초급반에서 만든 퀼트 이불과 비슷했다. 온갖 감정의 조각들로 뒤섞인 모습은 조화를 이루는 듯 보여도 그저 찌꺼기들을 꿰매어놓은 것에 불과했다.

"나도 내가 왜 이러는지 모르겠습니다."

이균이 한숨을 내쉬며 두 손으로 목을 감쌌다. 목에 땀이 흘러내려 올리브기름을 바른 것처럼 빛이 났다.

"왜 이렇게 안절부절못하는지. 처음에는 레이나 걱정만 했는데. 이제는 택선 씨 생각만 합니다. 어찌 됐건 지금 내 앞에 있는 사람은 택선 씨니까요."

그가 나를 바라보았다. 흰자위에서 열기가 피어올랐다.

"참 나. 뭐가 예쁘다고……."

그건 중요한 힌트였다. 예쁘지도 않은 사람이 자꾸 생각날 때에는 한 가지 이유밖에 없었다. 나는 냅다 손을 뻗어 그의 이마를 만졌다. 미열이 있었다, 열은 약해도 확실했다. 그는 사랑에 빠진 것이었다. 정확히 말하자면 나한테 감염된 것이었다.

"서, 설마!"

그는 고개를 절레절레 흔들며 인정하려 들지 않았다. 그 마음 또한 나 옥택선이기에 이해할 수 있었다.

"갑자기 옛날얘기 막 꺼내면서 마음 털어놓고 횡설수설 고백할 때 알아봤어야 하는데. 나도 처음에 딱 그랬거든요!"

이균은 놀라서 자기 입을 막았다. 역시 세상에 아무 의미 없는 키스는 없는 모양이었다.

"이 박사님은 처음부터 날 싫어했잖아요? 그죠?"

그가 고개를 끄덕였다.

"그리고 계속 맘에 안 들었고요. 그런데 갑자기 내 생각이 머리에서 떠나지 않게 된 건, 그래서 노망난 영감처럼 안 하던 짓을 하게 된 건…… 어떡해요!"

그도 무섭긴 한지 얼굴이 하얗게 질렸다.

"정말로 택선 씨가 좋아졌을 수도 있지 않을까요?"

아무리 궁해도 한 남자를 대상으로 두 번이나 착각에 빠지고 싶지는 않았다. 씁쓸하지만 명백한 사실을 환기시켜주었다.

"이 박사님. 여자는요, 모자랑 같아서요. 처음 봤을 때 나랑 어울리지 않으면 계속 안 어울리는 거예요."

이균이 얼이 나간 얼굴로 깃털이 달린 괴상한 밀짚모자를 만지듯이 내 얼굴을 더듬었다. 냉철한 사람이 순식간에 무너지는 모습을 보자니 내 속이 더 탔다. 나는 불효자를 혼내는 엄마처럼 그의 등짝을 치며 나무랬다.

"그러니까 왜 키스를 해가지고! 왜!"

"키이이스? 아니, 두 사람이 그런 사이였나?"

이균과 나는 놀라 껴안으며 뒤를 돌았다.

"허허. 그래서 이 박사가 그렇게 열정을 불태웠군."

성 교수가 양옆으로 마스크를 한 연구원들을 대동하고 들어왔다. 우리는 현장을 들킨 불륜 커플도 아니면서 다급히 얼굴을 가릴 천 쪼가리를 찾았다.

"아니, 그래도 좀 참지. 아픈 사람을 데리고 말이야. 어쩌려고."

순식간에 이균은 나와 동급의 취급주의 위험 생명체로 분류되어버렸다. 우리가 뭐라고 변명하는 것도 듣지 않고 성 교수는 이글거리는 눈동자로 박수를 치며 기뻐했다.

"옥택선 양. 인고의 시간을 보내느라 수고했습니다. 이 박사한테 얘기 들었죠? 자아. 우리 쪽은 이제 준비가 됐습니다."

나는 성 교수가 금방이라도 내 목에 주삿바늘을 꽂을까 두려웠다. 나는 이균을 보았다. 그는 귀를 자르기로 결심한 고흐처럼 거의 분열 직전이었다.

"위……험하지 않을까요?"

나는 떨면서 물었다. 성 교수가 씨익 웃더니 천천히 걸어가 소파에 앉았다. 의외로 그의 태도는 전혀 강압적이지 않고 여유롭기조차 했다. 모든 패를 알고 있는 자만이 지을 수 있는 미소였다.

*

"옥택선 양. 난 평생의 지식과 지혜를 최단 시간 내에 총동원해 한 생명체에 대한 최선을 다했습니다. 옥택선 양도 자기 자신을 하나의 생물 개체로 생각해보세요. 그럼 뭐가 필요한지 알 테니까."

성 교수의 침착한 말투가 나의 반발심을 꺾었다. 정신 나간 이균만이 나를 위한답시고 대들었다.

"교수님. 아무래도 위험하지 않을까요. 마우스 실험만으로 사람에게 적용한다는 것이 아무리 시간이 없다 해도 휴머나이즈드 마우스도 아니고 면역반응이라도 일어나면 그걸 우리가 다 봐야 한다고요. 지금 저 여자는 자기한테 무슨 일이 벌어지는지 모른다고요!"

성 교수가 이균에게 입을 다물라는 손짓을 했다. 마치 사이비 교주가 할 법한 품격과 카리스마 넘치는 행동이었다.

"자기한테 지금 무슨 일이 벌어지는지 정확히 아는 인간이 몇이나 된다고. 이 박사답지 않게 왜 그래?"

다른 연구원들이 이균 앞을 막아섰다. 내가 봐도 자신의 혼란도 감당 못 하는 이균이 나설 입장이 아니었다.

침착해 보이지만 성 교수 역시 긴장하고 있음을 그의 떨리는 발끝을 보며 알 수 있었다. 그는 진심을 짜낸 진하고 징그러운 목소리로 나를 흔들었다.

"옥택선 양. 지금 옥 양 안에 살고 있는 그 바이러스는 과연 새롭더라고. 첫 번째 사망자의 사례로만 봐서는 무척 무서운 놈이기도 하고. 하지만 아직은 알 수 없지. 바이러스에게도 삶을 향한 뜨거운 애정과 의지가 있어. 그게 오버되면 숙주를 죽이는 거고. 하지만 과연 바이러스가 품은 삶의 열정이 옥택선 양 자신의 것보다 더 클 수 있을까? 더 간절하고, 더 뜨거울 수 있을까? 그건 아마도 본인이 잘 느끼겠지."

성 교수가 정면으로 나를 응시하였다. 나는 유독 사물들의 그림자가 돋보이는 그 하얀 방을 둘러보았다. 나의 그림자는 나보다 더 크고 더 짙어 보였다. 나만을 따라 하는 그 움직이는 어둠에는 내가 모르는 꿈과 비밀이 숨어 있는 듯했다.

"잠깐. 시간을 좀 주세요."

나는 쓰디쓴 침을 연거푸 삼키며 요청했다. 성 교수가 손목 시계를 딱딱 두들기며 곤란하다는 표정을 했다.

"옥 양, 시간이 없어요. 이미 늦었을지도……."

"에잇, 잠깐이라니까요. 오 분만 줘요. 애국가 부를 시간만 줘요."

내가 성질을 내자 성 교수가 사이비 교주의 우아한 몸짓으로 소파에 기대더니 진짜 허밍으로 애국가를 부르기 시작했다. 그러자 시키지도 않았는데 뒤에 있던 연구원들이 조용히 따라 불렀다. 그들은 말로만 듣던 지도교수의 사이보그라는 대학원생이었던 것이다. 그리하여 나는 이 땅에 태어난 이래 주로 지루하고 졸릴 때면 들었던 친숙한 애국가를 들으며 결단을 준비해야 했다.

나는 요 며칠 동안 일어난 이 기막힌 사건에 대해 재빠르게 생각을 정리했다. 내가 만난 사람들, 남수필에서부터 연우, 이균, 미리, 상도, 파워레인저, 성 교수까지. 그들은 어쩌면 천사일지 몰랐다. 악마일 수도 있으나, 특히 파워레인저, 그렇게 믿고 싶지 않았다.

그들은 나에게 삶의 결정적 힌트를 주려고 온 천사들이었다. 아니고서야 그렇게 괴상한 짓을 나에게 했을 리 없었다. 그리고 내가 맛본 그 달고 쓴 환영과 환상들. 그 마법의 시간을 어떻게 설명할 수 있을까. 그 시간들은 나의 상처와 미련과 관련이 있으나 결과적으로 딱딱하게 굳어 있던 나의 심장을 다시 체리맛 젤리처럼 부드럽고 향기롭게 만들었다. 문제는 그 초자연적 현상의 원인을 파악해내는 것이었다. 잊고 지내던 시간들이 강물을 거슬러 오르는 연어들처럼 다시 내게로 찾아온 이유는 무엇일까. 잊어서는 안 되는 어떤 이유가 있기 때문이 아닐까. 그게 뭔지. 그게. 나는 이균을 보았다. 그의 말이 떠올랐다.

"모두 두려움과 관계가 있군요."

과연 그런 것이었을까. 끝까지 전력을 다해 달리지 않으면, 사랑하지 않으면, 미워하지 않으면, 그래서 넘어지지 않으면 오히려 다시 일어서지 못하는 걸까. 나는 넘어지지 않고 어떻게든 달렸다고 자부했는데. 오히려 마음 깊숙이 언젠가는 넘어지고 말 거라는 두려움을 버리지 못했는지 모른다. 아, 모르겠다. 어쩌자고 인생은 나의 맷집을 과대평가하고 계속 덤비는 것인지. 내가 괴로움에 머리를 박박 긁는 동안 애국가는 벌

240

써 3절로 접어들고 있었다.

자, 이제 선택을 내려야 했다.

가을 하늘 광활한데 높고 구름 없이.

아마 나는 처음부터 알고 있었는지 모른다.

이 기상과 이 맘으로 충성을 다하여.

인생은 메뉴판과 같다는 것을. 맨 처음 눈에 들어온 음식을 먹듯, 결국 맨 처음 생각대로 살게 된다는 것을.

괴로우나 즐거우나 나라 사랑하세.

그렇지. 맛나고 괜찮은 인생을 먹고 싶었던 내가 설마 이상한 걸 시켰을까.

무궁화 삼천리 화려강산.

에라, 모르겠고, 전력을 다해 달렸으니 이제 엎어져 무릎이 깨지거나 말거나.

대한 사람 대한으로 길이 보전하세.

자, 이제 내가 부를 차례였다.

"네. 하겠습니다."

나는 두려움을 저 멀리 꾸겨버리며 대답했다.


\*


실험용 마우스가 되기 위해 내 발로 실험실로 내려갔다. 나는 이균이 디즈니랜드에서 사온 미키마우스 모자를 머리에 썼다. 그리고 하늘에서 지켜보고 있을 미키마우스의 대부인 남수필에게 부탁했다. 세상에서 가장 강력한 마이티 마우스가 되게 해달라고.

이균은 실험실 문 앞에 선 순간까지 계속 불안에 떨며 나를 혼란에 빠뜨렸다. 오히려 내가 그를 안심시켜야 했다.

"나 지금 바이러스 덕분에 행복하거든요. 일종의 바이러스 트릭이죠. 이걸 유혹적인 결투 신청이라 생각하고 받아들이려고요."

이균은 이미 승부를 되돌릴 수 없는 복서를 링에 내보내는 코치처럼 참담한 표정을 지었다. 그는 나를 격려한답시고 이렇게 말했다.

"꼭 완치될 겁니다. 꼭. 그래서 더는 행복하지도 않고 저를 사랑하지도 않게 될 겁니다."

"네. 꼭 그럴 거예요. 반드시 그래야만 해요. 혹시 서운한 건 아니죠?"

"아닙니다."

그가 입술에 침을 바르며 힘주어 말했다. 다른 연구원들이 혹시 이균도 전염됐을까 검사를 하기 위해 데려가려고 옆에서 기다리고 있었다. 아직까지 그에게 발열이나 환각 증세가 나타나지 않는 건 천만다행이었다. 어쨌거나 나 역시 그에게 건투를 빌어주었다.

"제발 별일 없기를. 그래서 부디 행복하지도 않고 나를 사랑하지도 않기를 빌어요."

우리는 그렇게 훈훈한 덕담을 나눈 후 각자 연구원들한테 잡혀 실험실로 끌려갔다. 이균과 나는 애틋한 눈길로 서로의 질질 끌려가는 모습을 바라보았다. 우리는 학예회에서 로미오와 줄리엣을 맡은 배우들처럼 우습긴 해도 보고 있노라면 조금은 슬퍼지는 그런 장면을 연출했다.

성 교수가 흥분으로 달아올라 나를 기다리고 있었다. 나는 마음이 바뀌기 전에 얼른 팔을 걷어붙였다. 연구원이 주사를 가지고 들어오는데 팔뚝만 한 주삿바늘을 상상한 나로서는 너무 평범한 도구들에 약간 실망이 일기도 했다.

"아플까요?"

내 질문에 성 교수가 엉뚱한 대답을 했다.

"난 옛날부터 그게 참 신기했어. 왜 모든 학교는 여름엔 덥고 겨울엔 추울까. 주사도 그래. 왜 모든 주사는 맞기 전에도 아프고 맞고 나서도 아플까."

그가 허튼소리를 하는 사이 연구원이 잽싸게 알코올로 닦은 다음 바늘을 찔러 넣었다. 짧은 순간 약물이 테러진압요원들처럼 신속하게 내 몸 안으로 침입하는 것을 느낄 수 있었다. 드디어 전투가 시작된 것이었다.

"자, 이제 내가 뭘 하면 되죠?"

나는 전의를 불태우며 서서히 번지는 통증을 참았다.

"다시 옥택선 양으로 돌아가면 되는 겁니다."

내가 해야 할 일은 그다지 어렵지 않았다. 예전으로 돌아가기 위해서 예전과 똑같은 생활 습관을 유지하면 되는 것이었다. 즉, 생활인으로서는 영락없는 변태인 백수 예술가의 삶을 계속하면 되는 것이었다.

"자, 이제 우리는 기도나 합시다."

성 교수가 건배를 외치듯 명랑하게 웃으며 목소리를 높였다. 그렇게 잘 따라 웃던 연구원들이 어쩐 일인지 모른 척하며 각자의 업무에만 열중했다. 그건 확실히 불길한 모습이었다. 그들은 나에게 의심할 틈도 주지 않고 즉각 휠체어에 실어 다시 하얀 방으로 올려 보냈다. 나의 임무는 이제 그곳에서 내 안의 전투가 승리로 끝나기를 마냥 기다리는 것이었다. 그래도 첫 번째 관문을 넘어섰다는 사실에 긴장이 풀렸는지 감기 초기 증상 비슷한 으스스한 한기를 느끼며 나는 곧장 곯아떨어졌다. 중간중간 일어나 대충 식사를 하기도 했으나 나는 계속 수면 상태 속에 있었다. 여전히 꿈을 꾸고 환상을 보았지만 그 현실과 비현실이 뒤죽박죽 꿰매진 모습은 어쩐지 주사를 맞기 전과는 다르게 다가왔다.

다음 날까지 잠에 취해 비몽사몽 소파에 너부러져 있는데 마침 채혈하러 온 연구원들이 내 뒤에서 떠드는 소리를 들을 수 있었다.

"야. 흔들어봐. 죽었나 살았나."

"침 흘리는 거 보니까 살아 있는데. 이 여자 진짜 대단하지 않냐.”

“교수님이 더 대단하지. 몇 달 걸려 할 일을 어떻게 며칠 만에 하나. 게다가 이 여자가 이 위험한 일에 불나방처럼 뛰어들걸 어떻게 알았을까.”

“내가 보기엔, 둘 다 똘아이야, 똘아이.”

내가 성 교수를 보자마자 묘한 친밀감을 느꼈던 이유를 이제야 알 것 같았다. 성 교수는 본능적으로 나의 불나방 똘아이적 기질을 파악하고 그의 인생 최고의 승부수를 던진 것이었다. 어쨌거나 연구원들의 겁에 질린 목소리만으로도 내가 어떤 처지에 놓여 있는지 알 수 있었다.

이균의 염려는 결코 과장이 아니었다. 그러나 누군가를 붙잡고 원망할 입장도 아니었다. 나는 그저 다시 얌전히 누워 어서 경과를 확인하고픈 그들에게 내 피를 나눠주는 수밖에 없었다. 그리고 아직 의문에 싸인 치료제를 또다시 온몸으로 받아들이는 수밖에 없었다. 성 교수 말대로 주사는 아팠고, 두 번째 주사는 특히나 아팠다.

아나콘다랑 팔짱을 끼고 있는 기분이었다. 두 번째 치료제 투입 후 팔이 무거워져 변기 물 내리는 일조차 버거웠다. 변기 물 내릴 때마다 나는 어설픈 투포환 선수를 흉내 내야 했다. 나는 촉수를 세우고 몸의 세세한 통증을 점검했다. 그것은 퍽 까다로운 일이었다. 집의 배관구조를 알 수 없듯이 지금 내 몸 안에서 일어나는 어떤 흐름을 파악하기는 힘들었다. 그냥, 아! 나 살아 있나 보다! 하는 수밖에 없었다.

그렇게 얼떨떨한 가운데 치료를 계속 받았다. 처음에는 고분고분 말을 잘 들었으나 열두 시간마다 피를 뽑는 일은 정말이지 고역이었다. 오죽하면 마약중독자들에게 존경심을 느낄 정도였다. 제일 큰 문제는 어디에 하소연하고 싶어도 할 데가 없다는 것이었다. 연구원들은 모든 질문에 단답형으로만 대답했는데 그마저 마스크 때문에 제대로 들리지도 않았다. 성 교수는 그야말로 '체크'를 위한 목적으로만 나를 보러 왔다.

"교수님, 저요, 실험용 마우스가 된 기분이에요."

그건 진심이었다. 하얗고 네모난 방 안을 하루 종일 왔다 갔다 하면서 주는 대로 먹고, 싸고, 피를 뽑히다 보면 절로 그런 생각이 들었다. 삐이 부저 소리에 맞춰 세시 방향의 식사를 향해 벌떡 일어나는 나를 보노라면 착잡한 마음이 절로 들었다.

나의 항의에 성 교수는 손뼉을 치며 좋아했다.

"나도 그래. 나도! 음, 어쩜 우리 인간들은 하나의 목적을 위해 사육되고 있는 마우스에 불과할지 몰라."

성 교수는 진심으로 그렇게 생각하는 듯했다. 전혀 일리 없는 말은 아니었다. 순간 내 눈에 그가 병원 재단을 가진 명문가에서 태어나 명석하고 간교한 머리로 성공만을 누려온 한 마리 흰 가운 입은 쥐새끼로 보였다. 그 옆의 연구원들은 과로와 우울증에 시달리는 마스크 쓴 고학력 쥐새끼들로 보였다. 바로 그런 시각, 즉 사람들 모두 실험실과 다를 바 없는 이 세상을 살아가는 실험용 마우스에 불과하다는 시각으로 세상을 보니 과연 다양한 마우스들이 돌아다니고 있었다.

사람들은 어떤 결과를 위해 이미 주어진 틀 안에서 자신이 하는 일의 정확한 의미도 모른 채 바쁘게 자신의 존재를 쏟아붓고 있는 중이었다. 소녀 아이돌 그룹은 아저씨들의 판타지를 위해 아낌없이 핑크 에너지를 뿌리고 있었고, 회사원들은 글로벌 그룹의 성장을 위해 비만과 노화를 마다 않고 청춘을 불태우고 있었고, 아줌마들은 자식의 대학 입학을 위해 십수 년째 온갖 정보를 분석 실행하느라 정작 본인들은 멍청이가 되어가고 있었다. 갑자기 시대마다 다르게 요구되는 실험 스케줄에 맞춰 발을 동동거리고 있는 우리 인간 종족이 위대하고도 딱해 보였다.

거울을 보았다. 그 안에도 환자복 차림에 몇 주째 제모를 하지 못한 암컷 마우스 한 마리가 있었다. 나는 이 실험실만큼이나 복잡하고 비밀스러운 관습과 규칙으로 굴러가는 대한민국이란 실험실의 그다지 물이 좋지 못한 서울 강북 지역의 한 평범한 척하는 중산층 가정에서 태어나 국민교육헌장에 걸맞은 주입식 교육을 받으며 이 사회의 건강한 구성원이 되도록 키워진 한 마리 마우스였다. 그러나 안타깝게도 이 실험실의 원대한 프로젝트인 명랑정의선진사회구현에 아무런 보탬도 되지 못하는 국민연금계의 탕아 비정규직 돌연변이 마우스가 되고 말았다. 그것도 믿기 어려운데 더 믿기 힘든 사실은 뜻하지 않게도 이 사회를 한 방의 키스로 날려버릴 수 있는 핵폭탄급 위험요소가 되어버렸다는 것이었다.

나는 나의 첫 번째 희생양이 될지도 모를 이균을 걱정했다. 그 역시 다른 하얗고 네모난 방에 감금돼 있다는 말에 죄책감이 들었다. 물론 나를 이용하고자 했던 그의 의도가 두고두고

괘씸하기는 했지만 말이다.

"이 박사는 좀 어떤가요?"

"아직까지는 별 이상 없고 아마 괜찮을 거야. 우리 박사들이
야 워낙 여러 실험을 하면서 갖가지 바이러스에 노출된 터라
꽤 면역력이 강하다고."

그가 바이러스에 감염되지 않았다는 것은, 예전의 그 냉정
하고 밥맛없는 태도로 돌아갔다는 말인데 어쩐지 섭섭했다.
그가 괜찮지 않기를 바라는 건 아니지만 문득 외롭다는 생각
이 들었다. 그러면 안 되는 걸 알지만 동병상련이 아쉬울 정도
로 치료는 점점 힘들어졌다.

나를 맥없이 편안하게 해주던 환각과 환상도 불안과 긴장에
게 자리를 내주고 서서히 현실의 감각이 돌아오기 시작했다.
마지막 치료제의 투입 후 일주일 지나고 나서부터는 하루에
한 번씩 채혈이 이루어졌는데도 여전히 아플 뿐 아니라 통증
과 함께 의심과 의혹이 부쩍 자라났다. 연구원들은 괜찮은지
묻는 질문에 "좋아지고 있다"라고 매번 똑같이 말했지만 그건
"지금 막 출발했다"라는 중국집의 변명만큼이나 믿을 수가 없
었다.

"정말 괜찮아지고 있는 거죠?"

나의 간절한 물음에 성 교수는 능글맞게 웃으며 대답했다.

"아니. 살아 있다는 것만 한 희소식이 또 어디 있냐고!"

그의 야릇한 웃음은 슬슬 나의 성질을 건드렸다. 여러 가지

복합적인 이유로 드디어 나는 이 주 만에 폭발하고 말았다.

*

"아, 아파요! 윗입술을 까서 이마 뒤로 넘기는 것만큼이나 아프다고요!"

매일 피를 뽑으러 오는 은색 안경테의 연구원 두 명과 결국 한판 붙고 말았다. 전혀 나의 고충을 고려하지 않고 사무적이기만 한 그들의 태도는 처음부터 모욕감을 불러일으켰다.

"얼마나 괴로운지 알아요? 나랑 한번 자리 바꿔볼래요?"

간만에 말문이 터진 나는 어리광을 부리는 심정으로 신경질을 늘어놓았다. 한참 인상을 쓰고 듣던 그들이 지나가는 말로 말했다.

"옥 양도 잘 견디는데……."

"……옥 양이라뇨?"

둘이 어깨를 으쓱하며 웃었다. 그들이 처음으로 아래층에서 일어나고 있는 이야기를 들려주었다. 실험실에서 나를 대신해 바이러스 증식 억제 실험을 당하고 있는 마우스 이름이 '옥 양'이라는 것이었다. 말 그대로 나의 설치류 분신이었다.

"걔는 건강한가요?"

나는 부들부들 떨며 물었다. 그들은 잠깐 애도의 표정을 지은 후 슬쩍 비웃는 얼굴로 대답했다.

"다 옥 양 덕분이죠. 옥택선 씨가 좋아진 건."

농담에 소질 없는 사람들의 문제는 역시 타이밍을 못 맞춘다는 거였다. 그 정도 조크에 함께 웃어줄 유머감각은 갖춘 나였으나 그 순간만은 그럴 수 없었다. 그들이 주사를 들고 내 팔을 잡는 순간 밀치면서 불같이 화를 냈다.

"이것들이 진짜 장난하나! 공부만 한 머리 피 터지게 한번 맞아볼래?"

몇 주간의 긴장과 울화가 단번에 폭발한 것이었다. 별로 힘껏 밀지도 않았는데 발라당 넘어지면서 테이블 모서리에 얼굴을 박은 연구원의 입술이 찢어졌다. 그 하얀 공간에서의 붉은 피는 눈곱만큼이기는 해도 무척 불길한 것이었다. 연구원들이 겁에 질려 달려 나갔다. 나는 헐크가 된 기분이었고, 헐크가 된 김에 반바지를 입고 마음껏 뛰어다니고 싶었다. 바닥에 연구원이 떨어뜨리고 간 카드키가 보였다. 나는 벅찬 환희에 떨며 어항이나 다름없는 그 방을 뛰쳐나왔다. 복도로 나오자 갑자기 넓어진 세상에 머리가 어질어질했다. 나는 복도에 있는 커다랗고 수상한 문들을 두들기며 소리쳤다.

"이 박사님 이 안에 있죠?"

왜 그랬는지 모르겠으나 나오자마자 이균을 찾았다. 왠지 그가 내 가까이에 있을 것만 같았다. 나는 이 소중한 기회를 놓칠 수 없었다. 누구든 만나고 싶었다. 특히 딸 실종신고를 해놓고 머리 싸매고 누워 있을 엄마에게 전화라도 하고 싶었다.

내가 복도에서 깡충거리고 있는 사이 낮은 경보음이 뚜우 울리기 시작했다. 유리문으로 제복을 입은 안전요원과 연구원들이 들어서고 있었다. 나는 방향을 돌려 반대쪽으로 뛰었다. 비상구가 나왔다. 오랜만에 움직여서 그런지 계단을 내려가는데 무릎이 엇갈렸다. 그래서 쫓아오는 무리들은 내 이름을 부르며 천천히 걸어오는데 나 혼자 흥분해 경중거리다 그만 발을 헛디뎠다.

나는 영화의 추격 장면에서 희생되는 불쌍한 조연처럼 계단 위를 처참하게 굴렀다. 경비와 연구원들이 나를 다시 방으로 데려왔을 때 나는 십 분 전보다 더 완벽한 포로 상태가 되어 있었다. 꼬리뼈에 살짝 금이 간 상태로 옴짝달싹 못 하고 누워 죄없는 형광등을 향해 분노를 표출해야만 하는 신세가 되어버린 것이었다.

정말이지 인내만을 요하는 하루하루였다. 이제 존재의 생존에 대한 불안이니 뭐니 하는 말도 필요 없었다. 그냥 불편하고 짜증 나고 지겨울 뿐이었다. 성질을 내도 다들 그러려니 무시하고, 성 교수는 아예 들어오지도 않았다. 그렇게 끔찍한 일주일인가가 흐르고 이제 퇴원하면 곧장 정신병원으로 가야겠다고 중얼거리고 있을 때 문이 열리며 성 교수가 들어왔다.

"어머, 내가 아직 여기 있는 거 알고는 계셨나 봐요?"

나는 이를 갈며 비꼬았다. 성 교수의 표정은 더없이 온화해 보였다. 나는 더욱 약이 올라서 그에게 건방진 말들을 쏟아냈다. 그런데 내 입이 험해질수록 그의 얼굴은 점점 환해졌다.

"어우, 재수 없어."

나의 이 말에 성 교수가 감격해 박수를 쳤다.

"드디어 원래 모습대로 돌아왔군. 옥 양, 수고했어."

그가 다가와 나를 따뜻하게 안았다.

"혈액 내 바이러스 활동성이 떨어진 지 며칠 됐는데 좀 더 지켜봤어. 그런데 이제는 말할 수 있을 것 같아. 잠정적인 완치라고."

얼떨떨했다. 성 교수가 바로 앞에서 촐싹거리며 기뻐하는데 농담인 줄 알았다.

"아, 우리 장모님이 점 보러 갈 때마다 내가 육십 줄 넘어 세계만방에 이름을 떨친다고 했는데 옥 양 덕분에 그 영광이 코앞에 닥쳤네. 고생 많았어."

"정말…… 저 나은 건가요?"

목이 메어 말이 나오지 않았다.

"일단 가장 치열한 전략적 요충지를 점령했고 지금은 승리의 진군 중이지. 아니, 본인은 달라진 거 모르겠어? 마냥 행복하고 들뜬 증상이 사라졌지 않아? 예전처럼 냉소적이고 욕구 불만 상태로 돌아가지 않았어?"

그건 사실이었다. 생각해보니 어느 때부터인가 바이러스 절정 때처럼 환상 속에 헤매며 마냥 설레어하지 않고 있었다. 따져보니 요 며칠 동안의 성질머리는 아프기 전의 나다웠다. 위험에서 벗어났다는 기쁨보다 현실과 과거에 대한 자각이 나를 흔들었다. 나는 그냥 다시 행복하지 않은 옥택선으로 돌아온 것이었다.

문이 열리고 이균이 들어왔다. 다시 하얀 가운을 입은 말끔한 모습이었다. 표정 또한 처음 만났을 때의 냉정하고 차가운 그것으로 돌아와 있었다.

"그래. 이제 우리 이 박사 보고도 가슴이 콩닥거리지 않으면 다 나은 거겠네. 어때?"

나는 그를 보았다. 그도 나를 보았다. 우리 사이에 어색한 시선이 보이지 않는 점선으로 이어졌다. 정확히 말할 수는 없지만 그를 보니 알 수 있었다. 무언가가 달라졌다고.

*

인생이 달라졌다. 다시 내 인생으로 돌아왔다. 아니, 인생은 결코 바로 일 분 전으로도 다시는 돌아갈 수 없는 것이었다.

그 후의 일들은 그야말로 정신없이 진행되었다.

인생이 달라진 건 성 교수와 연구진들이었다. 드디어 변종 바이러스가 전 세계 곳곳에서 나타나기 시작했다. 댄과 레이나가 있는 연구소가 공포의 발원지로 추정되었다. 그곳에서 일하는 인도인 청소부가 이혼한 전 부인과 음식물을 나눠 먹다 사랑에 빠져 현재의 부인을 차버리는 사건이 발생했다. 또 연구소의 한 이십대 연구원은 감염되자마자 처음 본 육십대 구내식당 요리사 아줌마와 사랑에 빠지고 말았다. 가장 유명한 사건은 할리우드의 유명 영화배우가 감염된지도 모른 채 바람을 피우다 상대방 유부녀 여자배우와 동반 격리된 사건이었다. 치사율은 스페인독감보다 높지 않으나 전 세계가 이 정체불명의 격렬한 러브 무드 바이러스의 출현에 경악했다.

이런 가운데 성 교수의 타이밍은 완벽했다. 성 교수가 이끄는 연구팀이 이미 이 변종 바이러스의 치료제 개발과 임상 실험까지 거의 마쳤다는 뉴스는 국내 언론은 물론 해외 유명 뉴스 채널에까지 대대적으로 보도되었다.

나는 CNN 〈프라임타임〉 뉴스에서 성 교수가 단독 인터뷰하는 장면을 보았다. 성 교수는 격조 높은 단어 선별과 무지하게 후진 발음이 특징인 UN 총장 스타일의 영어회화를 구사했다. 그는 이 바이러스의 문제점이 무엇이냐는 기자의 질문에 발작적인 감정의 혼란과 환상의 경험이 그 유례를 찾을 수 없다며 심각한 표정을 지었다. 그러면서 마지막으로 전 세계인들에게 이런 당부를 남겼다.

"여러분, 지나치게 두려워하지는 마십시오. 이 OTS 바이러스가 사랑의 감정과 유사하긴 하지만 여러분은 진짜 사랑에 빠진 것일 수도 있으니까요."

망할 자식. 성 교수는 결국 이 악동 바이러스의 이름을 내 영문 이니셜에서 따왔다. 내가 너무 창피해하자 엄마는 가문의 영광이라며 오히려 자랑스러워했다.

그렇다. 나는 다행히 가족들과 무사히 재회할 수 있었다. 그러나 그건 어디까지나 보호자의 정기면회일 뿐이었다. 나는 여전히 병원에서 나갈 수 없었다. 내가 서명한 그 비밀 계약서에는 '갑'의 최종적인 허락이 떨어질 때까지 지속적인 치료를 받아야 한다고 명시돼 있었다. 역시 '을'은 절대 보지 못하는 사항들이 곳곳에 숨어 있는 게 계약서란 물건이었다. 나는 계속해서 보호관찰을 받으며 나의 비밀을 알고 있는 몇 명하고만 면회를 가질 수 있었다. 나 때문에 위험천만한 고비를 넘긴 연우가 꽃다발을 보내왔고, 미리와 파워레인저가 과일 통조림을 사가지고 찾아왔다. 모두 나와 접촉했단 이유만으로 이 병원의 다른 병실에 감금되어 혹독한 검사를 받고 풀려난 자들이었다.

"언니, 상도가 언니 덕에 스타됐대."

미리가 입을 뾰족하게 내밀며 투덜댔다. 퇴원 후 서둘러 캐나다로 출국한 상도는 그곳 학교에서 며칠 동안은 동양에서 온 벙어리나 다름없는 왕따 학생으로 살았는데 세상에 그 학교의 치어리더 퀸카가 OTS 바이러스에 감염되자마자 보충수업을 받고 있던 상도를 보고 사랑에 빠졌다는 것이었다. 당연히 상도는 학교 최고의 스타로 등극했고 다른 치어리더들까지 뭔가 있겠지 하는 마음으로 상도에게 끊임없이 접근을 해서 상도는 난데없는 여자복에 보약을 해 먹을 정도로 기가 허해지긴 했으나 어쨌든 인생 최고의 시간을 보내고 있다는 것이었다.

"상도가 누나한테 고맙다고 전해달래요."

"말은 바로 해야지. 누누이 강조하지만 이 OTS 바이러스의 창조자는 내가 아니란다."

"억울하면 이름을 바꾸시든가."

미리는 못 보던 사이 더 냉소적인 소녀가 되어 있었다. 그럴 만도 했다. 이미숙을 닮은 미리의 전설적인 방화범 어머니와 파워레인저 아버지와의 재혼이 깨진 때문이었다. 그럼 잘된 일이 아닌가 싶지만 역시 금기가 사라진 사랑은 싱거운 모양이었다.

"언니. 나는 요즘 그런 생각을 해."

어느 날 정기면회 시간이 다 끝날 무렵 혼자 찾아온 미리가 심각하게 이야기했다.

"어쩌면 나는 방화벽이 아니라 도벽이나 팬티 수집벽 같은 이상한 것에 더 재능이 있을지도 모른다는 생각이 들어. 나랑 엄마는 다른 사람이잖아."

"현명한 생각이다. 그런 의미에서 이제 그만 파워레인저 오빠도 놓아주려무나."

나는 미리의 각성을 칭찬해주었다.

"언니. 미국에 철조망 마니아들이 있단 얘기 들어봤어. 세상에. 딴것도 아니고 철조망이라네. 철조망이 그게 보기에는 다 똑같아 보여도 철의 매듭과 재질, 또 만든 회사와 제조년도에 따라 차이가 나고, 하여튼 역사가 깊고 종류가 다양한가 보더라고. 그걸 수집하는 병신들이 있다네."

나는 아무리 거지 같더라도 타인의 취향을 함부로 폄하해서는 안 된다고 점잖게 충고했다.

"그래도 그렇지. 그걸 어떻게 모은다는 거야. 접근하지 말라고 만들어놓은 것을 굳이 손에 넣으려는 심리가 뭐냐고?"

미리는 흥분했고 그건 일리가 있는 말이었다.

"그런데 말이야. 언니. 오늘 갑자기 그 똘아이들이 이해가 가더라고. 인생이란 게 결국 철조망 마니아의 심정으로 살아야 하는 게 아닐까 싶어. 찔릴 줄 알면서도 가지려 하는 그 뜨거운 변태의 마음으로 말이야."

우리는 남북전쟁 당시의 희귀한 철조망을 찾아 헤매는 철조망 마니아들을 떠올리며 잠시 생각에 잠겼다.

"언니, 나 말이야, 철조망 마니아 국내 1호가 되어볼까 하고. 언니도 할래?"

그건 미리가 낸 의견 중에 그나마 쓸 만한 거였다.

"그래. 일단 삼팔선부터 뜯어보자꾸나."

"맞아. 뉴스에서 이균 박사님 봤는데. 그 아저씨 출세했더라. 자주 봐?"

나는 축 처져서 고개를 가로저었다. 이균은 완치를 통보하러 온 날 이후로 한 번도 나타나지 않고 있었다. 철저하게 이용당했다는 배신감보다 그냥 그저 섭섭했다. 어찌나 허무하고 무료한지 한 사람이라도 더 이 옥택선이란 존재를 알고 있는 사람과 만나고 싶었다. 나는 어서 밖으로 나가 평소에 그토록 지겨워했던 나의 가난하고 심심한 일상으로 돌아가고 싶었다.

그런 내게 성 교수의 통보는 충격적이었다. 성 교수는 최소 육 개월의 연장 입원을 권유했다. 내가 창문을 깨고 탈출하려고 하자 성 교수가 냉정하게 타일렀다.

"옥 양, 이 경우는 사례가 전무하기 때문에 계속 지켜봐야 한다고. 혹시나 면역이상이라도 일어날 경우 병원에 있어야 즉각 조치를 받을 수 있지. 적어도 육 개월은 우리의 보호하에 그냥 있어요. 말했잖아요. 잠정적인 완치라고."

"우이씨, 그럼 언제 또 재발될지 모른다는 말이에요?"

"바이러스는 사라지지 않습니다, 옥 양. 잠시 활동을 멈출 뿐이지. 괜찮나 싶다가 간헐적으로 반복되는 잠복감염도 있을 수 있고. 그냥 운명이라 생각하고 영원히 함께 사는 거야. 바이러스 지 놈도 살고 싶으면 옥 양을 해치지는 않을 테니까."

치료가 됐다고 기뻐했는데 진정한 치료는 없다니 이건 말도 아니었다.

"엉터리! 그럼 다른 사람들도 치료한다고 나처럼 잡아둘 거예요?"

"몇 번을 말해. 옥 양은 우리가 명예를 걸고 처음부터 끝까지 책임져야 한단 말이야. 옥 양은 이제 이 바이러스의 영원한 마스코트라고!"

성 교수는 나를 찬양하며 추켜세웠다. 더 반항할 기력도 없는 내게 성 교수가 친절히 예를 들며 설명해주었다.

"전혀 겁먹을 필요 없다니까. 좀 더 길게 생각하고 협조만 해주면 돼. 이렇게 보면 된다고, 옥 양. 우리가 사랑을 했어. 그런데 헤어져. 그래도 사랑은 우리의 영혼 어딘가에 남지 않아? 추억이나 미련이나 복수심이나 뭐 그런 다양한 감정들로 말이야. 그러다가 다시 그 사람을 만나면 또 사랑이 솟아나기도 하잖아. 그지?"

"저는요, 옛날에 사귄 애랑 엮이는 거 싫거든요."

성 교수가 똑똑하다며 나를 칭찬했다.

"그럼, 그럼. 멍청한 애들이나 그 짓 하지. 먹고 나서 배탈 난 식당에 왜 또 가. 그래도 참 다행인 것이, 살다 보면 옛날 애인 다시 만날 일이 거의 없다는 거야."

그건 매우 공감이 가는 사실이었다.

"그건 그래요. 나랑 연애했던 남자들은 죄 이민을 갔거나 우주인이 납치했나 봐요."

성 교수가 박수를 치며 빙고를 외쳤다.

"그래. 바로 그거야. 바이러스도 그래. 재발될 가능성은 있지만 진짜로 일어나는 일은 없는 거야. 사람이 그렇게 재수 없기도 쉽지 않거든."

성 교수의 비유는 적절했지만 심란한 나를 안심시킬 수는 없었다. 나는 가슴이 뻐근하게 아팠다. 가슴 깊숙이 묵직한 불안이 자리를 잡으며 건드릴 수 없는 거대한 뿌리를 뻗는 느낌이었다.

"아, 교수님. 인생을 살면서 계속 이런 불안을 시한폭탄처럼 안고 살라고요? 저 아직 젊단 말이에요."

얄밉기는 해도 그래도 명색이 나의 주치의인 성 교수가 진지하고 따뜻한 눈빛으로 위로해주었다.

"너무 걱정하지 말아요, 옥 양. 젊은 환자들이 더 비관적일 때가 있긴 하지. 그래, 내가 옥 양이라도 억울할 거야. 하지만 어쩌겠어. 이미 벌어진 일인데. 이렇게 생각해봐요. 늙어서 아픈 건 누구나 하는 일이지만, 젊어서 아픈 건 나만 할 수 있는 일이라고. 젊은 환자들이 병을 알고 그걸 겪어냈을 때에는 두 배의 인생을 살게 되거든."

그건 성 교수의 말 중에서 그나마 가슴 어딘가에 와닿는 말이었다.

"교수님은 모르세요. 제 앞날이 얼마나 깜깜한지. 정말 먹고 살기도 힘들다고요."

"내가 생각해도 그건 좀 안됐어. 어쩌겠어. 대한민국에서 태어난 걸. 다음 생에는 거지로 태어나도 꼭 복지국가 스웨덴 덴마크 이런 데에서 태어나게 해달라고 기도해줄게. 하지만 지레 포기하지는 마. 또 알아? 기회가 올지?"

그러면서 성 교수는 특유의 음흉한 눈웃음을 흘렸다. 뭔가 새로운 꿍꿍이셈이 있는 얼굴이었다.

"바……이러스 가이드요?"

성 교수가 나에게 이상한 일거리를 제안했다.

"현재 이 분야의 최고 전문가는 내가 아니라 바로 우리 옥양이지. 택선 씨가 처음 가졌던 혼란과 착각을 이제 다른 사람들도 똑같이 겪게 될 거거든. 어때? 환상에 젖어 있는 그들을 현실의 세계로 인도하는 길잡이가 되는 것은? 으흐, 땡기지?"

"얼마 줄 건데요?"

내 말에 성 교수가 갑자기 상처받은 표정을 했다. 내 경제적 사정을 알 리 없는 그로서는 그럴 만도 했다.

"제 일 년 연봉은 주셔야 해요."

성 교수가 긴장했다.

"그게 얼만데?"

"삼백이요."

진짜로 성 교수는 큰 충격을 받았다. 죽도록 일한 결과 삼 년 동안 천만 원을 번 이 시대의 젊은이가 불쌍해 두 눈에 눈물이 그렁그렁 맺힐 정도였다.

"그런데 그들이 내 도움을 필요로 할까요?"

"필요하지. 물론 쉽지는 않을 거야. 꿈을 깨뜨리는 것보다 더 어려운 일이 현실을 깨닫게 하는 일이거든."

호기심이 생겼다. 어느 날 갑자기 벼락치기하듯 삶과 죽음에 대해 고뇌해야 하는 나 같은 처지의 인간을 만나야 한다는 사실은 유감이며 부담이었으나 내가 통과한 그 어두운 터널을 다시 확인하고 싶은 마음이 들었다. 또 처음으로 나란 인간이 이 사회에 보탬이 될지 모른다는 기대도 생겼다. 그래서 나는 얼떨결에 유례가 없는 최첨단 신종 직업인 '바이러스 가이드'에 도전하기로 했다.

물론 성 교수가 나 좋으라고 일거리를 줬을 리 없었다. 성 교수의 사업적 야망은 대단했다. 그가 욕심을 낸 건 치료제뿐 아니라 OTS 바이러스의 감염 여부를 확인할 수 있는 진단 키트의 상업화였다.

치료제는 감염이 확정된 사람에게만 필요했지만 진단 키트는 감염이 걱정되는 모든 사람에게 필요했다. 성 교수가 제시한 특허 지분의 십 퍼센트는 로또나 다름없는 것이었는데 과연 교수인지 특허 정글의 사냥꾼인지 모를 그의 대단한 수완 때문에 키트 제작은 일사천리로 진행되었다. 당뇨 환자가 손 끝만 살짝 찔러 혈당량을 재는 것과 비슷한 원리로 이 키트도 약간 따끔거리는 느낌만으로 감염 여부를 알 수 있었다.

성 교수는 '랩 온 어 칩'이라는 비싸고 멋져 보이는 최신 기법 을 이용해 진단 기계까지 팔기 시작했다. 진단 기계의 액정화 면에 빨간 시그널이 들어오느냐 들어오지 않느냐에 따라 임신 진단 키트의 줄 개수를 확인할 때와 같은 기쁨과 한숨이 교차 했다. 가끔 성 교수의 제자들이 친구들의 부탁으로 이 키트 없 이 일반 PCR법으로 지인들을 진단해주기도 하는 모습을 보면 서 과연 꼭 그렇게 복잡하고 요상한 기계가 필요한지 의심스 러웠으나 어쨌든 성 교수의 동물적인 예감은 적중했다.

모 제약회사와 손잡고 만든 이 기계와 인류를 지탱하는 강 력한 힘인 사랑에 대한 열망과 의심이 결국 그를 돈방석에 앉 혀놓았다. 사람들은 이 감정이 과연 사랑인지 아니면 OTS 바 이러스 때문인지 확인하기 위해 열심히 키트를 찾았다.

그런 성 교수에게 나는 걸어 다니는 인간 키트였다. 이미 그 세계를 경험한 내가 날카로운 직관력을 동원해 감염자를 판별 해낼 거라는 것이 성 교수의 주장이었으나, 진짜 속내는 따로 있었다.

그는 감염자의 시각으로 작성된 감염자 관찰 보고서를 원했 다. 그건 훗날 그의 명예를 더욱 공고히 하기 위한 서적 출간을 위해 꼭 필요한 일이었다. 내겐 뭐 그리 어려운 일도 아니었다. 성 교수와 연구팀이 세계 곳곳으로 출장을 다니는 동안 나는 전 세계 하나뿐인 감염자의 멘토 역할을 자처하며 업무를 시작했다.

'바이러스 가이드'가 된 내가 처음 안내를 맡은 사람은 LA에서 온 스물두 살짜리 여자 유학생이었다. 그 여대생은 다행히 공항에서 내리자마자 고열이 진단돼 곧장 병원으로 옮겨졌는데 자신을 돕던 구급차 응급요원을 보고 그만 사랑에 빠졌다. 그녀는 비행기에서부터 유치원 때 반나절 유괴당했던 환상을 체험하고는 울고불고 난리를 쳐서 사람들을 질리게 했다.

"언니. 저 미친 거 아니죠?"

여대생은 패닉 상태에서 치료제도 거부해 서둘러 나와 면담을 가져야 했다. 나는 친절히 내가 겪은 그 지랄 맞은 시간에 대해 설명해주었다. 내가 본 과거의 환영과 급기야 나를 병원으로 잡아온 성질 더러운 연구원에게 사랑을 느낀 일까지 소상히 이야기해주었다.

"너무나 흥분이 돼서 숨조차 쉬기 힘들어요. 가슴도 막 뛰고요. 아무래도 그 응급요원도 절 좋아하는 것 같아요. 만날 수 없을까요? 저, 아픈 거 아니죠?"

"네. 제가 딱 미친년 널뛰듯 그랬어요. 자아, 심호흡하시고요. 지금의 감정은 모두 가짜예요. 가짜. 어서 현실로 돌아와서 치료를 받아야 해요."

"저, 얼마나 컨디션 좋다고요. 기분도 얼마나 짱인데요."

여대생은 볼이 발갛게 달아올라 정말 행복한 미소를 지었다. 내가 저랬을 거라 생각하니, 또 그 꼴을 사람들, 특히 이균이 내내 지켜봤다고 생각하니 아무래도 그가 기억상실증에 걸릴 수 있게 방도를 취해야 할 것 같았다.

"가이드 언니, 소름 끼치도록 살아 있다는 느낌이 들어 무섭기도 하고 설레기도 하고. 이런 기분 처음이에요. 저한테 지금 무슨 일이 일어나고 있는 걸까요?"

여대생은 어린 시절 유괴당했던 공포의 시간과 다시 부모님의 품에 안겼던 순간을 설명하며 내 손을 잡고 눈물을 흘렸다.

"멍청한 유괴범이 경찰을 보자마자 도망갔거든요. 경찰서 소파에서 부모님을 기다리면서 맡던 그 땀내와 지린내를 바로 지금 이 순간에도 맡을 수 있어요. 도대체 이게 뭔가요?"

"마법의 시간이에요. 이 바이러스에 걸리면 만나게 되는. 잊고 지내던 인생의 어느 한 순간이 찾아오죠. 그게 왜 오는지는 몰라요. 그 비밀은 본인만 풀 수 있어요."

"아, 엄마 아빠가 너무 보고 싶어요."

여대생은 먼 옛날 오로지 엄마와 아빠를 다시 만나기 위해 세상의 모든 신에게 기도했던 그 어린 소녀가 되어 엉엉 울었다. 나는 직감적으로 여대생이 무사히 치료를 마치고 돌아갈 것이며 분명 과거보다 더 나은 삶을 살 거라고 생각했다. 여대생은 착한 본성을 가졌고, 사람의 본성은 아플 때 더 선명히 드러나는 법이니까.

"괜찮을 거예요. 미인박명이라잖아요. 우린 오래 살 거예요."

다행히 나의 격려가 조금이나마 도움이 된 듯했다. 여대생은 적절한 시간 안에 치료를 시작했기에 무사할 수 있었다. 나 또한 긍정적이고 건강한 환자를 만난 덕에 첫 임무를 그럭저럭 마칠 수 있었다.

그러나 바이러스 가이드 업무는 예상과 달리 결코 만만한 일이 아니었다. 나는 세상에서 제일 심각한 블랙코미디의 연출자가 된 심정이었다. 그 어떤 우습고 슬픈 장면 앞에서도 나는 먼저 웃거나 울어서는 안 됐다.

*

두 번째로 상담을 한 전직 국가대표 스케이트 선수는 일본에서 열린 국제 경기에서 감염이 됐는데 메달을 못 땄다는 충격까지 더해져 완전 폐인 상태가 되어 실려 왔다. 그는 격리실에서도 계속 스케이트 타는 시늉을 하여 모두를 안타깝게 했다. 그가 사랑에 빠진 상대는 사람이 아닌 바로 그가 평생 타온 스케이트였다.

"놀랍지도 않아요. 다섯 살 때 처음 본 순간부터 한 번도 스케이트를 사랑하지 않은 적이 없으니까요. 문제는, 저 혼자만 짝사랑했다는 거죠. 중요한 시합마다 스케이트는 저를 배신했지만 아직도 전 그녀의 마음을 얻기 위해 쩔쩔매고 있네요."

스케이트 선수는 한숨을 쉬며 괴로워했다. 그의 눈에서 날카롭고 매정한 스케이트의 은빛 날이 반짝이는 게 보였다. 나는 그의 고통을 이해할 수도 있을 것 같았다.

"아아, 앞으로도 계속 이렇게 짝사랑만 해야 하는 건가요? 전 스케이트 말고는 아무것도 할 줄 아는 게 없어요. 하지만 이젠 너무 늙었다고요. 전성기를 누리지도 못하고 제 청춘은 끝나버렸어요."

가슴이 아팠다. 최선을 다해도 빛나지 못한다는 건, 그냥 가만히 햇살만 바라보아도 눈물이 나는 일이었다. 나는 최대한 감정이 상하지 않게 신중히 조언했다.

"저도 선수님처럼 그런 불안을 겪었고 지금도 마찬가지예요. 혼자 발버둥 치는 느낌이죠. 특히 이 병을 겪은 사람들은 그 불안이 더 심해져요. 다시 좋아질 수 있을까, 다시 이런 불운을 겪지 않을 수 있을까, 다시 누군가를 사랑할 수 있을까, 두려울 거예요. 다른 사람들은 괜찮은데 왜 나만 또 재수 없게 걸려들었는지 화가 날 거고요. 하지만 다행인 건 우리는 일단 통과했다는 거예요. 기록은 나쁘더라도 어쨌거나 결승선은 지났다고요."

스케이트 선수는 고개를 푹 숙인 채 아무 말도 하지 않았다. 안타깝게도 이 초보 가이드의 충고가 그에게는 별 도움이 되지 못하는 듯했다. 나는 그에게 더는 위선적인 격려 따위는 하고 싶지 않았다. 그는 그 무언가를 위해 자신의 영혼과 열정을 다 바친 사람이었고, 한 번도 그것을 경험해보지 못한 사람은 절대 이해할 수 없는 아픔을 안고 있었다.

"그래도 지금 행복하시죠?"

나는 진심으로 그에게 물었다.

"스케이트와 다시 사랑에 빠졌으니까요."

스케이트 선수가 조용히 고개를 끄덕였다.

"그 마음 알 것 같아요. 저도 항상 재능 없는 저질 작가라는 소리를 듣지만 글 쓸 때가 가장 좋거든요. 하지만 매번 실패하기 때문에 다시 책상에 앉기가 정말 너무 무지 힘들어요. 그렇기 때문에 저는 지금 선수님이 진심으로 부럽네요. 가장 사랑하기 어려운 상대를 다시 사랑할 수 있게 됐으니까요."

우리는 서로를 바라보았다.

스케이트 선수의 눈이 반짝거렸다. 그의 눈동자에 그동안 타온 수많은 은빛 스케이트의 날이 번쩍번쩍 쉭쉭쉭쉭 날아다니고 있었다. 그의 꿈과 영광과 실패가 작은 은빛 조각이 되어 뚝뚝뚝 떨어졌다. 그건 얼음처럼 순수하고 아름다운 눈물이었다.

그는 그날 밤 그동안 경기장에서 참아야 했던 눈물을 모두 쏟아냈다. 그리고 며칠 후 스케이트 선수는 1차 완치 판정을 받고 일반 병실로 옮겨졌다.

내가 만난 환자들은 다행히 제시간에 처치를 받은 행운아들이었지만 이 빌어먹을 OTS의 특성상 치료 후에도 지속적인 주의를 해야 했다. 다들 여전히 어떤 거대한 환상과 공포에 휩싸여 있었는데 마치 실연을 당한 후 정신이 나간 사람들 같았다. 정말이지 내 이름에서 따왔다는 사실이 미안할 정도로 이 OTS 바이러스는 요물단지였다.

신혼여행에서 돌아오자마자 각자 격리된 신혼부부가 있었는데 그들은 병적 증상이 나타날 때 경험한 마법의 시간 때문에 치료를 마치고 나서도 서로의 얼굴 보기를 거부했다. 부부는 내가 남수필의 기억을 내 것인 양 체험했던 것처럼 상대에게 들은 서로의 추억을 목도했는데 그게 화근이었다. 그들은 둘이 만나기 전 다른 상대와 함께 있는 모습을 보고 충격을 먹었다. 지금보다 더 아름답고 행복해 보인다는 이유 때문이었다.

"두 분 다 그때는 정상이 아니었다고요. 감정의 사기극에 당한 거예요. 두 분이 진심으로 사랑하는 사람은 여전히 서로예요."

내가 아무리 아니라고 해도 그 답답한 부부는 마음의 상처를 대충 덮으려 하지 않았다.

"분명 봤어요. 저 사람, 내가 아닌 그 사람하고 더 잘 어울렸어요. 나랑 있을 때는 그렇게 웃지를 않는다고요."

"가이드님도 아실 거 아니에요. 그 생생하게 살아 있는 광경을 보고도 아무것도 아니라고 단정 지을 수 있나요?"

그들은 오히려 나의 정신 상태를 파고들어 분석하려 했다. 말이 가이드지 쥐뿔도 모르기는 마찬가지여서 나는 그 부부가 무서웠다. 그 집요한 부부는 OTS 바이러스의 실체와 이면을 캐내려고 서로를 괴롭혔다. 내가 보기에 그들의 관계는 OTS 가 아니더라도 평탄하지 않을 것 같았다. 서로가 얼마나 신뢰 하지 않는지를 OTS가 좀 더 빨리 확실히 보여주고 있는 것뿐 이었다.

점점 더 바이러스 가이드 일이 어려워졌다. 내가 처음 이 일 을 하고자 했던 이유는 나의 선구자적인 경험이 사람들에게 희망을 줄 수 있을 거라는 얄팍한 기대에서였는데 그렇지도 않았다. 사람들에게 고통은 매번 새로운 여행이었고 가이드는 그저 설명자에 불과했다. 그 위험한 여행을 어떻든 감수해야 하는 자는 내가 아니라 그들 자신이었다.

*

다행히 OTS 바이러스의 국내 전염 속도는 미주와 유럽에 비해 현격히 느렸으나 곳곳에서 예상치 못한 문제가 발생했 다. 그건 우리나라뿐 아니라 전 세계적인 현상으로, 따져보면 전혀 예상치 못한 문제도 아니었다.

나와 남수필이 그랬던 것처럼 감염이 되고 나서 환상을 경 험한 많은 이들이 몽롱한 상태로 환희와 공포에 떨면서 어디 론가 숨어 돌아다니느라 친지들의 속을 바짝 태우고 있었다. 그래서 관리본부는 증상이 시작되자마자 즉각 병원으로 오라 는 내용의 홍보물을 계속 강조하며 내보냈다. 나는 최초의 바이러스 가이드로 그들을 찾아나서는 임무에도 투입되었다.

내가 처음으로 구급요원들과 함께 출동해 잡아야 했던 환자는 무직의 오십대 남성이었다. 그의 딸이 열이 난다며 방에 드러누워 있던 아버지가 사라진 걸 보고 즉시 신고한 것이었다. 딸은 직접 성 교수의 연구소로 전화를 걸어 울면서 부탁했는데 사연을 듣고 가만히 있을 수 없었다.

딸의 아버지는 암 환자였다. 아버지가 평생 일한 대기업의 지방 공장은 그 말고도 많은 암 환자를 배출해낸 곳이었다. 그 문제로 동료들과 소송을 준비하던 아버지는 어떤 압력으로 인해 포기한 이후 심각한 우울증을 앓고 있었다.

경험상 나는 그가 자신이 일하던 공장으로 다시 돌아갔을 거라고 직감했다. 과연 핸드폰 위치 추적을 통해 발견된 그는 모범택시를 타고 그 공장으로 가고 있는 중이었다. 대한민국 대학생들이 가장 가고 싶어 하는 대기업의 로고가 반짝이는 그 공장 정문 앞에서 붙잡힌 아버지는 구급요원들이 손목을 잡는 일조차 조심해야 할 정도로 가냘프고 초췌했다. 그는 자신을 막는 우리를 향해 이 한마디만 계속했다.

"놔요. 늦었어요. 지각은 안 돼. 내 사전에 지각이란 없다고!"

그는 제발 지각만은 피해야 한다며 공장 문을 향해 삐쩍 마른 다리를 내디뎠다. 아이처럼 가벼운 그를 번쩍 들어 업는 건 무척 쉬운 일이었다. 그러나 그의 목소리는 잘 들리지 않아서 무슨 말을 하는지 알아듣기가 매우 어려웠다. 그에게는 더 싸울 기운이 남아 있지 않아 보였다. 그는 이미 너무 오래 싸웠다. 그에게 신종 바이러스 따위는 아무것도 아니었다. 이미 오래전부터 무언가가 그의 삶을 계속 갉아먹고 있었다. 그를 도울 수 있는 사람은 내가 아니었다. 누구도 그를 도울 수 없었다.

언제부터인가 나는 길을 잃은 기분이 들기 시작했다. 누구를 돕기는커녕 그 누구의 삶을 들여다보는 일이 때때로 감당하기 버거웠다.

나는 환자의 현재 증상만 살피면 되는 줄 알았는데 아니었다. 누군가의 아픔을 알기 위해서는 그의 모든 것을 알아야 했다. 점점 자신감이 사라지고 우울해졌다. 미역 할머니를 만난 날, 나는 드디어 한계를 인정하지 않을 수 없었다.

이마에 열이 펄펄 끓는 채로 사라져버린 할머니를 찾아달라는 아홉 살 소년의 울먹이는 목소리를 외면할 수 없었다. 우리는 바로 소년의 집으로 출동했다.

소년이 갓난아기 때 엄마와 아빠가 차례로 가출한 이후 서울 한복판 산동네 판잣집에서 폐지 줍는 할머니와 단둘이 살고 있다고 했다. 꼬치꼬치 캐묻는 나의 질문에 소년은 더듬더듬 대답했다. 겁에 잔뜩 질려 있었다. 소년은, 아래 동네 어느 대문가에서 주운 선물상자에 남아 있던 화과자를 먹고 난 이후 열이 나기 시작했다고 말했다.

"어디 가실 만한 데 없니?"

내가 묻자 소년은 몇십 년째 이 산동네를 벗어난 적이 없는

분이라 폐지 주울 때 말고는 멀리 나가는 걸 무서워하신다고
했다.

"돈도 안 가지고 나가셨어요. 원래 없지만. 그런데 부엌에 큰
냄비가 없어진 것 같아요."

나는 소년에게 그동안 살았던 산동네 집들의 약도를 그려달
라고 부탁했다. 소년과 할머니는 그 미로 같은 동네의 벌집만
한 방들을 계속 옮겨 다니며 살고 있었다. 소년은 마지막으로
자신이 태어났다고 듣긴 했지만 한 번도 가보지는 못했다는
산꼭대기 집을 알려주었다. 나와 구급요원들은 동네를 오르고
오르며 골목골목을 샅샅이 뒤지기 시작했다. 손금처럼 이어졌
다 끊어졌다 다시 이어지는 작은 골목들을 뒤지고 뒤졌다. 점
점 지쳐갔다. 몇 시간을 헤맸지만 할머니의 그림자도 찾을 수
없었다. 우리는 예전에는 판자촌이었다가 최근 공원으로 조성
된 산꼭대기까지 올라갔다.

할머니를 발견할 수 있었던 것은 순전히 냄비 덕분이었다.
햇빛에 반사된 냄비가 반짝이는 바람에 우리는 저 멀리 풀숲
에 숨어 있는 할머니를 찾아낼 수 있었다. 할머니는 땀을 뻘뻘
흘리면서 쭈그리고 앉아 냄비를 살피고 있었다. 정말 이상한
광경이었다. 나는 다가가 할머니가 열심히 들여다보고 있는
냄비 속을 보았다. 그 안은 새까맸다. 자세히 보니 무서울 정도
로 물에 퉁퉁 부은 미역이 한가득 들어 있었다.

"할머니, 뭐 하세요?"

나는 조심스럽게 물었다.

"응. 우리 손자 녀석이 태어났거든. 며느리 주려고. 이거 먹어야 젖이 잘 나와."

할머니는 천사처럼 해맑게 웃으며 검은 미역을 바라보았다. 정말 행복한 얼굴이었다.

"할머니. 이 집 사세요?"

내가 묻자 할머니가 고개를 끄덕거렸다. 다리에 힘이 풀려서 나는 할머니 옆에 주저앉았다.

할머니도 그 유명한 마법의 시간을 만나고 있는 중이었다. 할머니의 마법의 시간은 사랑하는 손자가 태어나고 며느리와 아들이 함께 살았던 어느 먼 옛날 짧고 행복했던 봄날이었다. 나는 다시 할머니에게 물었다.

"할머니…… 좋으세요? 뭐가 그렇게 좋으세요?"

할머니는 이가 다 빠진 잇몸을 환히 드러내며 웃었다.

"그럼. 좋지. 사는 게 좋잖아. 오래오래 살려고. 사는 게 너무 너무 좋아."

할머니는 사랑에 빠진 소녀처럼 두 뺨을 선홍색으로 붉히며 행복하게 웃으셨다.

할머니가 OTS 바이러스 때문에 사랑을 느끼게 된 상대는 바로 삶 그 자체였다. 할머니는 끊임없는 가난과 힘든 노동과 손자의 우윳값도 못 내는 서러움만 안겨주는 이 무정한 인생을 아직도 뜨겁게 껴안으려 하고 있었다.

무서운 바이러스가 할머니의 얼마 안 남은 삶을 집어삼키려 하고 있지만 할머니는 사랑으로 견디고 있었다. 할머니에게는 원망도 슬픔도 없었다. 그저 살아가는, 살아 있는 것이 행복할 뿐이었다.

나는 오직 죽음에 대한 걱정으로 괴로워하던 지난 시간을 돌아보았다. 확실한 건 지금 이 순간만큼은 할머니가 나보다 더 젊고 예뻐 보인다는 사실이었다.

할머니는 웃고 있는데 어쩐지 자꾸 눈물이 났다. 바람결에 미역 비린내가 날아올라왔다. 나는 깊이를 알 수 있는 컴컴한 바닷속에서 혼자 울고 있는 기분이었다. 앞으로 생일이 돌아오는 한, 이 날것의 푸릇한 비린내를 결코 영원히 잊지 못할 것 같았다.

\*

오랜만에 나를 보러 병원에 찾아온 연우에게 나는 속내를 털어놓았다.

"아무래도 이 일 때려치워야겠어. 요즘 정말 우울해. 그 할머니는 차라리 지금이 더 행복할지 몰라. 그냥 할머니를 놔두는 편이 나을지 모른다고. 우리가 그 불쌍한 할머니에게 선물할 수 있는 건 이 새로운 병균밖에 없는지도 몰라."

나는 감정을 추스르지 못한 채 괜히 열을 냈다.

"너는 상상할 수 있니? 나중에 그 할머니 나이쯤 됐을 내 모습을? 내가 할머니처럼 잠깐이나마 그런 행복을 누릴 수 있을까? 인생이 좋다고, 너무너무 좋다고 자신 있게 말할 수 있을까?"

나 역시 차라리 아플 때가 더 행복했다고 말하자 연우가 차분한 얼굴로 충고해주었다.

"행복? 그게 다는 아니잖아? 우리가 간장게장과 벨기에 초콜릿을 먹을 때 행복한 건 사실이지만 평생 그것만 먹을 수는 없잖니."

연우는 평소에 볼 수 없는 어두운 표정을 지었다.

"우리 과 여직원 한 명이 상태가 안 좋대. 아프기 전날 회식하고 내가 술 깨는 약 먹여서 택시에 태워 보냈거든. 저번에 택선이 너 때도 그렇지만 요즘 내가 얼마나 운이 좋은지 느껴. 그리고 처음으로 그게 미안하게 느껴져."

뭐라고 말을 해야 할지 몰랐다. 운이 지지리 좋은 것을 위로할 수도 없는 노릇이었다. 어쩌면 연우는 처음으로 어렴풋하게 인생의 아픔을 느끼고 있는 건지도 몰랐다. 우리는 잠시 그동안 느끼지 못했던 세상의 고통들에 대해 생각해보았다. 그것들이 우리를 공격하지 않는다고 안심할 수는 있어도 존재하지 않는다고 부정할 수는 없었다. 결국 우리가 살아 있음을 느낄 수 있는 것은 그런 고통들 때문일지도 몰랐다.

연우와 나는 서로를 바라보았다. 우리는 갑자기 오 년은 더 늙은 것 같았다.

나는 더는 바이러스 가이드 활동에 흥미를 가지지 못했다. 그래서 성 교수가 유럽 출장에서 돌아오면 계약서고 뭐고 그냥 관둬야겠다고 결심을 굳히고서 짐 싸놓고 기다리고 있는데 그만 문제가 터져버렸다. 다 김 군 때문이었다.

모 아이돌 그룹의 리더인 김 군이 치료제 투입 후 이상 증세를 보여 소속사 사장이 내게 데려왔는데 녀석은 안 그래도 심란한데 더욱 나를 피곤하게 했다. 김 군은 이제 자기 인생은 끝났다며 돌발적인 폭력 성향을 보였다. 그건 이해할 만도 했다. 그는 바이러스 감염 직후 생방송에서 최고 인기 걸그룹 멤버 모두에게 성희롱에 가까운 프러포즈를 했다. 곧 그 그룹의 팬클럽 회장이 전 회원에게 김 군을 제거하라는 명령을 내렸다. 그건 거의 호메이니가 살만 루슈디에게 내린 죽음의 선고나 다름없었다.

"씨이. 안티만 백만이야. 연습생 생활만 십 년을 했는데."

인생의 반 이상을 연습실에서 보내느라 한문으로 자기 이름도 쓸 줄 모르게 된 김 군으로서는 억울할 만도 했다.

"가이드? 여행 온 것도 아닌데 뭔 가이드? 웃기고 있어. 아줌마 인생이나 똑바로 사세요."

김 군은 나만큼이나 나를 신뢰하지 않았다. 어쨌거나 그 김 군이 결국 사고를 일으키고 말았다.

어느 날 김 군이 감금당해 있는 VIP 병실로 갔는데 보이지가 않았다. 화장실 문을 열어보니 김 군이 욕조에 눈을 감고 누워 있었다. 옆에 드라이기가 있는 걸 보고 놀라서 달려가 얼른 콘센트를 뽑았다. 그 순간 지지지징 단백질 타는 냄새와 함께 온몸이 떨렸다. 감전 사고였다. 내 몸에 전류가 통한 그 순간 무슨 일이 벌어진 걸까. 그 후 나는 심한 고열을 동반한 감기 증상을 보이기 시작했다.

　그건 단순한 감기가 아니라 내가 그토록 두려워한 바이러스의 재발이었다. 계속 땀이 흐르고 숨이 가쁘고 뇌 속으로 바람이 수시로 들락거렸다. 연구팀은 단순 몸살이라고 우겼지만 나는 알 수 있었다. 분명 내 안에서 어떤 기막힌 일이 벌어지려 하고 있었다. 나는 다시 병실 침대에 누워 두려움에 끙끙 앓는 신세가 되어버렸다. 주치의인 성 교수가 어서 돌아와 나의 충격적인 재발에 정확한 처치를 내리기를 기다리는 수밖에 없었다.

　"선생님까지 이러시면 저 곤란하거든요."

　병문안 온 김 군은 미안해하는 것도 모자란 판에 나를 원망하기까지 했다.

　"얘. 너 차라리 그 걸그룹 팬클럽 회장과 사귀는 게 어떻겠니?"

　"저 진로를 바꿔볼 생각이에요. 저도 선생님처럼 가이드나 해보려고요. 아이돌 수명은 너무 짧거든요."

　나는 김 군에게 전문적인 바이러스 가이드가 되려면 변종 바이러스가 나타날 때마다 다 감염돼야 하는데 그러다가는 제

명에 못 살 거라고 현실을 냉정히 알려주었다.

"아이, 세상에 쉬운 일이 없네. 어쨌거나 몸조리 잘 하세요. 가이드가 길을 잃으면 어쩌라고요."

나는 김 군을 비롯해 환우들에게 함부로 희망이니 도전이니 나불댔던 일이 심히 미안해졌다.

또 다른 양상으로 새롭게 조여오는 공포 속에 잔뜩 긴장한 채 나는 체세포의 반응을 점검했다. 연구진들은 쓸데없는 걱정이라고 했지만 역시 불길한 예감은 틀리지 않았다. 고열에 진이 빠진 어느 오후 또 꿈에서 생생한 환상을 경험하고 말았다.

그건 OTS가 불러오는 마법의 시간보다 더 야릇하고 신비했다. 나는 꿈에서 남수필을 만났다. 현실에서는 그의 얼굴이 잘 기억나지 않았는데 꿈에서는 확실히 알아볼 수 있었다. 그는 하얀 실험실 가운을 입고 하얀 방 안에 서 있었다. 나는 이것은 분명 꿈이라는 자각 속에 계속 꿈을 꾸며 그를 지켜보았다.

남수필은 고개를 돌리더니 정확히 나를 향해 웃었다. 그러고 나서 그가 하얀 벽을 노크하자 한 면이 사라지더니 파란 하늘이 나왔다. 차가운 바람이 불어왔다. 그가 바람을 맞으며 입술을 오물오물하면서 뭐라 말하는 것 같았으나 나한테까지 들리지는 않았다.

남수필은 다시 한번 나를 보고 웃더니 그 파란 하늘로 첨벙 뛰어들었다. 나는 깜짝 놀라 손을 들며 그의 이름을 외치려고 했으나 입술이 꼭 붙어 떨어지지 않았다. 그는 그렇게 눈앞에서 사라졌고 나는 울면서 깨어났다.

　겁먹지 않을 수 없었다. 결국 다시 돌아온 병원균의 결투에 응해야 하는데 이번에는 엄두가 나지 않았다. 이미 나의 한계를 경험했기에 또 견뎌낼 자신이 없었다. 내가 안절부절못하며 이마의 땀을 시트에 닦고 있는데 노크 소리가 들렸다.

　문이 열렸다. 이균이었다.

＊

　실로 몇 개월 만에 보는 얼굴이었다. 전 세계 과학계의 벼락 스타가 된 성 교수를 대신해 출장을 다니느라 그 역시 바쁘신 몸이었다. 그동안 한 번도 나를 찾지 않았다는 사실에 배신감과 동시에 반가운 마음도 들긴 했다. 어쨌거나 그는 최근의 '나'란 해괴한 존재를 가장 잘 아는 사람이었다.

　"사고를 당했다면서요?"

　그가 웬일로 빈정거리지 않고 물었다.

　"사고야 제 전문이잖아요. 잠복감염이 시작된 것 같아요. 미치겠어요."

　"검사 결과 봤습니다. 괜찮던데요. 왜 자꾸 방정맞은 생각을 하죠?"

　"이 박사님은 저랑 키스하고도 멀쩡한 행운아라서 모르겠지만 먹다 남긴 토란국 먹고 이렇게 된 저는 편치가 않거든요."

불쑥 키스 사건을 입에 올리자 입술에 메이플시럽이 묻은 것처럼 간질거렸다. 나는 입술을 깨물었다. 아무래도 그한테는 솔직히 말해야 할 것 같았다. 아직 축축한 땀이 배어 있는 베개를 보여주며 말했다.

"방금 꿈을 꿨어요. 저번 때처럼 환상을 봤어요. 남수필이 나왔어요."

나는 방금 꾼 꿈에 대해 흥분해서 이야기했다. 이균은 처음에는 약간 놀라는 듯하더니 곧 아무렇지도 않게 어깨를 으쓱했다.

"그야말로 꿈이네요. 그 정도 꿈은 누구나 꿀 수 있는 거죠."

그는 전혀 심각하게 받아들이지 않았다. 그의 표정이 하도 태평해서 무안할 정도였다. 하지만 나는 의심을 지울 수 없었다.

"왜 그런 말 있잖아요, 죽은 사람이 꿈에 나오면……."

"좋은 일이 생긴다죠. 자, 선물이요."

이균이 불쑥 종이가방을 내밀었다.

나는 얼떨떨해서 그의 얼굴을 살피며 안에 있는 선물들을 꺼냈다. 파리 에펠탑에서 사 온 볼펜과 티셔츠 등 흔한 기념품들이었다. 그러나 함께 있는 몇 장의 폴라로이드 사진들은 결코 평범하지 않았다. 사진 속에서 미키마우스 모자를 쓴 이균이 에펠탑 전망대에 올라가 희한한 포즈를 취하고 있었다. 이균은 무슨 의식을 치르는 사람처럼 경건하게 엽서와 종이비행기를 하늘로 날리더니 마지막에는 머리에 쓰고 있던 미키마우스 모자를 벗어 던졌다. 파리의 푸른 하늘에 까만 미키마우스 모자가 날아가는 모습은 디즈니 만화의 한 장면처럼 사랑스러 웠다.

"택선 씨가 수필이를 위해 해주고 싶다던 일을 대신 해봤어 요. 드디어 수필이도 파리를 봤네요. 다행히 그날 날씨는 환상 적이었습니다."

놀라서 나는 이균을 보았다. 나를 쥐 잡듯 잡던 그 이균이 맞 았다. 그런 그가 이런 낭만적인 짓을 하다니. 인정하고 싶지는 않지만 나는 정말로 감동을 받았다.

"아……."

사진을 보던 나는 놀라 입을 다물지 못했다. 사진 속의 하늘 은 바로 그 하늘이었다. 좀 전에 꿈에서 본 바로 그 파란 하늘 이었다.

"남수필이 떠나기 전에 나한테 인사를 하러 온 거군요."

이균이 조용히 고개를 끄덕였다.

가슴이 벅차올랐다. 이제는 웃으며 "안녕"을 말하고 싶은 남 수필이 나의 꿈에 잠시 다녀간 것이었다. 어디선가 다이얼비 누 냄새가 실린 시원한 바람이 날아왔다.

"아, 파리에 가고 싶네요."

역시 사랑을 하기에 가장 아름다운 그곳은 이별을 하기에도 가장 멋진 곳이었다.

"그럼 다음에 같이 가요."

이균이 요 앞에 새로 생긴 중국집에 같이 가자는 식으로 말했다. 나와 눈이 마주치자 아무렇지도 않은 척 고개를 끄덕이는데 그게 더 어색해 보였다. 내 가슴이 다시 살짝 콩콩콩 뛰었다. 정말이지 재발을 의심하지 않을 수 없는 노릇이었다.

"가이드 일 잘하고 있다고 얘기 들었습니다."

"아니요. 이제 자신 없어요. 제가 뭐라고 누구한테 조언을 하겠어요."

이균이 내 이마에 시선을 가만히 둔 채 천천히 이야기했다.

"어느 여행지에서나 가이드들은 많이들 지겨워하더군요. 아마존 밀림의 가이드나 되어야 계속 긴장하고 살걸요. 가이드란 그런 존재들 같아요. 더 많은 모험을 하고, 더 많은 시행착오를 거치고, 그래서 더 많은 길을 알지만, 결국 너무 많이 알아서 그곳이 재미없어진. 가이드도 안됐죠. 여행지에 있으면서 정작 자신은 여행을 하지 못하니까. 하지만 가이드가 없으면 우린 길을 잃고 바가지를 쓰고 기념사진을 찍지 못해요. 택션 씨는 지금 멋진 일을 하고 있는 겁니다. 힘내요."

그의 따뜻한 말에 뭐라 대답할 말을 찾지 못했다. 그의 다정한 모습은 낯설었지만 그렇다고 아예 안 어울리는 것도 아니었다. 나는 얼른 정신을 가다듬었다. 분위기 없는 여자가 되고 싶지는 않지만 또다시 오해에 빠질 생각은 추호도 없었다.

"고마워요. 제법 인간적인 말도 하실 줄 아는 분이었네요. 만약 지금 또 재발한다면 이 박사님 보고 또 사랑에 빠질지도 모르겠어요."

내가 빈정거리며 떠보는데 그가 태연하게 대답했다.

"아니요. 또 바이러스가 택선 씨를 공격하면 그때도 옆에 있 겠습니다."

급기야 그는 미소를 짓기까지 했다. 그가 웃을수록 방 안의 공기는 묘해졌다. 묘하게 뜨거워졌다. 짧은 시간이지만 피부에 열기가 느껴질 정도로 분위기가 바뀌었다.

나는 떨면서 물었다.

"영화 보면 꼭 제일 많이 싸운 여자 남자가 결국 이어지거든 요. 지금 그 상황 아닌 거죠?"

이균이 계속 뻔뻔하게 웃었다. 오, 젠장. 그 소름 끼치는 모습 에 어깨를 부르르 떨면서도 저녁 먹고 이 닦지 않을 것을 후회 하는 나란 인간이란.

"자, 잠깐만요."

나는 '작전타임'을 외치며 급히 화장실로 들어갔다.

심장이 두근거려 가만있을 수 없었다. 이제 막 파리에서 도 착한 남자는 너무도 위험해 보였다. 그가 파리에서 가져온 것 은 선물가게의 기념품만은 아니었다. 그는 평생 한 번 써먹을 까 말까 한, 바로 파리의 낭만을 가져온 것이었다.

나는 급히 내 안의 바이러스인지 기생충인지 뭔지와 회의를 가졌다. 나는 물었다. 지금 이 감정이 진짜든 가짜든 후회는 없 느냐고. 확실한 건 지금 밖에 있는 남자는 나의 병을 가장 잘 아는 자란 사실이었다. 그건 어느 면에서는 '나'란 존재를 가장 잘 안다는 뜻이기도 했다.

나는 고개를 절레절레 흔들며 거울을 봤다. 흠칫 놀라 주춤 물러섰다. 오랜만에 보는 나의 얼굴은 낯설었다. 확실히 엉망이었는데 어째 잘 어울린다는 생각도 들었다. 내 안에서 작게 명령하는 소리가 들렸다. 저 남자는 너의 가장 끔찍한 시간을 기억하는 사람이므로 어서 제거하든가 아니면 그나마 좀 나은 기억으로 바꾸어버리라고. 나는 심호흡을 하고 다시 밖으로 나갔다. 화장실 앞에서 남자를 오래 기다리게 하는 건 분명 실례이므로.

\*

"너와 나의 관계는 배트맨과 로빈이라고 볼 수 있지. 한마디로 넌 나의 시다바리란다."

"사부님. 저 이래 봬도 리더예요. 리더."

어쨌거나 나는 다시 바이러스 가이드로 복귀했고 조수까지 생겼다.

김 군이 새로운 인생에 도전하고 싶다며 나의 보조 업무를 자청했다. 춤과 노래밖에 모르는 그 애한테 어떤 의미가 될지는 모르겠으나 어쨌든 김 군은 꼭 하고 싶어 했다.

"저, 사부님. 궁금한데요. 이 OTS 바이러스가 점령되면 우리도 할 일이 없어지는 건가요? 그때까지 얼마나 걸릴까요?"

김 군의 질문은 꽤 예리했다.

"글쎄다. 더 악독한 신종 바이러스가 나타나면 인류는 또 다른 전투태세를 갖춰야겠지. 아마 점점 더 그 주기가 짧아지지 않을까 싶다. 어쨌거나 아무리 짧아도 너희 그룹보다는 오래 살 거야."

"오우, 쉣!"

나는 아직도 아이라인을 그리지 않으면 외출하지 못하는 리더 김 군에게 새로운 삶의 비전을 제시해줘야만 했다.

"우리 이 일을 언제 관둬야 할지는 알 수 없지만. 한번 열심히 해보자꾸나. 아이돌 그룹처럼 언제 망할지 모를지라도 우리가 가진 모든 열정을 장렬하게 불살라보자꾸나!"

"쉣, 쉣, 쉣!"

김 군은 아무래도 좋을 때 '쉣!'을 외치는 것 같았다. 어쨌거나 녀석은 리더답게 의욕이 넘쳤고 그 점은 스승으로서 마음에 들었다.

"자, 가이드로서 첫 번째는 일단 마음을 비우는 것이다."

"그럼요. 저도 처음 1위 할 때 마음을 싹 비웠더니 주더라고요."

"일단 그런 마음부터 비우란 거야."

"아아, 네엡."

"두 번째는 일단 환자에게 무조건 지금 살아 있다는 사실을 강조하란 거야. 그건 백 번 강조해도 모자란 거거든."

"옛썰, 사부님이 백 번이면 전 세 번이면 됩니다."

"그런데 가만 보니까 어쩨 넌 다 나은 것 같지가 않다."

"그건 사부님도 마찬가지인데요. 혹시 우리 계속 아픈 거 아닐까요?"

나와 김 군은 심각하게 서로를 바라보았다. 나는 손을 휘휘 내저으며 말했다.

"야. 그냥 우겨. 우기면 돼. 내가 괜찮다는데 알 게 뭐야."

김 군이 다시 손을 들어 진지하게 물었다.

"사부님, 저희 정말 재발되는 일 없겠죠? 전 처음부터 이게 무척 궁금했습니다. 재수도 없지, 왜 하필 제가 이 바이러스에 걸린 걸까요?"

그건 나 역시 여전히 궁금한 질문이었다. 스승으로서 약한 모습을 보일 수 없기에 나는 근엄하게 일렀다.

"너, 스타라며? 스타는 원래 남보다 더 아픈 거야. 쫄지 마."

김 군의 표정이 한결 환해졌다.

"땡큐, 쉣!"

나는 입원하면서 압수당했다가 돌려받은 핸드폰을 꺼냈다. 그 안에는 세상의 수많은 말 중 나를 향해 날아온 메시지들이 오래된 와인처럼 저장되어 있었다. 나는 핸드폰 전원을 켰다. 배터리는 거의 나갔지만 한 통의 메시지를 보낼 만큼은 남아 있었다. 나는 작고 차가운 화면을 손끝으로 만지며 저 멀리 어디에선가 빛나고 있을 한 영혼을 향해 메시지를 날렸다.

보고 싶은 남수필 씨에게

지금 어디서 이 문자 확인하고 있나요?^^; 마지막 인사도 못 하고 헤어져 미안해요. 속으로 욕한 건 진짜 더 미안. 나한테 보낸 마지막 문자 기억나요? 못 쓰고 간 행운을 내게 준다는. 수필 씨가 아껴 쓴 행운 덕에 저 살았어요. 계속 세상에 남아 수필 씨 추억할 수 있게 됐죠. 처음 만난 날 스타벅스에서 그 미소를요.^^; 아마 스타벅스가 사라지지 않는 한 영원히 잊지 못할 거예요. 많은 일들을 겪었어요. 수필 씨는 내 안에 강력한 무언가를 퍼뜨렸고, 나는 그것과 싸웠죠. 언제 또 아플지 모르지만 괜찮아요. 나는 철조망 마니아니까요. 그런 게 있음.ㅋㅋ^^; 미키마우스들이 수필 씨를 무사히 천국으로 데려갔겠죠. 파리 에펠탑 옆에 날아가던 미키마우스 보셨나요. 그 애가 수필 씨를 지켜줄 거예요. 앞으로 종종 보고 싶겠죠. 이제 지구는 우리한테 맡기고 편히 쉬어요. 당신은 이 지구에서 정말 좋은 과학자, 좋은 친구, 좋은 아들이었답니다. 지구는 좋은 사람은 절대 잊지 않아요. 잘 지내요. 고마워요. 안녕. 수필 씨의 영원한 하나뿐인 소개팅녀 옥택선으로부터. 아, 그리고 친구 연결해준 거 고마워요. 정말로.^^

나는 이 소설을 우리의 삶이 코로나19의 지배를 받기 한참 전인 2010년에 썼다. 그래서 "돗자리 깔았느냐"라는 소리를 듣기도 했다. 그저 '청춘'을 소재로 한 소설을 쓰고 싶었을 뿐인데 말이다.

청춘이라는 말을 들으면 민망한 나이가 된 지금도 '청춘'이라는 단어만 보면 여전히 전투력이 솟는다. 그런 청춘을 꿈이나 사랑, 낭만과 같은 말들과 연결 지었으면 좋았을 텐데 어쩐 일인지 나는 아픔에 관한 이야기로 만들어버렸다.

청춘이란 무언가를 호되게 앓는 시기라고 생각했나 보다. 소설에 나오듯이 '아플 날이 창창한 젊음'에 대해 이야기하고 싶었나 보다. 그리고 소설 속에서만이라도 이 찬란하게 골병

든 청춘의 한계를 극복하는 기적을 만들고 싶었던 것 같다. 아마도 처음으로 나를 비롯하여 그 누군가를 격려하고픈 마음에 소설을 썼던 것 같다. 어쨌거나.

『청춘극한기』를 정말 심각했던 바이러스 세상을 경험하고 난 후 개정해서일까? '바이러스'라는 소재가 더욱 각별하게 다가온다.

바이러스에 대한 소설을 구상했을 때 누군가는 아프고 누군가는 아프지 않을 수도 있다는 사실이 놀라웠다. 바이러스와 마주하고도 누군가는 잘 견뎌내는데 누군가는 맥없이 무너진다. 그렇다고 누가 누구를 비난할 수 있을까. 우리에게는 이 바이러스가 처음이고 이 바이러스는 내 안에서 나보다 더 강한 삶의 의지를 보이며 나를 지배하려 드는데. 보이지도 않는 바이러스가 심어놓은 '두려움'과 싸우는 일이 누군가에겐들 쉬울까. 삶의 면역력은 그렇게 쉽게 얻어지지 않는다. 바이러스는 싸워서 물리치는 게 아니라 견뎌서 나의 것으로 만드는 것이기에. 청춘의 너무 아픈 어느 날처럼 말이다.

매번 그렇듯 올봄도 아주 힘들게 왔다. 2010년 그때처럼 이 책을 또다시 봄에 내놓아서 기쁘다. '청춘'도 '봄'도 다 짧아서 좋다. 길면 이처럼 애틋하지 않을 것이다.

2025년 봄밤에 이지민

# 청춘극한기

ⓒ 이지민, 2025

초판 1쇄 인쇄일 2025년 4월 23일
초판 1쇄 발행일 2025년 5월 7일

지은이      이지민
펴낸이      정은영

편집      유지서 정사라
디자인      이선희
마케팅      최금순 이언영 연병선 송의정
저작권      신은혜 박서연
제작      홍동근

펴낸곳      네오북스
출판등록      2013년 4월 19일 제2013-000123호
주소      04047 서울시 마포구 양화로6길 49
전화      편집부 (02)324-2347, 경영지원부 (02)325-6047
팩스      편집부 (02)324-2348, 경영지원부 (02)2648-1311
이메일      neofiction@jamobook.com

ISBN 979-11-5740-464-3 (03810)